Ulrike Busch
Der Pfauenfedernmord

Das Buch

Jahr für Jahr treffen sich in Kampen der Hamburger Schönheitschirurg Dr. Claus Wiederkehr, seine Frau Valerie Wunderlich-Wiederkehr – erfolgreiche Galeristin und beste Kundin ihres Mannes – sowie die Ehepaare Bitterstein und Geier. In diesem Sommer feiern sie gleich zwei Jubiläen, das fünfundzwanzigjährige Bestehen ihres Freundeskreises und die Silberhochzeit der Wiederkehrs.

Vier Tage nach der Silberhochzeitsfeier findet eine Joggerin frühmorgens eine Leiche am Fuß des Roten Kliffs. Ein Blick genügt, um zu erkennen: Selbstmord war das nicht.

Ein heikler Fall für die Kripo Wattenmeer. Denn zu Lebzeiten gehörte das Opfer zu der kleinen Kampener Jubiläumsgesellschaft. Und Hauptkommissar Kuno Knudsen und seinem Assistenten Arne Zander ist bald klar, dass sie den Täter im Kreis um Dr. Wiederkehr zu suchen haben.

Die Autorin

Ulrike Busch wurde 1958 in Essen geboren. Sie studierte Sprachwissenschaften in Bochum und Pisa. Als Norddeutsche aus Überzeugung zog sie 1986 nach Hamburg. Seitdem ist sie im Norden tief verwurzelt. Sie liebt die grüne Landschaft Schleswig-Holsteins und den weiten Horizont, die Inseln Amrum und Sylt, die Geradlinigkeit und Bodenständigkeit der Menschen, ihre dröge Herzlichkeit und ihren schnörkellosen Dialekt. Rund 20 Jahre lang war Ulrike Busch als Texterin und Technische Redakteurin in IT-Unternehmen angestellt. 2003 machte sie sich in diesem Metier selbstständig. Zehn Jahre später entdeckte sie eine neue berufliche Leidenschaft: das Schreiben von Romanen – die natürlich in Norddeutschland spielen.

ULRIKE BUSCH

DER Pfauenfedern MORD

Krimi

Die Erstausgabe erschien 2015 unter dem Titel
»Der Pfauenfedernmord« im Selbstverlag.

Veröffentlicht bei
Edition M, Amazon Media EU S. á. r. l.
5 Rue Plaetis, 2338 Luxembourg
Dezember 2015
Copyright © der Originalausgabe 2015
bei Ulrike Busch
All rights reserved.

Umschlaggestaltung: bürosüd⁰ München, www.buerosued.de
Lektorat: Rotkel Textwekstatt
Satz: Rotkel Textwerkstatt
Gedruckt durch
Amazon Distribution GmbH
Amazonstraße 1
04347 Leipzig, Deutschland

ISBN: 978-1-50395-458-8

www.amazon.de/editionm

Für Renate und Raimund

Prolog

Kampen, 6. August

»Fipsie, bei Fuß!«

Die helle, keuchende Frauenstimme rief gegen den Morgenwind an, der über den Strand vor dem Roten Kliff wehte.

Fipsie gehorchte selten. An diesem Morgen hatte er schon gar keinen Grund dazu. Die zerklüftete Steilküste bescherte ihm einen Fund, der ihn viel zu neugierig machte, um zu Frauchen zurückzukehren. Er witterte ihn schon von Weitem.

Fipsie irrte selten. Heute lag ein Hauch von Tod im Wind.

* * *

Wie fast jeden Tag, wenn das Nordseewetter sich nicht gerade von seiner scheußlichsten Seite zeigte, hatten Judith und ihr sportlicher Vierbeiner in aller Frühe die Wohnung in Wenningstedt verlassen und waren zum Strand hinuntergelaufen. Als sie die Wasserkante erreicht hatten, war der putzmuntere Mischlingshund gleich vorausgesprungen. Er wusste, dass er nur am Flutsaum herumstromern durfte. Er wusste aber auch, dass Frauchen zu dieser frühen Stunde beide Augen zudrückte, wenn ihm der Dünenrand zu verlockend erschien, um ihn nicht ausgiebig zu beschnuppern.

Der Wind war frisch und prickelnd. Die Luft roch nach Salz und Abenteuer. Möwen, die nach Frühstücksbeute suchten, hatten Fipsies Jagdinstinkt geweckt. Judith spurtete mit gleichmäßigen Schritten hinter dem mittelgroßen Hund mit dem silbergrauen, wuschelig gelockten Fell her. Gleich würde sie das Rote Kliff erreichen.

Judith beobachtete, wie Fipsie sein Tempo verringerte. Irgendetwas schien ihn zu irritieren. Er hob den Kopf, wedelte mit dem Schwanz und spitzte die Ohren. Im Halbkreis tänzelte er um eine Erhebung herum, die sich auf dem Sand vor den Dünen abzeichnete und die gestern noch nicht dort gelegen hatte. Fipsies muskulöser Körper signalisierte Anspannung pur.

»Pfui«, rief Judith vorsichtshalber, ohne erkennen zu können, von welchem Unrat sie ihren Hund abhalten musste. Es wäre nicht das erste Mal, dass Fipsie eine vom Meer angeschwemmte Plastiktüte voll Müll hinter sich herzerren, vor ihr abladen und mit einem dumpfen Wuff ein dickes Lob einfordern würde. Sogar eine verletzte, vor Schmerz und Angst kreischende Möwe hatte er schon apportiert. Ein vergammelter Cowboystiefel, den er aus den schäumenden Wellen gefischt hatte, zählte noch zu den harmloseren Beutestücken.

»Pfui«, rief Judith wieder. Fipsie knurrte seinen Fund an. Er hielt eine Distanz von drei, vier Metern. Näher traute er sich nicht heran. Judith lief durch den tiefen Sand, der unter ihren Füßen nachgab, auf den Dünenrand zu. Bald erkannte sie ein größeres längliches Bündel, das dort hinten lag, direkt unter der kleinen Aussichtsplattform am Ende des Parkplatzes südlich der Sturmhaube.

Sie trat näher an das Bündel heran. Es war in ein durchnässtes Leinentuch eingewickelt, das mit einer dünnen, ungleichmäßig verteilten Schicht Sand überdeckt war – Spuren von Sturm und Regen der letzten Nacht.

Nein, es war kein Leinentuch. Es war ein langes Gewand. Mitten auf dem Rücken schimmerte ein großes, fast kreisförmiges violettblaues Herz unter dem Sand durch.

Das Gewand hatte weite Ärmel. Und eine Kapuze; die feuchten Spitzen blonder Haarsträhnen lugten darunter hervor.

Jetzt erst schaltete Judiths Hirn auf Alarm. Das Bündel, das hier lag, war ein Mensch. In Höhe des Oberkörpers war offensichtlich Blut in den Sand geflossen. Viel Blut. Das Bündel rührte sich nicht. Kein Atemzug hob und senkte den Brustkorb.

Judith wurde heiß und kalt. Der Mensch in diesem eigenartigen Kleidungsstück war tot.

Von einer Sekunde zur anderen fing Judith an zu zittern. Ihr Magen krampfte sich zusammen. In Panik sah sie zum Roten Kliff hinauf. Niemand war zu sehen. Ihre Augen tasteten den Strand ab, in Richtung List, in Richtung Wenningstedt. Keine Menschenseele. Nur leere Strandkörbe um sie herum. Schließlich wanderte ihr fassungsloser Blick über die See, ohne dass sie hätte sagen können, was sie dort suchte.

Wie war dieses Bündel hierhergekommen? War es vom Kliff gefallen? Hatte dieser Mensch sich hinabgestürzt? Oder war er etwa umgebracht worden? Wenn ja: Hielt der Mörder sich noch in der Nähe auf? Hatte er sich auf der großen Aussichtsplattform versteckt, unter den breiten hölzernen Sitzbänken, die rundherum an der Brüstung standen? Saß er in einem der Strandkörbe, die dort oben aufgestellt waren? Oder gar in einem Korb hier unten am Strand?

Nur weg von hier! Sich selbst und Fipsie in Sicherheit bringen. Aber wohin? Zurück nach Wenningstedt? Ausgeschlossen, viel zu weit! Es gab nur zwei Möglichkeiten: die hölzerne Treppe zur Aussichtsplattform hinaufsteigen, auf der sich vielleicht ein Mörder versteckt hatte, oder den steilen Dünenaufgang links daneben wählen. Dort oben begann der Weg, der in den Ortskern von Kampen führte.

»Fipsie, komm her! Sofort bei Fuß!« Judiths scharfe Stimme, die halb flüsterte, halb schrie und sich dabei vor Panik überschlug, zerschnitt den auffrischenden Sommerwind. Fipsie fuhr zusammen und wandte ihr den Kopf zu. Er machte ein paar Schritte auf sie zu. Dann blieb er wieder stehen und sah zu dem blutigen Bündel hinüber. Er winselte. Sein Schwanz wedelte hin und her, und die spitz aufgestellten Ohren drehten sich von Judith zu dem Bündel und wieder zurück zu Frauchen.

»Komm hierher, Fipsie!«, kreischte Judith erneut. Der Hund näherte sich ihr einige Schritte. Sie grapschte nach seinem Halsband und legte ihm hastig mit zittrigen Fingern die Leine an. Noch einmal blickte sie in alle Richtungen. Dann nahm sie allen Mut zusammen und zog Fipsie hinter sich her zum Dünenaufgang.

Vorsichtig, bei jedem Schritt in alle Richtungen um sich blickend, stieg sie hinauf. In dem tiefen Sand hatte Fipsie Mühe, ihr zu folgen. Das Halsband grub sich in seinen Nacken. Auf halber Höhe angelangt, behielt Judith die Aussichtsplattform skeptisch im Auge, als könnte von dort jeden Moment der Teufel auf sie herabspringen. Fipsie spürte ihre Furcht. Sein Fell sträubte sich. Als hätte er verstanden, wovor Judith graute, knurrte er vorsorglich mit gefletschten Zähnen einen Gegner an, der unsichtbar blieb und dessen Fährte sich nicht erschnüffeln ließ.

Als Judith den asphaltierten Fuß- und Radweg erreichte, der zur Kurhausstraße führte, war ihr ganzer Körper von Angstschweiß bedeckt. Sie versuchte zu rennen, doch ihre Beine waren wie gelähmt. Das kannte sie bisher nur aus Albträumen, wenn sie vor einem Verfolger zu fliehen versuchte und nicht vorankam. Immer wieder sah sie sich um. Niemand folgte ihr. Doch die Panik klebte an ihr wie eine zweite Haut.

Völlig erschöpft erreichte Judith Hinnerks Hof, der am Ende des Fußweges lag. Sie öffnete die Gartenpforte, lief auf die Haustür zu, zog Fipsie in die Eingangshalle, schloss die Tür und warf sich mit dem Rücken dagegen. Diesmal blieb Fipsie bei Fuß, auch ohne Frauchens Kommando.

»Polizei, schnell!«, rief Judith der verdutzten Nele Bendixen zu.

Die Inhaberin des familiengeführten Viersternehotels hatte vom Empfang aus erschrocken zur Tür gesehen und glaubte, einem Gespenst gegenüberzustehen, so kreidebleich war die schweißnasse Joggerin.

»Am Strand liegt eine Leiche!«, schleuderte Judith ihr entgegen. Ihr Herz schlug lauter als die alte Standuhr in der Eingangshalle, die just in diesem Moment dröhnend verkündete, dass es sieben Uhr war. »Nun machen Sie doch schon! Rufen Sie die Polizei!«

Boy Bendixen, Neles Mann und Enkel des Gründers von Hinnerks Hof, hatte auf der gegenüberliegenden Seite des Hauses in seinem Büro gesessen und Judiths aufgeregte Worte gehört, denen er keinen Glauben schenken konnte. Wenig erfreut über diese morgendliche Hektik, die die Frühaufsteher unter seinen Frühstücksgästen unnötig in Aufruhr bringen würde, ging er zum Empfang.

»Was reden Sie denn da?«, fragte er, als spräche er mit einem kleinen Kind, das im Fieberwahn Unsinn von sich gibt.

»Eine Leiche?«, fragte Nele ungläubig. »Woher soll die denn kommen?«

Judith stutzte einen Moment.

»Ich habe sie nicht dort hingelegt«, presste sie schwer atmend hervor.

Ihr entgeisterter Blick signalisierte Boy, dass sie tatsächlich eine fragwürdige Entdeckung am Strand gemacht haben musste.

»Es muss eine Frau sein. Sie trägt ein langes Gewand mit einer großen Kapuze«, vergegenwärtigte Judith sich die Situation. Als müsste sie sich selbst bestätigen, dass es sich bei ihrem

Fund tatsächlich um eine Leiche handelte, erklärte sie: »Sie liegt ganz ruhig da. Sie atmet nicht mehr.«

»Wie soll eine Tote auch atmen«, meinte Nele mit leichtem Hohn in der Stimme. Sie war immer noch nicht von der Geschichte überzeugt, die die Joggerin ihnen da präsentierte.

»Ich fahr mal kurz hin und guck, was da wirklich liegt«, sagte Boy zu seiner Frau. Souverän griff er nach dem Autoschlüssel, sprang in seinen Jeep, der vorm Haus stand, und fuhr zum Parkplatz am Strandübergang.

* * *

Mit dem Fernglas in der Hand, das immer griffbereit im Auto lag, ging Boy zur Aussichtsplattform. Da vorn lag tatsächlich etwas. Es konnte ein Mensch sein. Ein Mensch oder eine Schaufensterpuppe. Aber wer legte eine Schaufensterpuppe an den Strand?

Unsicher stieg Boy die Holzstufen zum Strand hinab. Unten an der Treppe hielt er sich das Fernglas vor die Augen. Ganz deutlich sah er Füße. Er führte das Fernglas zum anderen Ende des Körpers. Der Kopf war wirklich von einer Kapuze bedeckt. Die Spitzen platinblonder Haarsträhnen kamen darunter zum Vorschein.

Das Fernglas tastete den Körper ab. Boy erkannte einen Arm, der seitlich angewinkelt war. Er steckte in einem langen weiten Ärmel. Fingernägel ragten daraus hervor. Auffällig lang und blutrot lackiert.

Boy stellte das Fernglas schärfer ein und fokussierte die Fingerspitzen. Auf dem Nagel des kleinen Fingers entdeckte er einen winzigen aufgeklebten Brillanten, der das Morgenlicht reflektierte wie ein überdimensionales Sandkorn die pralle Sonne in der Mittagshitze.

Mein Gott, das ist doch … Ein Schlag durchfuhr Boy. Dem sonst so gelassenen Nordfriesen wurde eiskalt. Hastig drehte er sich um, stieg die steile Holztreppe wieder hinauf, nahm immer zwei Stufen auf einmal, lief zum Wagen und fuhr zu Hinnerks Hof zurück. Mit quietschenden Reifen hielt er auf dem Parkplatz vor seinem Haus, sprang aus dem Wagen und rannte in die Eingangshalle.

Judith saß auf einem Stuhl neben der Rezeption, den Kopf in die Hände gestützt. Nele stand unschlüssig daneben und sah die fröstelnde Frau mit den verklebten Haarsträhnen misstrauisch an.

»Am Strand liegt eine Leiche!«, rief Boy in den Raum hinein. »Ruf die Polizei!«

Während Nele nun endlich zum Telefonhörer griff, holte er einen der Bademäntel aus dem Schrank neben der Treppe zum Wellnessbereich. Mit beruhigender Geste legte er Judith das schneeweiße, flauschige Stück um die Schultern. Dann zog er sie in sein Büro, drückte sie auf einen Besuchersessel und schenkte ihr eine Tasse Darjeeling ein. Fipsie beruhigte er mit einer halben Fleischwurst, die eine Küchenhilfe gerade fürs Frühstücksbüfett hatte aufschneiden wollen.

Zufrieden legte sich der Hund auf die Fliesen neben der Terrassentür, die von der Morgensonne angewärmt waren, knabberte seine Wurst und schlabberte frisches Wasser aus einer großen Schale, die Nele ihm dazugestellt hatte.

»Die Polizei ist unterwegs«, informierte Nele ihren Mann wenig später. »Wenn bloß unsere Gäste nicht mitbekommen, dass man bei uns am Strand statt Muscheln und Treibholz neuerdings Tote findet!«

Das jedoch war jetzt Boys geringste Sorge.

Kapitel 1

Der Himmel über Sylt war so düster wie Claus Wiederkehrs Gesicht.

Von Westen zog eine Front aus anthrazitfarbenen Wolken auf. Wie eine düstere Lawine rollte sie auf Kampen zu.

Auch hinter Claus' Stirn braute sich ein Gewitter zusammen. Der ehemalige Schönheitschirurg, der seine Privatklinik für plastische Chirurgie in Hamburg vor Kurzem endgültig seinem Nachfolger überlassen hatte, saß am Frühstückstisch im Esszimmer seines Friesenhauses in Kampen. Seit zwei Jahrzehnten war dieses Haus sein Sommerdomizil, seit sechs Wochen sein Hauptwohnsitz. Auf demselben Grundstück, durch eine hohe Buchenhecke vom Friesenhaus getrennt, hatte er vor vielen Jahren ein zweites Gebäude errichten lassen, anderthalb Stockwerke hoch und ebenfalls reetgedeckt. Darin hatte seine Frau den Sylter Ableger ihrer Kunstgalerie eingerichtet.

Wie immer frühstückte Claus allein, denn wie immer brauchte Valerie Stunden, bis sie aus der Maske kam, wie Claus die morgendliche Toilette seiner Frau zu nennen pflegte.

»Ihre Frau braucht sicher noch ein Weilchen«, meinte Stine. Die treue Seele, inzwischen mehr als siebzig Jahre alt, war seit einer halben Ewigkeit als Haushälterin bei der Familie

Wiederkehr angestellt, die seit drei Generationen auf Sylt stärker verankert war als in ihrer Heimatstadt Hamburg.

Die schmale Stine mit dem grauen Dutt, die diese Insel noch an keinem einzigen Tag ihres Lebens verlassen hatte, schenkte Claus Tee ein. Dabei hielt sie die linke Hand mit etwas Abstand über Claus' Schulter, als wollte sie den Mann mit der eisgrauen welligen, nach hinten gekämmten Mähne, dem kantigen Gesicht und dem manchmal ungezügelten Temperament vorsorglich besänftigen. Mit ruhigen Bewegungen zog Stine ein Feuerzeug aus ihrer Schürzentasche hervor, zündete das Teelicht des gläsernen Stövchens an, das auf dem Tisch stand, und stellte die Teekanne darauf ab.

»Nachher, wenn Ihre Frau dazukommt, bringe ich noch eine zweite Kanne. Ihre Frau trinkt den Tee ja gern frisch gebrüht und so heiß wie möglich.«

»Ja, ja, bei Valerie muss alles so heiß wie möglich sein«, brach es eine Spur zu laut aus Claus hervor. »Wenn meine Frau sich nur nicht eines Tages die Finger verbrennt!«

Stine zuckte zusammen. So hatte sie ihren Arbeitgeber in all den Jahren, die sie in seinem Haus beschäftigt war, noch nicht über seine Frau reden gehört. Was sollte sie dazu sagen? Unsicher trat sie einen Schritt zurück. Dann drehte sie sich um, tat, als trocknete sie sich die Hände an der geblümten Schürze ab, und eilte in die Küche.

∗ ∗ ∗

Es war nicht das ausgiebige Schönheitsprogramm seiner Frau, das Claus an diesem Morgen die Laune verhagelte. Diese Prozedur war seit jeher fester Bestandteil in Valeries Tagesablauf. Aus diesem Grund hatte die frisch geschiedene Kunsthistorikerin Claus' Heiratsantrag vor sechsundzwanzig Jahren erst angenommen, nachdem der ihr ein eigenes Badezimmer versprochen hatte.

Valeries erste, in sehr jungen Jahren geschlossene Ehe war nämlich nicht zuletzt deshalb in die Brüche gegangen, weil die farbenfrohe Frau sich morgens gut und gern zwei Stunden lang im Bad einschloss und keine Unterbrechung duldete, bis sie ihr malerisches Werk vollendet hatte. Das beharrliche Klopfen von Dieter, Valeries erstem Ehemann, begleitet von der mantraartig wiederholten Frage »Wie lange brauchst du denn noch?«, hatte Valeries Geduld nach knapp fünf Ehejahren vollends erschöpft. Als Valerie ihren Mann schließlich aufgefordert hatte, entweder mit der morgendlichen Drängelei aufzuhören oder sich eine andere Frau zu suchen, hatte Dieter den zweiten dieser beiden Vorschläge überraschend schnell in die Tat umgesetzt.

Claus konnte Dieter gut verstehen.

Und dennoch, es war nicht Valeries ausgedehnte Schönheitsprozedur, die an diesem Tag Claus' Stimmung trübte. Es war dieses Lachen gewesen, das er gestern am späten Abend im Vorbeigehen zufällig aus Valeries Schlafzimmer vernommen hatte.

Die getrennten Schlafzimmer waren ebenfalls auf Valeries Wunsch hin eingerichtet worden, in der großzügigen Villa in einem der Hamburger Elbvororte ebenso wie im Landhaus in Kampen. Kurz vor der Verlobungsfeier vor sechsundzwanzig Jahren hatte Valerie gemeint, dass es der voraussichtlichen Dauer ihrer Ehe mit Claus ganz bestimmt ungemein zuträglich wäre, wenn man sich von Beginn an grundsätzlich auf das Schlafen in getrennten Räumlichkeiten einigte.

Claus, ebenfalls eheerfahren und gediegene zwanzig Jahre älter als seine attraktive Braut, hatte dem nichts wirklich Überzeugendes entgegenzusetzen gehabt. Zumal Valerie sich darauf berufen hatte, dass Claus' sonores Schnarchen ihren Schönheitsschlaf torpediere. Mit den Jahren würde das Valeries immer wieder auf jung und frisch getrimmtes Gesicht schneller zunichtemachen als von Natur aus nötig.

Nun also dieses Lachen am gestrigen Abend … Es war nicht ungewöhnlich, dass Valerie spätabends noch Telefonate führte. Und es war keinesfalls verwunderlich, dass sie dabei lachte. Es hätte ihn auch nicht weiter beunruhigt, wenn Valeries Lachen nicht diesen überspannten Klang gehabt hätte, mit dem eine Frau signalisieren will: Mit mir ist das Leben wie Vanillesahne – locker, leicht und köstlich. So lachte eine Frau nicht mit ihrer besten Freundin, so lachte sie nur mit einem neuen Flirt.

Claus guckte grimmig. Was die Sache besonders unerträglich machte: Dieses Telefonat hatte nicht an irgendeinem Abend stattgefunden, sondern am Vorabend seines fünfundzwanzigsten Hochzeitstages. Einem Abend also, den er gern gemeinsam mit seiner Frau verbracht hätte. Und zwar durchgehend bis zum Frühstück.

Unwillkürlich ballte Claus seine Hand zur Faust. Sein finsterer Blick unter der steilen Stirnfalte wanderte durch die Sprossenfenster über die Terrasse und die menschenleere Heidelandschaft vorm Roten Kliff bis hinaus auf die See. Die dunkelgrauen Gewitterwolken am Horizont schienen seine Gefühle zu spiegeln.

Bisher war es für Claus selbstverständlich gewesen, nicht nur das Skalpell fest im Griff zu haben, sondern das ganze Leben, seine Frau mit eingeschlossen. Nun schien Valerie ihm zu entgleiten. Sie hatte ein Geheimnis vor ihm. Erst hatte Claus geglaubt, gehofft, sich eingeredet, es habe mit dem Hochzeitstag zu tun. Ein Geschenk, eine Aufmerksamkeit, die sie für ihn vorbereitete. Jetzt war ihm klar: Das war ein Trugschluss gewesen. Wenn es überhaupt eine Überraschung gab, die Valerie für ihn bereithielt, dann war es keine gute.

Verbittert blickte Claus auf das – zugegeben: nicht von ihm, sondern von der Juwelierin – liebevoll verpackte Schmuckdöschen, das er vorhin auf den Frühstücksteller seiner Frau gelegt hatte. Eine Tradition, die er seit fünfundzwanzig Jahren pflegte. Aus der Überraschung war längst Gewohnheit geworden. Welchen Sinn hatte sie noch?, fragte er sich.

Nach kurzem Zaudern gab er sich einen Ruck und griff zur Tageszeitung. Stine hatte die aktuelle Ausgabe wie jeden Morgen in den Zeitungsständer gelegt, der schräg hinter ihm an der Wand stand. Claus überflog die Berichte auf der ersten Seite. Dann lenkte er sich mit den Kommentaren zum politischen und wirtschaftlichen Geschehen ab.

* * *

»Clausimausi, reichst du mir den Toast, bitte?«, flötete Valerie Wunderlich-Wiederkehr und strahlte ihren Gatten aufreizend liebevoll an.

Claus fuhr zusammen. Er war hinter der Zeitung tief in seine Gedanken versunken gewesen und hatte gar nicht bemerkt, dass seine Frau in den Raum geschlichen war und sich auf ihrem Platz zu seiner Rechten an dem großen runden Tisch in Szene gesetzt hatte. Die leisen Schritte, die er als Hintergrundgeräusch wahrgenommen hatte, hatte er der fürsorglichen Stine zugeordnet, die ab und zu hereinkam, um zu sehen, ob noch etwas fehlte. Claus sah auf und bemerkte, wie unbeschwert und mädchenhaft Valerie heute wirkte. Geschmeidig wie eine Schlange rankte sich ihr nackter linker Arm über den Tisch. Die schmale Hand mit den überlangen, blutrot lackierten Fingernägeln wartete geduldig darauf, dass Claus ihr den Brotkorb herüberreichte.

Valeries Stimme hatte Claus zu plötzlich aus seiner Lektüre gerissen. Unbeherrscht ließ er die Zeitung sinken, wobei der Kulturteil raschelnd auf den Parkettboden glitt. Ruckartig griff er nach dem Korb aus kunstvoll geflochtenem silbernem Draht und drückte ihn Valerie so heftig in die Hand, dass eine Scheibe Toast seitlich über den Rand kippte und auf die Käseplatte fiel.

»Musst du mich so erschrecken?«, bellte er seine Frau an. »Der Brotkorb steht da, wo er immer steht. Sonst hast du ihn dir doch auch immer selbst geangelt.«

»Heute stehen die Blumen im Weg«, konterte Valerie mit unbeeindruckt ruhiger Stimme und tat, als entdeckte sie im selben Augenblick das kleine Geschenk auf ihrem Frühstücksteller.

»Oh, wie reizend. Ein Geschenk?« Sie gab sich überrascht wie jedes Jahr.

»Heute ist unser fünfundzwanzigster Hochzeitstag. Deshalb stehen die Blumen im Weg. Ja, und aus demselben Grund habe ich mir erlaubt, dir ein Geschenk zu machen.«

»Oh, wie aufmerksam von dir«, flötete Valerie. »Aber wegen der Blumen komme ich heute eben nicht an den Brotkorb heran.«

»In Zukunft gibt es also keine Blumen mehr zum Hochzeitstag. Dann ist dir hoffentlich auch nichts mehr im Weg.« Claus sah seine Frau eindringlich an. »Außer mir, vermutlich.«

»Clausimausi, was ist denn los?« Valerie zog die Stirn in Falten und schüttelte verständnislos den Kopf. Sie hatte Frühlingsgefühle und daher keine Lust auf Streit. Mit spitzen Fingern strich sie sich eine halblange platinblonde Haarsträhne aus dem Gesicht, die gleich wieder zurückfiel, bis sie an Valeries rechtem Nasenflügel Halt fand. »Am frühen Morgen schon so grantig. Hast du unruhig geschlafen? Oder etwa schlecht geträumt?«

»Früher Morgen? Darf ich dich darauf aufmerksam machen, dass es schon bald Mittag ist?«

»Mittag ist immer relativ. Für mich ist noch früher Morgen.«

»Das kann ich gut verstehen. Wenn man bis weit in die Nacht hinein Telefongespräche führt, liegt man am Morgen, wenn alle Welt ausgeruht aus den Federn springt, natürlich noch im Tiefschlaf. Dann ist zwölf Uhr mittags zwangsläufig früher Morgen.«

Valerie schrak innerlich zusammen. Sie versuchte, die plötzlich aufkommende ungute Vorahnung mit einem neckischen Lachen zu überspielen.

»Du hast doch nicht etwa gelauscht?«

»Du hast gelacht«, entgegnete Claus mürrisch.

Er wusste, wie albern dieser Satz klingen musste. Eigentlich hatte er sagen wollen: Du hast so gelacht, wie eine Frau es nur dann tut, wenn sie mit ihrem neuen Lover spricht. Aber er wollte sich nicht der Lächerlichkeit preisgeben. Erst brauchte er Fakten. Doch an die würde er schon noch kommen. Wobei er allerdings nicht sicher war, ob er sich wirklich wünschte, die Wahrheit zu erfahren.

Valerie spielte die Fassungslose. »Ich habe gelacht? So, so.« Ergeben hob sie die Hände. »Ja, ich gestehe: Ich habe gelacht.« Sie schüttelte ihre schulterlange, wuschelig gestylte blonde Mähne und sah Claus an. »Mach dir keine Sorgen«, sagte sie. »Du hast mir doch sicher so viel Botox gespritzt, dass das Lachen keine Spuren hinterlässt.«

Claus staunte. Selbstironie war ein Wesenszug, den er an seiner Frau nicht kannte. Oder war dieser letzte Satz als eine Art Sicherheitsabfrage zu verstehen gewesen: Ich darf doch hoffentlich lachen, so viel ich will, ohne Folgen für mein Aussehen befürchten zu müssen?

Claus warf sich auf seinem Stuhl zurück und hob das Kinn. »Wir feiern heute Silberhochzeit, wenn ich dich daran erinnern darf. Ich hatte gedacht, dass wir diesen Tag gemeinsam verbringen. Vom ersten Augenblick an. Aber was ist?« Er machte eine ausladende Handbewegung über den Tisch. »Während ich einsam frühstücke, liegst du noch im Tiefschlaf. Während ich die Tageszeitung von vorn bis hinten studiere und mich über das Weltgeschehen informiere, renovierst du dich ausgiebig im

Badezimmer. Und ich wette: Du hast dich nicht einmal mehr daran erinnert, dass heute ein besonderer Tag für uns beide ist.«

Valerie schluckte. Claus hatte recht.

»Clausimausi, du wirst doch nicht ausgerechnet an diesem Wochenende schlechte Laune haben wollen«, lenkte sie ab, während sie mit dem ausgestreckten Zeigefinger einen Tropfen Honig aufnahm, der in Zeitlupe das Honigglas hinabwanderte. »Schließlich wollen wir das fünfundzwanzigjährige Bestehen unserer Sylt-Clique feiern. Mach uns jetzt keinen Strich durch die Rechnung!« Sie schob die Fingerkuppe in den Mund und sah ihren Mann vorwurfsvoll an.

Claus winkte ab und hob den Teil der Zeitung auf, der neben ihm zu Boden gerutscht war. »Klar, die Clique ist natürlich wichtiger als unser Hochzeitstag.« Er schlug die Zeitung geräuschvoll auf und vergrub sich voller Groll dahinter.

Valerie nahm das Schmuckdöschen, öffnete die beiden Schleifen aus rotem und silbernem Band und legte sie sorgfältig neben ihren Frühstücksteller. Um die Überraschung hinauszuzögern, drehte sie das Schächtelchen in ihrer Hand und besah es von allen Seiten. Dann endlich entfernte sie das seidige Geschenkpapier, öffnete das Döschen und nestelte ein dreiteiliges roségoldenes Set aus gedrechselten Ringen hervor. Sie schob es über den linken Ringfinger. Das Prachtstück, das Claus vom Stammjuwelier der Wiederkehrs hatte anfertigen lassen, saß perfekt.

»Wie aufmerksam von dir! Das passt wunderbar zu meinem neuen Abendkleid!«

Stine brachte eine Kanne mit frisch aufgesetztem Tee herein. Valerie nahm das stumm zur Kenntnis, ohne die Haushälterin zu begrüßen. Sie erhob sich, ging um Stine herum und hauchte Claus einen Kuss auf die Wange. Claus quittierte das mit einem kurzen Nicken, ohne seine Frau anzusehen. Demonstrativ fixierten seine Augen die Börsenwerte.

Valerie setzte sich wieder hin und konzentrierte sich auf die Scheibe Toast auf ihrem Frühstücksteller, die sie hauchdünn mit Margarine bestrich. Mit spitzen Fingern griff sie zum Honigglas. Wie ein verspieltes Kind beobachtete sie mit zur Seite geneigtem Kopf, wie das süße Gold in langsamen Drehungen vom Löffel auf den Toast träufelte. Sie verteilte es bedächtig mit dem Bistromesser, wobei ihr zufriedener Blick immer wieder auf den neuen Ring fiel. Was ihr Schmuckdepot anbetraf, konnte sie ihre Ehe mit Claus durchaus als Volltreffer bezeichnen. Aus dem Augenwinkel sah Valerie zu ihrem Mann hinüber, der weiter hinter seiner Zeitung verborgen blieb.

Während sie in den Toast biss, schweiften ihre Augen zum Meer. Die Wolkenberge hatten sich zu einer schwarzblauen Masse aufgetürmt und schoben sich gerade über das Rote Kliff. Es sah aus, als wollten sie auf ihrem Weg über das Sylter Land alle Häuser, die ihnen im Weg standen, plattwalzen.

Die Terrassentür stand offen, doch kein Laut drang herein. Keine Möwe schrie. Die Vögel hatten in den Sträuchern auf der Heidefläche oder in den Gärten im Ort Unterschlupf gesucht und waren verstummt. Keine Mücke tanzte mehr. Wer noch vor ein paar Minuten oben übers Kliff oder unten am Strand entlanggelaufen war, hatte sich inzwischen in eine überdachte Unterkunft geflüchtet. Rundherum schien das Leben stillzustehen und auf das Donnerwetter zu warten, das sich zu entladen drohte. Nur die Wattwürmer, nass waren sie eh schon, wühlten sich unbeeindruckt durch den Schlick. Und Valerie Wunderlich-Wiederkehr lächelte wie Mona Lisa.

* * *

Claus war frustriert. Seine Ehe hatte er sich anders vorgestellt. Jetzt, da er endgültig aus dem Berufsleben ausgeschieden war und auch keine Verwaltungsaufgaben mehr für seine Klinik wahrnahm, hätte er gern noch einmal einen neuen Lebensabschnitt mit seiner Frau begonnen, mit vielen gemeinsamen Aktivitäten. Aber gerade jetzt, da er Valeries Nähe suchte, driftete sie ab, und er wusste nicht, in welche Richtung.

Waldemar, der Oberarzt in seiner Schönheitsklinik, hatte ihn schon vor sechsundzwanzig Jahren gewarnt. Doch Claus hatte das abgetan. Er solle sich mal nicht als Hellseher aufführen, hatte er seinen Mitarbeiter mit einem Lächeln in die Schranken verwiesen. Einem Lächeln, das ihn allerdings damals schon einige Mühe gekostet hatte.

Waldemar hatte zu jener Zeit selbst ein Auge auf Valerie geworfen. Das war nicht zu übersehen gewesen. Fast hätte er sogar seine Hand nach ihr ausgestreckt. Da war Claus aber schneller gewesen. Das hätte ja noch gefehlt, dass ihm sein Angestellter dieses Goldstück von einer Frau vor der Nase wegschnappte!

Als Waldemar schließlich einsehen musste, dass er den Wettkampf um Valerie verloren hatte, tat er so, als berührte ihn seine Niederlage nicht. Als hätte er Claus freiwillig den Vortritt gelassen, weil er geahnt hatte, dass man mit so einer Frau nur Schwierigkeiten haben würde. »Da investierst du jahrelang«, hatte er räsoniert, »aber die Rendite bleibt garantiert mager. Das fängt mit getrennten Schlafzimmern an. Dann driften die Interessen und Freundeskreise immer weiter auseinander. Und am Ende läuft sie dir mit einem Jüngeren davon.«

Noch heute wurmte es Claus, dass Waldemar mit seiner Bemerkung zu den Schlafzimmern recht behalten hatte. Zum Glück hatte Claus das immer vor seinem Kollegen geheim halten können. Die obere Etage seiner Villa war für die Gäste, die auf einen Drink vorbeikamen oder eine Party bei ihm feierten, natürlich tabu. Wenn Waldemar aber auch mit seiner weiteren Vermutung richtigliegen sollte, wenn Valerie ihn also wirklich eines Tages verlassen würde, mit einem Jüngeren auch noch, dann würde das schwierig werden mit dem Verheimlichen.

Diesen Triumph würde er seinem Arztkollegen nicht gönnen. Niemals!

Misstrauisch und enttäuscht sah Claus seine Frau von der Seite an. Valerie war seine Kreation. Er hatte sie auf einem Kulturfestival in Hamburg kennengelernt. Valeries Lippen waren damals genauso schmal gewesen wie ihr Portemonnaie. Aber diese Frau hatte das gewisse Etwas. Es war nicht schwer gewesen, seine neue Liebe zu überreden, ihr Gesicht seinem Können anzuvertrauen. Nach und nach hatte sie ihm immer mehr anvertraut. Manch eine Neiderin behauptete heute noch, Valerie sei in Claus' Klinik runderneuert worden. Was im Prinzip der Wahrheit entsprach.

Als Valeries Hülle perfekt gestylt war, hatte Claus der Kunstexpertin, die damals in einem Museum jobbte, in Hamburgs City die erste eigene Galerie eingerichtet. Da Valerie über eine gehörige Portion Kompetenz, Ehrgeiz und Biss verfügte, hatte sich ihr Geschäft innerhalb weniger Jahre zum Mittelpunkt der Kunstmalerszene in Norddeutschland entwickelt.

Rückblickend musste Claus sich eingestehen, dass sein Leben mit Valerie mit zu viel Goldstaub überzogen war. Wo so viel glänzende Fassade dominierte, gingen womöglich die Gefühle verloren.

* * *

»Nun leg doch deine Stirn nicht so in Falten.« Valerie stupste Claus von der Seite an. »Sonst wirst du selbst noch einen Kollegen von dir konsultieren müssen. Denk lieber an die Feier mit unseren Freunden an diesem Wochenende. Vier Paare und ein Vierteljahrhundert Freundschaft. Das ist doch ein Ereignis!«

»Was soll denn an der Dauer unserer Freundschaft so Besonderes sein?«

»Genauso viel wie an den fünfundzwanzig Jahren, die unsere Ehe besteht«, gab Valerie schmollend zurück.

»Und seit wann zählt Ilona als Paar?«

»Wie bitte?«

»Du sprachst gerade von vier Paaren. Es sind aber nur dreieinhalb: Konrad und Karin, Günther und Armgard und wir beide. Außerdem Ilona. Zählt deine Busenfreundin aufgrund ihrer Leibesfülle jetzt etwa doppelt?«

Während Valerie an einem Bissen Toast kaute, sah sie Claus mit einem leicht amüsierten Blinzeln an und fuchtelte mit einer Hand in der Luft herum, um anzudeuten, dass sie eine tolle Neuigkeit zu berichten habe. Sie schluckte den Bissen hinunter und sagte: »Das Neueste hab ich dir ja noch gar nicht erzählt.« Sie legte eine Kunstpause ein, bis Claus sie mit einem ungeduldigen Nicken zum Weiterreden aufforderte.

»Ilona bringt ihren neuen Lover mit!«

»Ihren neuen Lover? Ich wüsste nicht, dass sie überhaupt jemals einen Lover gehabt hätte«, konterte Claus. »In den gut zweieinhalb Jahrzehnten, die ich sie kenne, hat sie nicht ein einziges Mal auch nur erwähnt, dass es einen Mann in ihrem Leben gäbe.«

»Nun leg doch nicht immer jedes Wort auf die Goldwaage. Ilona kommt jedenfalls in diesem Jahr in Begleitung nach Kampen. In männlicher Begleitung.«

»Und diese Begleitung soll tatsächlich ihr Freund sein?«

»Ja, was denkst du denn? Ihr Cousin? Ihr Nachbar? Oder vielleicht ihr Personal Trainer?«

»Bei Ilona halte ich alles für möglich. Nur nicht, dass sie einen Partner hat.«

»Sie hat sich einen echten Goldfisch geangelt. Einen gebürtigen Italiener. Gut aussehend. Durchtrainiert. Er kann sehr galant sein. Und stell dir vor: Er ist um etliches jünger als Ilona.«

»Dann hat deine Freundin sich wohl einen Kindersatz geangelt«, mutmaßte Claus.

»Interessant, wie du das siehst!«, giftete Valerie. »Und wie ist das mit uns beiden? Bin ich etwa auch ein Kindersatz für dich? Lebst du deine Vatergefühle an mir aus?«

Claus kniff die Lippen zusammen. Es passierte so gut wie nie, dass er sich in einem Disput selbst ein Ei legte.

»Woher weißt du überhaupt, was für ein Strahlemann Ilonas Freund ist?«, rettete er sich aus seiner Verlegenheit. »Hast du ihn schon kennengelernt?«

Valerie stockte einen Moment. Dann kam Petrus ihr zu Hilfe: Ein heftiger Windzug warf die Blumenvase auf dem Terrassentisch um. Ein Blitz entlud sich. Den Bruchteil einer Sekunde später krachte mit explosionsartiger Lautstärke ein Donner über Kampen herein. Valerie sprang auf und stürmte auf die Terrasse. Sie bekam die Blumenvase zu fassen, bevor das dekorative Stück aus Provence-Keramik über den Tischrand rollen und zu Boden fallen konnte. Mit der Vase in der Hand ging sie zurück ins Haus und schloss die Terrassentür. Als wäre nichts geschehen, setzte sie sich wieder zu Claus an den Frühstückstisch.

»Ich habe Ilonas Freund kennengelernt, als ich das letzte Mal bei ihr in Bergedorf war«, sagte sie beiläufig, ohne Claus anzusehen. Im gleichen Tonfall hätte sie über Ilonas kürzlich angeschafften Gebrauchtwagen reden können. »Marian ist Eventmanager. Er arbeitet übrigens häufig für die Kunstszene, bereitet Vernissagen vor und organisiert das Rahmenprogramm für große Ausstellungen. Der Mann ist sicher auch ein interessanter Gesprächspartner für mich.«

Valerie sah Claus abwartend an. Der hatte die Arme verschränkt und blickte skeptisch zu seiner Frau hinüber, was Valerie dazu veranlasste, die Geschichte weiter auszuschmücken, um ihr Glaubhaftigkeit zu verleihen.

»Marian und Ilona haben vor ein paar Wochen zufällig im Kino nebeneinandergesessen. So sind die beiden ins Gespräch gekommen. Nach dem Film sind sie eine Kleinigkeit essen gegangen, und dann hat sich eine Romanze daraus entwickelt. Warum soll Ilona sich nicht auch mal verlieben?«

»Seit wann geht Ilona ins Kino? Die kriegt doch niemals alleine den Hintern hoch!«

»Nun, dieses eine Mal eben doch. Sonst hätte sie Marian ja nicht kennengelernt.«

Valerie wurde nervös. Sie empfand dieses Beisammensein am Frühstückstisch als ungemütlich. Ihr Mann stellte zu viele Fragen. Sie suchte einen Ausweg. Der fand sich schnell. Ihr Smartphone, das neben dem Frühstücksteller lag, erlöste sie mit einem melodiösen Klingeln.

Claus sah hinüber zum Display. *Gabriele ruft an* konnte er entziffern. Valerie zuckte zusammen und nahm das Mobiltelefon hektisch auf. Ihre Gesichtsfarbe zeigte einen Hauch von Rosa. Verwundert registrierte Claus, wie seine Frau ihm zuzwinkerte, was sie sonst nie tat. Dann säuselte sie »Gabriele, mein Engel« ins Telefon, stand auf und verließ das Esszimmer.

Gabriele, dachte Claus, welcher Engel sollte das nun wieder sein? Eine Freundin oder Bekannte dieses Namens hatte Valerie bisher noch nie erwähnt.

Valerie setzte das Gespräch nebenan im Wohnzimmer fort. Claus konnte nicht verstehen, worum es ging. Als seine Frau nach wenigen Minuten zurückkehrte, wich sie seinem Blick aus.

»Jetzt möchte ich aber wirklich in Ruhe frühstücken«, stöhnte sie und widmete sich geschäftig ihrer Teetasse und dem angebissenen Honigtoast.

»Wer ist denn Gabriele? Von der hast du ja noch nie erzählt.«

Valerie kaute an ihrem Toasthäppchen, als wäre es ein Stück altes, getrocknetes Schwarzbrot. Als sie endlich hinuntergeschluckt hatte, sagte sie lapidar: »Das ist eine Malerin. Nicht der Rede wert.«

»Immerhin nennst du sie deinen Engel, als wärt ihr beste Freundinnen. Und warum bist du in einen anderen Raum geflüchtet, wenn das Gespräch so unwichtig war und sich so schnell beenden ließ?«

»Ich nenne sie Engel, weil sie so eine entzückende Person ist. Du weißt doch, wie Künstlerinnen sind. Die wollen gebauchpinselt werden. Die brauchen das Gefühl, was ganz Besonderes zu sein. Aber ich wollte dich beim Frühstück nicht mit meinen geschäftlichen Angelegenheiten belästigen. Deshalb bin ich ins Wohnzimmer gegangen.«

Valerie legte besänftigend die Hand auf Claus' Arm und sah nach draußen. »Und jetzt ist Schluss mit all den Nebensächlichkeiten. Nun sollten wir uns endlich auf die Feier mit unseren Freunden konzentrieren. Am besten gehen wir nachher zusammen rüber zu Boy und Nele, um die restlichen Vorbereitungen für morgen Abend zu besprechen.«

Bevor Claus auf diesen Vorschlag eingehen konnte, klingelte es an der Tür. Stine öffnete. Die Wiederkehrs hörten, wie eine männliche Stimme etwas sagte. Stine bedankte sich, schloss die Haustür und schlurfte hastig ins Esszimmer.

»Ein Eilbrief.«

Sie drückte Claus einen Umschlag in die Hand und verließ den Raum genauso schnell, wie sie ihn betreten hatte.

Der Brief, der keine Absenderangaben hatte, war an das Ehepaar Wiederkehr adressiert. Claus vermutete einen verfrühten Glückwunsch zur Silberhochzeit. Er riss den Umschlag auf und entnahm ihm ein Stück Pappe von der Größe einer

Postkarte. Er glaubte, seinen Augen nicht zu trauen, als er die Nachricht las: *Jugendwahn kann tödlich sein.*

Das Wort ›Jugendwahn‹ war offensichtlich aus der Überschrift eines Zeitschriftenartikels ausgeschnitten und auf den Karton geklebt worden. Die übrigen Worte stammten von einer Zigarettenschachtel.

Verdattert drehte Claus die Karte um. Die Rückseite war leer.

Valerie hatte am Gesicht ihres Mannes abgelesen, dass es sich bei dieser Post um etwas Ungewöhnliches handeln musste. Wortlos stand sie auf, stellte sich hinter den Stuhl ihres Mannes, die Hände auf die Rückenlehne gestützt, und las die Botschaft, die der anonyme Absender ihnen übermittelt hatte.

Genauso sprachlos wie ihr Mann nahm Valerie den Umschlag in die Hand.

»Von wem kommt das?«, fragte sie überflüssigerweise.

Claus sah sie verständnislos an. »Das siehst du doch!«, rief er aufgebracht. »Von niemandem!«

Valerie zuckte zusammen und ging auf ihren Platz zurück, wo sie ratlos die verschränkten Hände in den Schoß legte und darauf wartete, dass Claus etwas tat. Irgendetwas.

Claus warf die Karte unwillig neben seinen Teller und stierte darauf. Dieses Stück Karton war ihm zuwider. Am liebsten hätte er es sofort in den Abfalleimer geworfen. Was ihn davon abhielt, war der Verdacht, dass es sich bei dieser Post nicht um einen schlechten Scherz handelte. Eine Stimme tief in seinem Inneren sagte ihm, dass dies der Beginn einer Kette unangenehmer Ereignisse sein könnte. Ereignisse, die er im Moment zwar in keinen konkreten Zusammenhang mit seinem oder Valeries Leben setzen konnte, die aber doch irgendwie mit ihnen beiden zu tun haben mussten.

Der Beginn einer schwarzen Serie.

»Ich werde Kuno anrufen.« Claus erhob sich, ging zum Telefon und rief seinen alten Bekannten an, Kriminalhauptkommissar Kuno Knudsen.

* * *

Gestern erst war Kuno Knudsen wieder auf Sylt eingetroffen. Wenn er hier Dienst hatte, lebte er in der Kurhausstraße in einer Wohnung schräg gegenüber dem Haus der Wiederkehrs. Kennengelernt und angefreundet hatten Claus und er sich vor vielen Jahren am Tresen des Restaurants von Hinnerks Hof, der nur wenige Hundert Meter von dem Friesenhaus der Wiederkehrs entfernt lag.

Die meiste Zeit des Jahres lebte der Nordfriese mit dem tiefen humorigen Seebärenlachen in Nebel auf Amrum, in Kapitän Tönissens Öömrang Hüs. Wenn er dort im Garten saß und seine Pfeife rauchte, hielten ihn die Urlaubsgäste üblicherweise für einen leibhaftigen Kapitän.

Kein Wunder. Kuno war eine imposante Erscheinung. Hochgewachsen, kräftig gebaut und braun gebrannt. Mit Augen so blau wie der Nordseehimmel bei Sonnenschein. Obwohl erst fünfundvierzig Jahre alt, waren seine Haare eisgrau, genauso wie sein Zehntagevollbart. Seine Hände waren tellergroß. Wer sie sah, stellte sich vor, wie sie selbst im heftigsten Orkan mit unerschütterlicher Ruhe das Steuerrad eines Ozeandampfers umfassten und das Schiff auf Kurs hielten.

Wenn Kuno den Urlaubern am Gartenzaun erzählte, dass er bei der Kriminalpolizei war, der Kripo Nördliches Wattenmeer mit Einsatz auf Amrum, Sylt und den Halligen, dann lachten sie ihn aus.

Aber das hier war nicht zum Lachen. Post, wie sein Freund und Nachbar Claus Wiederkehr sie gerade erhalten hatte, war kein Spaß. Es war nicht auszuschließen, dass sich irgendjemand aus irgendeinem Grund nur ein einziges Mal hatte abreagieren wollen. Es konnte aber auch viel mehr dahinterstecken, eine todernste Angelegenheit.

Als Claus ihn vorhin im Polizeirevier in Westerland angerufen hatte, war Kuno gerade dabei gewesen, mit seinen Kollegen die aktuelle Lage zu besprechen. Es war bisher angenehm ruhig geblieben in diesem Sommer. Nach dem Anruf war er sofort mit dem Dienstwagen nach Kampen gefahren.

Nun führte Stine ihn ins Wohnzimmer, in dem Claus und Valerie ihn schweigend erwarteten. Claus übergab ihm den Briefumschlag.

»Abgesandt von niemandem«, sagte Valerie mit einem schnippischen Seitenblick auf ihren Mann.

Kuno sah sich den Umschlag an. »Zumindest nicht von jemandem, der sich zu erkennen geben wollte«, bestätigte er, zog die Karte heraus und las die Botschaft, die darauf aufgeklebt war. »Habt ihr trotzdem einen Verdacht, irgendeine Vermutung, wer der Absender sein könnte?«

Beide Wiederkehrs schüttelten stumm den Kopf.

»Habt ihr eine Idee, womit diese Nachricht zusammenhängen könnte?«

»Nichts, keine Ahnung.« Claus wirkte ratlos.

»Die Frage ist«, überlegte Kuno, »betrifft dieses Schreiben wirklich euch beide, oder ist möglicherweise nur einer von euch gemeint?«

»Die Antwort auf deine Frage steht doch auf dem Umschlag: *An das Ehepaar Wiederkehr*«, warf Valerie ein.

Kuno wurde verlegen. Wie sollte er erklären, was er meinte, ohne in den tiefen Fettnapf zu treten, der direkt vor ihm stand? Er beschloss, sich zuerst auf Claus zu konzentrieren. Das ließ ihm Zeit, sich eine passende Formulierung zurechtzulegen, um Valerie ins Spiel zu bringen.

»Diese Post hat irgendeinen Hintergrund. Sonst wäre sie nicht versandt worden. Abgestempelt wurde der Brief in Hamburg. Das muss nicht heißen, dass der Absender auch in Hamburg wohnt. Aber es ist sehr wahrscheinlich, dass er in eurer Umgebung lebt und euch beiden oder einem von euch schon einmal direkt begegnet ist.«

Kuno sah die Wiederkehrs prüfend an. Beide nickten leicht und warteten darauf, dass er fortfuhr.

»So weit, so gut. Fangen wir mal mit deinem Leben an, Claus. Es ist nur eine hypothetische Frage, aber da wir es hier mit einer ernst zu nehmenden Sache zu tun haben, muss ich sie stellen. Also, ohne dir zu nahe treten zu wollen: Du hast in deinem Beruf vielen Menschen dazu verholfen, jugendlicher auszusehen. Könnte es sein, dass eine Patientin von dir infolge einer Operation, die in deiner Klinik ausgeführt wurde, zu Schaden gekommen ist? Ist vielleicht sogar jemand an den Folgen einer Schönheitsoperation, die in deinem Haus durchgeführt worden ist, gestorben? Ist dir solch ein Vorfall bekannt?«

»Ausgeschlossen!«, brach es aus Claus hervor. Er hob abwehrend die Hände und schüttelte heftig den Kopf. »Ganz ausgeschlossen! Davon hätte ich sofort erfahren. Du weißt doch, wie die Leute heutzutage sind. Die klagen schon, wenn man auch nur eine einzige winzige Falte übersehen hat, die sie aus ihrem Gesicht verbannt haben wollten. Was meinst du, was los wäre, wenn eine Patientin unserer Klinik durch eine Operation ums Leben käme? Da hätte ich gleich eine ganze Horde Rechtsanwälte am Hals, und es stünde in allen Medien. Außerdem hätten meine Kollegen mich sicherlich informiert. Auch wenn ich ihnen die Klinik nun überlassen habe, stehen wir in gutem Kontakt.«

»Es könnte ja sein, dass der Vorfall so frisch ist, dass er dir noch nicht bekannt ist«, gab Kuno vorsichtig zu bedenken. »Lass uns die nächsten Tage abwarten, ob da noch etwas nachkommt.

Ansonsten gebe ich dir natürlich recht: So ein Vorfall wäre ein gefundenes Fressen für die Medien, und es würde nicht lange dauern, bis eine Klage eingereicht wäre.«

Kuno seufzte in sich hinein. Er hatte gehofft, bei Claus einen fachlichen Ansatz finden zu können. Bei Valerie müsste er nun in den persönlichen Bereich gehen. Er räusperte sich.

»Nun zu dir, Valerie.«

»Es gibt keinen Grund, mir solche Sprüche zu schicken«, wehrte Valerie gleich ab. Kuno vermied es, ihr ins Gesicht zu sehen. Die Augen nachdenklich auf einen Fleck auf dem Boden gerichtet, fuhr er fort: »Mit deinem sehr gepflegten Erscheinungsbild wirkst du deutlich jünger, als …«, Kuno suchte nach Worten, er kannte Valeries Empfindlichkeiten nur zu genau, »… als andere Frauen deines … deines Jahrgangs.«

Ein Stein fiel ihm vom Herzen, dass er einen Weg gefunden hatte, das Wort ›Alter‹ zu vermeiden. Valerie sah ihn mit gekräuselten Lippen an.

»Und?«

»Ich könnte mir vorstellen, dass der Neid unter den Frauen, mit denen du im engeren, aber auch im allerweitesten Sinn zu tun hast, groß ist. Gibt es eine Frau, die einen ganz besonderen Grund hätte, neidisch oder eifersüchtig auf dich, auf dein Aussehen zu sein?«

»Wie meinst du das?«, schaltete Claus sich wieder ein.

»Um es ganz direkt zu sagen: Valerie, gibt es möglicherweise eine Frau irgendwo in deiner Nachbarschaft, unter deiner Kundschaft oder in deinem weitesten Bekanntenkreis, deren Mann dich attraktiver findet als sie selbst und die deshalb Angst haben könnte, ihn an dich zu verlieren? Hat dir so ein Mann kürzlich Avancen gemacht?«

Claus wollte dazwischenfahren. Doch urplötzlich fiel ihm das überspannte Lachen seiner Frau bei dem Telefonat gestern Abend in ihrem Schlafzimmer ein. Er biss sich auf die Zunge.

Er war unsicher, was dahintersteckte, und hatte Angst, sich lächerlich zu machen.

»Und wenn es so wäre«, fragte Valerie ausweichend. »Warum dann dieser Spruch: Jugendwahn kann tödlich sein?«

Kuno versuchte, es so vorsichtig wie möglich zu formulieren. Er wollte nicht unnötigerweise die Pferde scheu machen, aber er durfte die anonym versandte Karte auch nicht auf die allzu leichte Schulter nehmen.

»Fühlst du dich persönlich bedroht?«, fragte er, ohne auf Valeries Frage einzugehen.

Valerie zögerte. Kunos Frage verunsicherte sie. Bisher hatte sie die anonyme Post als Angriff auf die Jugendlichkeit aufgefasst. Dass es sich um eine Aggression gegen ihre Person oder gar ihr Leben handeln könnte, so weit hatte sie nicht gedacht.

»Nein«, sagte sie unsicher, »nicht direkt. – Sollte ich das?«

Alle drei sahen sich gegenseitig fragend an.

»Ich weiß nicht, wie ich damit umgehen soll«, maulte Valerie schließlich.

»Ehrlich gesagt«, gab Kuno zu, »ich auch nicht.«

»Aber du bist der Fachmann für solche Dinge«, wandte Claus ein. »Sag uns, was wir tun sollen.«

»Wenn ihr keinen konkreten Verdacht habt, können wir von der Kripo im Moment leider gar nichts tun«, bedauerte Kuno. »Da keine Drohung gegen euer Leben vorliegt, besteht kein akuter Handlungsbedarf. Ich kann euch nur raten, in der nächsten Zeit vorsichtig zu sein. Geht nicht allein im Dunkeln spazieren. Öffnet keine Briefe und keine Päckchen, die euch unverlangt zugesandt wurden. Und wenn ihr euch in irgendeiner Weise bedroht fühlt oder ein ungutes Gefühl habt, meldet euch bitte sofort bei mir.«

Kuno stand auf, um sich zu verabschieden. »Lasst uns abwarten, ob diesem Schreiben weitere Aktionen folgen. Gebt mir bitte umgehend Bescheid, wenn das der Fall sein sollte. Versprochen?«

»Versprochen«, antwortete Valerie, und Claus nickte betreten.

Gabriele, überlegte Claus, als Kuno wieder in seinen Dienstwagen stieg und Valerie in ihre Galerie hinüberging. Diese neue Künstlerin, die vorhin angerufen hatte, konnte sie mit der Sache zu tun haben? Oder der Gesprächspartner gestern Abend? Mit wem hatte Valerie telefoniert?

Kapitel 2

Hamburg-Eppendorf, 1. August

»Hast du denn auch an die Zahnbürsten gedacht?«, rief Konrad im Vorbeigehen ins Schlafzimmer, in dem seine Frau gerade die Koffer packte. Er hatte noch ein paar Krimis aus dem Regal im Wohnzimmer zusammengesucht, die er im Urlaub auf Sylt lesen wollte. Nun war er auf dem Weg ins Gästezimmer. Dort war seine Sammlung von Hochglanzautomobilzeitschriften und Lifestylemagazinen untergebracht. Einige der Hefte begleiteten ihn traditionell als Badewannen- und Bettlektüre auf seinen Reisen.

Karin trat auf den Flur des geräumigen Einfamilienhauses, das minimalistisch eingerichtet und nüchtern in Weiß und Grau gehalten war. Sie stemmte die Hände in die Hüften.

»Hast du denn schon meine neue Haarfarbe bemerkt?«

Konrad drehte sich um.

»Ach, wie Valerie. Du wirst Valerie immer ähnlicher. Die blutrot lackierten Fingernägel, die du Wochen vor der Fahrt nicht mehr kürzt. Die platinblond gefärbten Haare, die vom knappen Bob auf Schulterlänge wachsen müssen. Und jedes Mal, bevor wir nach Sylt fahren, stellst du urplötzlich deine Garderobe auf Valeries Stil um. Einschließlich der recht offenherzigen Blusen und T-Shirts.«

»War das jetzt ein Kompliment oder ein Vorwurf?«

»Nimm es, wie du willst. Vergiss aber bitte nicht, dass ich keine Valerie geheiratet habe. Und das hat durchaus seinen Grund.«

»Richtig, du hast keine Valerie geheiratet. Aber du kannst nicht leugnen, dass ihre Haare eine gewisse Faszination auf dich ausüben.«

»Stimmt«, gab Konrad zu. »Wenn die in der Sonne schimmern, sind sie ein echter Hingucker.«

»Offenbar nicht nur die Haare, wenn ich das mal anmerken darf. Auch Valeries Tigerkrallen scheinen dich zu reizen. So, wie du die anstarrst, wenn Valerie jedes Wort, das sie sagt, und überflüssigerweise auch jedes Wort, das sie nicht sagt, mit ihren Händen unterstreicht. Manchmal ist dein Blick echt peinlich.«

Konrad versuchte, sachlich zu bleiben. »Ja, ich finde Valeries Hände schön. Sie wirken sehr gepflegt.«

»Kunststück«, urteilte Karin schnippisch. »Diese Hände haben seit Jahrzehnten keinen Staubsauger und kein Bügeleisen mehr angefasst. Sie haben nicht mal mehr die Waschmaschine ein- oder den Geschirrspüler ausgeräumt.«

Konrad zog sich ins Badezimmer zurück, um nachzusehen, ob Karin wirklich all seine Waschutensilien zusammengelegt hatte, während er vorhin das letzte Therapiegespräch vorm Urlaub mit einer überdrehten Klientin geführt hatte. Doch Karin gab keine Ruhe. Sie folgte ihm.

»Und Valeries Dekolleté, das sie so leidenschaftlich gerne präsentiert, hat offenbar auch eine durchschlagende Wirkung auf dich. Manchmal denke ich, sie könnte glatt eine Besichtigungsgebühr von dir kassieren. Wenn du mich fragst: Damit könnte sie ihr nicht ganz unbeträchtliches Vermögen in Windeseile verdoppeln.«

»Können wir dieses Thema jetzt bitte beenden«, forderte Konrad. »Ich stelle gerade fest: Du hast meine Zahnbürste vergessen.«

»Ich habe deine Zahnbürste nicht vergessen. Ich habe sie nur noch nicht eingepackt.«

»Kommt das nicht aufs Gleiche hinaus?«, fragte Konrad genervt. »Karin, warum bist du jedes Mal so gereizt, wenn wir nach Sylt fahren? Freust du dich denn überhaupt nicht auf den Urlaub?«

»Urlaub!«, schnaubte Karin. »Natürlich freue ich mich auf Sylt. Aber die Treffen mit unserer Clique sind doch immer ein Schaulaufen von Valerie und Claus. Von Jahr zu Jahr wird es schlimmer. Der König der Schönheitschirurgen putzt seine Frau Gemahlin noch ein bisschen mehr heraus, bis es nicht mehr zu toppen ist. Und Valerie Wunderlich-Wiederkehr, die umworbene Kunstgaleristin und wandelnde Werbung für seine Klinik, ist mal wieder das gesellschaftliche Ereignis des Jahres.«

Karin ging im Flur auf und ab und schwenkte dabei ihre Hüften übertrieben wie ein Model auf dem Laufsteg. »Valerie strahlt und glänzt, wo sie geht und steht. Auf der Friedrichstraße leuchtet sie selbst bei Mitternacht mit jeder Straßenlaterne um die Wette. In jedem Restaurant spielt sie sich auf, als sei sie die First Lady von Sylt, für die der rote Teppich aus der Mottenkiste geholt werden muss. Und wir alle schwirren um die beiden herum in der Hoffnung, auch ein bisschen von dem Glanz abzubekommen.«

Karin hatte sich in Rage geredet. Ihre Stimme wurde immer lauter, ihr Wortschwall beschleunigte innerhalb weniger Sekunden auf Formel-1-Niveau, und ihre Hände wirbelten in der Luft herum, als wollte sie beide Klitschko-Brüder gleichzeitig ausknocken. Sie folgte Konrad, der ins Schlafzimmer ging und eine der Reisetaschen inspizierte, die Karin am Nachmittag gepackt hatte.

»Guck dir doch an, wie wir uns in den Wochen auf Sylt alle gegenseitig Honig um den Bart schmieren und so tun, als hätten wir das ganze Jahr über sehnsüchtig darauf gewartet, uns endlich wieder in die Arme fallen zu können. Wenn du ehrlich bist: Im Hinterstübchen rumort doch bei jedem von uns die Frage, was uns eigentlich zusammenhält. Warum treffen wir uns jeden Sommer aufs Neue? Warum tun wir uns das an? Seit fünfundzwanzig Jahren! Wollen wir das wirklich weitertreiben bis zum fünfzigsten Süßholzraspel-Urlaub?«

»Dieser Süßholzraspel-Urlaub war immer unser gesellschaftliches Highlight des Jahres. Deinen plötzlichen Sinneswandel kann ich nicht nachvollziehen.«

»Letztes Jahr hat Valerie ...«

»Karin, letztes Jahr ist vergangen und abgehakt«, stellte Konrad nüchtern fest. »Jetzt ist es zu spät, darüber nachzudenken, ob wir hinfahren wollen oder nicht. Das Zimmer ist gebucht. Was mich persönlich im Moment beschäftigt, ist die Frage: Hast du meine Badehose eingepackt?«

»Seit wann gehst du auf Sylt baden?«

»Habe ich gesagt, dass ich baden will?«

»Wozu brauchst du dann die Badehose?«

»Denk doch mal nach.« Konrad sah Karin an wie ein kleines Mädchen, dem man alles ganz genau erklären muss, und hob fragend die Arme. »Zum Sonnenbaden vielleicht?«

»Das tust du doch eh nur am FKK-Strand. Und auch nur, wenn Valerie oder eine annähernd vergleichbar gerundete Blondine dort liegt.«

»Können wir jetzt bitte mal wieder sachlich werden.«

»War das eine Frage oder ein Befehl?«

»Drücke ich mich heute so unverständlich aus, dass du immer fragen musst, wie das, was ich sage, zu verstehen ist?«

»Wieso heute? In letzter Zeit drückst du dich ständig so aus, dass ich dich nicht verstehe.«

»Karin, nun reiß dich bitte mal zusammen. Wenn wir so weitermachen, landen wir noch vor dem Scheidungsrichter. Du weißt genau, was das beruflich für uns bedeuten würde. Die ganze Stadt lacht sich kaputt, wenn die Ehe von Konrad und Karin Bitterstein zerbricht.«

»Dann gehe ich eben in eine andere Stadt.«

»Aha. Interessant. Woher willst du denn so schnell so viele Klienten bekommen, dass du genug verdienst, um deinen nicht gerade bescheidenen Lebensstil finanzieren zu können?«

Dieses Argument zog. Karin verließ das Schlafzimmer, knallte die Tür zu und stapfte die Treppe hinunter. In der Küche öffnete sie die Tür des Geschirrspülers, der durch ein Piepsen das Ende des Programmdurchlaufs signalisiert hatte und ausgeschaltet werden wollte.

Konrads Blick scannte den Kleiderschrank nach Pullovern ab, die er mit in den Urlaub nehmen wollte und die Karin sicherlich mal wieder vergessen hatte einzupacken.

Nach erfolgloser Suche hatte er an diesem Mittag nur noch einen Wunsch: ein kühles Blondes – die schönste Einstimmung auf die Tage auf Sylt.

Konrad betrat die Küche, als Karin gerade mit Feuer in der Seele und einem Chromputztuch in der Hand all ihren Frust über ihre Ehe an der Spüle ausließ. Die dankte es ihr, indem sie in Hochglanz erstrahlte. Konrad angelte sich eine Packung Sandwiches mit Schinken und Käse und ein alkoholfreies Bier aus dem Kühlschrank und nahm den Flaschenöffner vom Küchenregal. Es zischte leise, als der Deckel sich vom Flaschenrand löste. Etwas zu temperamentvoll schenkte Konrad das Weizenbier in ein Glas. Der Schaum lief über und tropfte auf den Boden.

»Na super. Ich habe ja auch gerade erst geputzt. Da passt jetzt hervorragend wieder eine klebrige Bierpfütze drauf.« Karin sah ihren Mann schnippisch an. Der beschloss jedoch, sich seine Vorfreude auf das Bier und auf das morgige Wiedersehen mit Valerie nicht durch hausfrauliche Kleinkariertheit trüben zu lassen.

Wortlos riss er zwei Stück Küchenkrepp von der Rolle im Wandhalter ab und wischte den Schaum auf. Karin, die ihm den Rücken zugekehrt hatte und nun einen Schritt zurücksetzte, um das Geschirr aus der Spülmaschine zu räumen, wäre ihm beinahe auf die Finger getreten.

Die Klarsichtbox mit den Sandwiches unter dem Arm und das Bierglas in der Hand zog Konrad sich ins Wohnzimmer zurück, setzte sich in seinen Komfortsessel und legte die Beine hoch. Er sah zum Garten hinaus und genoss den Augenblick, denn er wusste: Solange seine Frau in der Küche mit dem Geschirr klapperte, hatte er seine Ruhe.

* * *

In Momenten wie diesen dachte Konrad gern an Susanne zurück, die hübsche brünette Studienanfängerin, die er in der Mensa kennengelernt hatte, als Karin und er kurz vorm Examen standen. Ein paar Wochen lang hatte er sich regelmäßig mit Susanne getroffen. Karin hatte nichts von dieser Liebschaft bemerkt. Sie war viel zu sehr damit beschäftigt gewesen, in der Universitätsbibliothek die Liste der Literaturangaben für ihre Diplomarbeit zusammenzustellen. Susanne musste eines Tages überraschend in ihre Heimatstadt Frankfurt zurück, weil ihre Mutter schwer erkrankt war. Schade. Wäre sie in Hamburg geblieben, wer weiß, ob er Karin überhaupt geheiratet hätte.

Aus heutiger Sicht wäre Susanne eindeutig die unkompliziertere Ehefrau gewesen. Sie hatte so ein leichtlebiges Naturell gehabt. Bei ihr hatte er immer gewusst, wen er vor sich hatte. Susanne war immer sie selbst gewesen. Und bestimmt war sie es bis heute geblieben. Karin dagegen imitierte mit Leidenschaft andere Frauen. Klientinnen, von denen sie vermutete, dass sie für Männer attraktiver waren als sie selbst. Nachbarinnen, die mit ihrer Frisur oder Kleidung einen neuen Stil ausprobierten. Freundinnen, die meinten, sich alle paar Jahre neu erfinden zu müssen. Und immer wieder Valerie. Es war jeden Sommer dasselbe Spiel. Warum aber sollte er sich in den Wochen auf Sylt mit der Kopie begnügen, wenn er das Original haben konnte? Konrad schmunzelte spitzbübisch.

Als Karin mit einem Thunfischsandwich und einer Zitronenlimonade ins Wohnzimmer kam und sich auf das Sofa drapierte, betrachtete Konrad seine Fingernägel höchst konzentriert und fragte beiläufig: »Hast du eigentlich schon das Ticket für den Sylt-Shuttle ausgedruckt?«

»Habe ich das Ticket jemals vergessen?«, giftete Karin ihn an.

»Einmal ist bekanntlich immer das erste Mal.« Langsam wandte Konrad seiner Frau den Kopf zu. »Und wie oft habe ich mit dir schon ein erstes Mal erlebt!«

»Du tust gerade so, als wäre ich dement.«

»Ich weiß, das bist du nicht. Aber was nicht ist, kann ja noch werden«, erwiderte er zynisch.

»Darauf wartest du wohl!«

»Lass mich meine Empfindungen analysieren… Hm, ja, vermutlich warte ich darauf. Dann bestünde ja die Aussicht, dass du eines Tages vergisst, mich geheiratet zu haben.« Konrads Stirn zog sich in Falten, und sein Blick wanderte wieder in den Garten.

Karin kniff die Augen zusammen. »Selbst wenn ich das jemals vergessen sollte, womit leider kaum zu rechnen ist – eins ist gewiss: Dein ganz besonderer Charme wird mir selbst im Stadium schwerster Demenz in Erinnerung bleiben.«

* * *

42

Konrad fuhr den Wagen aus der Garage, die neben dem Haus lag, und parkte ihn auf der Auffahrt vor den Stufen der Eingangstür. Stück für Stück holte er die Reisetaschen, die im Hausflur bereitstanden, und verstaute sie im Kofferraum. Als er das gesamte Gepäck einschließlich Karins überdimensionaler Kosmetikbox im Wagen untergebracht hatte, ging er noch einmal zum Haus zurück.

»Karin, kommst du dann?«, rief er, während er die Haustür offen hielt.

Karin sah ein letztes Mal in Wohnzimmer und Küche nach dem Rechten, nahm ihre Handtasche und würdigte ihren Mann keines Blickes, als sie an ihm vorbeiging. Demonstrativ katzenhaft ließ sie sich auf dem Beifahrersitz nieder.

Konrad schloss die Haustür ab. Als er sich zum Wagen umdrehte, streifte sein Blick die Tür, die zu den Praxisräumen im Souterrain führte. *Konrad & Karin Bitterstein, Paartherapeuten* stand in eleganten schwarzen Lettern auf dem großen Messingschild.

Konrad setzte sich neben seine Frau. Als er den Motor anließ, fächelte Karin sich demonstrativ mit dem Ticket für den Sylt-Shuttle Luft zu. Was Konrad noch nicht entdeckt hatte, war der kleine Brilli auf dem Nagel ihres rechten kleinen Fingers. Als Valerie im letzten Jahr mit so einem Exemplar angekommen war, hatte Karin sich geschworen, dieses Jahr dagegenzuhalten. Heute Morgen, als ihr Mann mit den letzten eiligen Vorurlaubsklienten befasst war, hatte sie sich das teure Stück im Nagelstudio aufkleben lassen.

Kapitel 3

Günther und Armgard standen zwischen Bett und Kleiderschrank im Schlafzimmer ihrer Mietwohnung. In einem Koffer und zwei kleinen Reisetaschen verstauten sie ihre Kleidung für die Sylt-Reise. Günther wirkte unruhig. Armgard sah ihn fragend an.

»Am liebsten würde ich hierbleiben«, sprach er leise mehr zu sich selbst als zu Armgard.

»Damit kommst du aber früh«, ulkte Armgard in mütterlichem Ton.

»Ich weiß nicht, was in der Agentur passiert, während wir weg sind«, offenbarte Günther seiner Frau nach kurzem Zögern. »Ich weiß nur, dass etwas passiert. Ich fürchte, diesmal trifft es mich.«

»Du sprichst in Rätseln«, merkte Armgard an. »Verrat mir doch bitte, worum es geht.«

»Du weißt, wie schlecht die Auftragslage ist. Eine Besserung ist kaum in Sicht. Fotografen werden einfach nicht mehr gebraucht.«

Armgard ließ den Pullover aufs Bett fallen, den sie gerade aus dem Schrank genommen hatte. »Du meinst, es wird zu Kündigungen kommen?«

»So sieht es aus. Vor drei Monaten haben sie die Verträge mit allen freien Mitarbeitern aufgelöst. Jetzt sind wir Angestellten dran.« Günther traute sich nicht, Armgard in die Augen zu sehen. »Wir haben keine Kinder zu versorgen. Ich bin noch nicht so lange im Unternehmen beschäftigt wie manch anderer Kollege. Und ich bin aus Agentursicht zu alt. Einerseits bin ich vergleichsweise teuer, andererseits nicht mehr bereit, die Nächte durchzuarbeiten.« Günther unterbrach sich und sah Armgard endlich ins Gesicht. »Ich werde zu den Ersten gehören, die gehen müssen.«

»Ist das der Grund, weshalb du den Postnachsendeantrag gestellt hast?«, fragte Armgard. »Befürchtest du, dass du in dieser Zeit die Kündigung erhältst?«

Günther nickte traurig. »Möglich ist das.«

Armgard bekam weiche Knie. Sie setzte sich auf die Bettkante. »Die können dich doch nicht einfach …!«, rief sie entrüstet.

»Und ob die können. Glaub mir, das geht nicht mehr lange gut. Ich spüre das. Markus geht mir seit Tagen aus dem Weg, und André kann mir auch nicht mehr offen in die Augen gucken. Wir müssen uns darauf gefasst machen, dass mir spätestens zum Jahresende gekündigt wird. Eine neue Stelle als Fotograf werde ich sicher nicht bekommen. Nicht in meinem Alter, und nicht in einer Zeit, in der jeder x-Beliebige mit einer Digitalkamera herumspaziert.«

»Ja, aber … Was machen wir denn dann?«, fragte Armgard ängstlich.

Günther sah seine Frau eindringlich an. »Es ist ganz wichtig, dass ich in diesem Sylt-Urlaub als Maler bei Valerie Fuß fassen kann. Dieses Jahr muss es bringen. Wir müssen Valerie von mir überzeugen. Es ist meine letzte Chance. Glaub mir, wenn ich diese Hoffnung nicht hätte, hätte ich dir vorgeschlagen, gar nicht erst hinzufahren.«

»Du hast seit dreißig Jahren keinen nennenswerten Erfolg als Kunstmaler«, rutschte es Armgard heraus. »Wie willst du Valerie von deinen künstlerischen Fähigkeiten überzeugen?«

»Armgard, bisher war ich Hobbymaler. Das sieht bald anders aus. Ich bin gezwungen, mein Hobby zum Beruf zu machen. Das bedeutet: Ich bin auf dem Weg, mich hauptberuflich als Künstler zu etablieren. Bisher war es doch so: Ob ich am Sonntagmorgen auf dem Flohmarkt ein Bild verkauft hab oder zwei oder gar keins, das kratzte zwar an meiner Eitelkeit, rüttelte aber nicht an unserer Existenz. Das sieht heute anders aus. Und deshalb brauche ich Valerie. Mit ihren beiden Galerien kann sie mir auf dem Kunstmarkt zu Renommee verhelfen. Ohne Valeries Unterstützung geht das nicht.«

Armgard dachte an ihre Vorbehalte gegenüber Valerie. Deren Freundlichkeit war gespielt. Das hatte sie von Anfang an gemerkt. Valerie hatte sie und Günther immer ein wenig von oben herab behandelt. Wenn Claus nicht wäre, der sich mit Günther so gut verstand, wäre nie eine Freundschaft zwischen den beiden Paaren entstanden. Der Gedanke, dass Günthers berufliche Zukunft und ihrer beider Existenz von Valeries Wohlwollen abhängig sein sollten, war Armgard zuwider.

»Noch hast du eine feste Stelle«, beharrte sie. »Es ist doch gar nicht sicher, dass du die verlierst. Falls doch: Eine Weile können wir von meinem Gehalt leben. Und wenn du dann wieder irgendwo in Lohn und Brot stehst, hast du sowieso nicht mehr viel Zeit zum Malen.«

Der große kräftige Günther mit dem schütteren dunkelblonden Haar und den braunen Augen blickte auf seine kleine rundliche Frau hinab. Sein tieftrauriger Teddyblick verunsicherte sie.

»Armgard, sieh es doch ein. Eine neue Festanstellung, das ist Utopie! Und was können wir uns von deinem Gehalt als Sekretärin in einer mäßig florierenden Vorstadtautowerkstatt schon leisten? Als freier Fotograf kann ich mit Glück ab und zu ein Foto an ein Anzeigenblättchen verkaufen, bestenfalls auch mal an eine Tageszeitung. Aber mehr als ein paar Euro verdiene ich damit nicht. Davon können wir auf Dauer nicht leben. Ein Durchbruch als Maler wäre meine letzte Chance, noch einmal richtig Geld zu verdienen!«

Günthers Blick wurde noch intensiver, seine Augen noch dunkler.

»Armgard, bitte. Ich weiß, dass du Valeries Nähe liebst wie die einer Würgeschlange. Aber ohne diese Frau und ihre Galerien geht es nicht. Ich habe keine anderen Beziehungen in die Kunstszene. Du weißt, wie gern Valerie sich hofieren lässt. Uns bleibt nichts anderes übrig, als dieses Jahr ganz besonders freundlich zu ihr zu sein. Wir müssen ihr Interesse an meinen Bildern wecken. Dazu brauche ich dich. Ich kann das nicht allein.«

Armgard legte den Kopf zweifelnd zur Seite.

»Armgard, es wäre viel zu plump und durchschaubar, wenn ich selbst damit anfinge, von meinen Bildern zu schwärmen«, setzte Günther seine Argumentation unbeirrt fort. »Du kannst ganz anders vorgehen. Du hast die Möglichkeit, von Frau zu Frau mit Valerie zu reden. Unterhalte dich mit ihr über irgendwas. Umschmeichle sie. Mach ihr Komplimente. Und dann schlag die Kurve zur Kunst, zur Malerei. Dabei kommst du so ganz nebenbei auf meine neuesten Werke zu sprechen und darauf, wie farbenfroh und ausdrucksstark, wie außergewöhnlich und einzigartig meine Bilder sind. Extravagant, das ist der Ausdruck. Ja, darauf fährt Valerie doch ab! Mach ihr klar, dass sie, die große Kunstkennerin, die Chance hat, die Erste zu sein, die meine Werke einem größeren Publikum vorstellt. Schließlich fällt ja auch für sie ordentlich was ab, wenn sie meine Bilder gut verkauft. Armgard, bitte, überwinde dich. Tu es mir zuliebe. Denk an unsere Zukunft.«

Er sah Armgards Gesichtsausdruck an, dass er noch eine Schippe drauflegen musste, um sie zu überzeugen.

»Wenn ich eines Tages ein anerkannter Maler bin, wird Valerie diejenige sein, die von sich aus zu uns kommt und mich bittet, weitere Bilder bei ihr auszustellen. Und sie wird nicht die Einzige bleiben. Ich werde in allen Metropolen Deutschlands ausstellen, vielleicht sogar in ganz Europa. Paris, Mailand, Rom, Wien, London. Aber bis dahin ist es ein hartes Stück Arbeit. Valerie muss mir Starthilfe leisten. Ohne sie schaffe ich das nicht. Sie ist der einzige brauchbare Kontakt, den ich zum Kunstmarkt habe.«

»Ja, mach Valerie ruhig zum Nabel der Welt!«, rief Armgard zornig aus. Günther schrak zurück. Noch nie hatte er Armgards Augen derart wütend funkeln sehen. »Alles, was diese Kunstperson ist, ist sie nur, weil sie zufällig den renommierten Doktor Claus Wiederkehr auf irgendeiner feinen, abgehobenen Veranstaltung kennengelernt hat. Was wäre sie denn heute ohne ihren Mann?«

»Wie auch immer sie dahin gekommen ist, wo sie jetzt steht, Valerie ist eine der wichtigsten Galeristinnen im norddeutschen Raum. Warum sollten wir ihren Einfluss und den ihres Mannes nicht nutzen? Ich wette, es hatte seinen Sinn, dass wir die beiden kennengelernt haben. Wozu haben wir diesen Kontakt über all die Jahre gepflegt? Lass uns die Gelegenheit nutzen, die sich uns jetzt bietet! Bitte, Armgard. Vertrau mir, es ist meine letzte Möglichkeit, richtig gutes Geld zu verdienen, wenn ich meinen Agenturjob verliere.«

Armgard ließ die Schultern hängen und seufzte.

»Gerne mach ich das nicht. Aber ich will mich dir und deiner Karriere als Künstler natürlich auch nicht in den Weg stellen. Wir werden sehen, was es bringt. Eine solide Festanstellung für dich wäre mir jedenfalls lieber. Etwas, worauf man sich verlassen kann.«

48

»Glaubst du etwa nicht an mich?«

»Günther, über wie viele Flohmärkte bist du im Laufe der Jahrzehnte getingelt? Und wie viele Bilder hast du bisher zu einem halbwegs anständigen Preis verkauft?«

»Ich habe es aber bisher noch nie auf professionellem Weg versucht. Diesen Weg schlage ich jetzt erst ein.«

»Und dann muss es ausgerechnet diese Silikonfrau sein, der du dich an den Busen wirfst?«

»Valeries Galerie liegt mitten in Hamburg, in bester Lage. Und ihr Busen zieht selbst die Fachwelt an«, versuchte Günther es mit einem Scherz, der bei Armgard allerdings nicht verfing. Er sah seine Frau fast bettelnd an. »Armgard, man mag über Valeries äußere Erscheinung denken, was man will, dumm ist diese Frau nicht, und von Kunst versteht sie wirklich was. Außerdem hat sie ein Händchen dafür, ihre Künstler zu vermarkten. Wenn man einmal bei Valerie Wunderlich-Wiederkehr unter Vertrag steht, kann mit der künstlerischen Karriere nicht mehr viel schiefgehen.«

Schicksalsergeben hob Armgard ihre Hände. »Also gut. Wenn es denn sein soll, dann werde ich dieses Jahr unserer Busenfreundin und ihrem Herrn Gemahl ganz besonders schmeicheln.«

»Lass Claus ruhig außen vor«, meinte Günther trocken. »Es reicht, wenn du dich an Valerie hältst. Denk immer daran, was es uns beiden bringt, wenn wir sie überzeugen können. Sobald ich meine Werke gut verkaufe, kannst du deinem Chef mit einem müden Lächeln die Kündigung auf den Schreibtisch legen. Dann brauchst du ihm nicht mehr morgens um sieben Uhr dreißig den Kaffee zu kochen. Du wirst nicht mehr irgendeine Frau Geier sein, der man jeden Kleinkram auf den Tisch werfen kann. Frau Geier, wo ist die Rechnung von der Firma Müller und Co.? Frau Geier, haben Sie schon die Kontoauszüge geholt? Frau Geier, verbinden Sie mich doch mal schnell mit meinem Schwager. Frau Geier hier, Frau Geier da. Und vergessen Sie mir bloß nicht das Geburtstagsgeschenk für meine Frau, Sie wissen ja, nächste Woche Donnerstag…«

Mit jedem Satz war Günther lauter geworden. Armgard hatte ihn erschrocken angesehen. Sie hatte nicht geahnt, in welchem Ausmaß ihr Mann mitbekommen hatte, dass ihr Chef sie als Handlangerin für alles und jedes einspannte, auch für seine privaten Angelegenheiten, und wie sehr Günther sich darüber ärgerte.

Günther atmete tief durch. »All das hat dann ein Ende«, fuhr er mit überzeugtem Ton in der Stimme fort. Er wagte einen träumerischen Blick in die Zukunft. »Du wirst die Künstlergattin Armgard Geier sein, die den international bekannten Meister zu großen Vernissagen begleitet. Hier ein Gläschen Schampus, da ein Lachsbrötchen, dort ein netter Small Talk mit dem Vorsitzenden des regionalen Kunstvereins. Der Oberbürgermeister wird selbstverständlich auch zugegen sein. Und ich kann dir endlich schicke Kleider kaufen.« Günther trat ans Küchenfenster, blickte in den Himmel und hob die Arme. »Ah, ich sehe schon«, rief er aus, »du wirst so strahlen, dass selbst Valerie neben dir verblasst!« Dann drehte er sich zu Armgard um und sagte entschlossen: »Und in zwei, drei Jahren kaufen wir uns ein Haus. Irgendwo, wo es richtig schön ist. Im Alstertal oder an der Elbe. Wo du willst.«

Armgards Augen fingen an zu leuchten.

»Wenn du meinst«, sagte sie zögerlich und verfiel einen Moment lang demselben Traum wie Günther. Sie faltete die Hände vor der Brust und drückte die Handflächen fest gegeneinander. »Also gut«, nickte sie so nachdrücklich, dass ihr Oberkörper sich leicht nach vorn beugte. »Ich helfe dir. Versprochen.«

Die unscheinbare untersetzte Frau ging einen Schritt auf Günther zu, hob das Kinn und meinte herausfordernd: »Du musst dir dann aber einen Künstlernamen zulegen. Günther

kann ja jeder heißen. Wie wär's mit Gunnar? Gunnar Falke?«
Ihr Blick schweifte nach oben, als sähe sie einen Falken am
Himmel entlangsegeln.

Günther lachte: »Gunnar? Na ja, mal sehen. Klingt gar
nicht so schlecht. Aber Falke? Warum nicht gleich Kondor oder
Albatros!«

»Du nimmst mich nicht ernst.«

Günther schüttelte lachend den Kopf. Armgard reagierte
verschnupft. »Wenn du dich nicht für einen hübscheren, klang-
volleren Nachnamen entscheiden willst, dann schreib Geier
wenigstens mit Ypsilon.«

»Wie ich als Künstler heißen soll«, beschloss Günther mit
leicht majestätischer Haltung, »das sollten wir Valerie überlassen. Sie weiß am besten, welcher Name sich international gut
verkaufen lässt. Aber erst einmal«, schob er hinterher, »müssen
wir sie von meinen künstlerischen Qualitäten überzeugen.«

Kapitel 4

Hamburg-Bergedorf, 1. August

Ilona hatte ein ungutes Gefühl. Sie hatte sich mit angezogenen Beinen in die Ecke des kornblumenblauen Plüschsofas ihrer gemütlichen kleinen Altbauwohnung im Zentrum von Bergedorf gekauert und hielt den Telefonhörer krampfhaft ans Ohr gedrückt. Die Finger ihrer rechten Hand spielten mit der Bordüre eines senfgelben Sofakissens, die sich an einer Ecke zu lösen begann. Im Fernsehen lief irgendeine Vormittagsserie, die sie ein wenig ablenkte, aber nicht wirklich interessierte. Beim ersten Klingeln des Telefons hatte sie den Ton abgestellt.

Sie hatte das Gespräch nur widerwillig angenommen. Marian war ihr so fremd. Er wirkte auf eine gekünstelte Weise einschmeichelnd. Seine Stimme klang wie die eines Menschen, der all seine Überredungskünste aufbringen muss, um seinen Gesprächspartner mit sanfter Gewalt zu etwas zu drängen.

Ilona hörte dem Mann eine Zeit lang zu, widersprach, hörte wieder zu. Schließlich knüllte sie das Sofakissen gegen die Rückenlehne und schlug mit der Faust darauf ein. »Ganz ehrlich«, hauchte sie fast weinerlich ins Telefon, »mir ist nicht wohl bei der Sache. Ich weiß nicht, wie das funktionieren soll. Und außerdem: Es ist Betrug. Es ist eine Sauerei.«

Marian gab sich seit einer geschlagenen Viertelstunde alle Mühe, nett und geduldig zu sein. In Wirklichkeit aber war er genervt. So ging das nun seit Tagen: Immer wenn er glaubte, Ilona beruhigt zu haben, kippte sie ein paar Stunden später wieder um.

»Du bist wie der Schiefe Turm von Pisa. Ständig drohst du umzufallen«, stöhnte er. »Denk daran: Valerie ist deine Arbeitgeberin und deine beste Freundin!«

»Und Claus ist der Mann meiner besten Freundin.«

»Was heißt das schon«, ging Marian lapidar über diesen Einwand hinweg. Er war mit seiner Geduld am Ende. Nun kam der temperamentvolle Italiener in ihm hervor. Wie ein Tiger im Käfig lief er in seinem Wohnzimmer auf und ab und raufte sich mit der linken Hand die Haare. Ab und zu blieb er stehen und gestikulierte ungeduldig, als stünde er Ilona direkt gegenüber und wolle auf sie einhämmern. »Claus ist zwanzig Jahre älter als Valerie. Die beiden haben von Anfang an eine Ehe geführt, die ihre eigenen Regeln hatte und mit üblichen Ehen überhaupt nicht vergleichbar ist. Das weißt du sehr genau. Claus hat nie danach gefragt, wie Valerie sich die Zeit vertrieben hat, wenn er den ganzen Tag im OP stand und danach stundenlang seine Patientinnen aufsuchte, um die Operationsergebnisse mit ihnen zu besprechen. Wenn er sich bis in den späten Abend hinein in seinem Büro mit den Kollegen beriet und anschließend noch einen Whisky mit ihnen trank. Wenn er tagelang auf Vortragsreisen war oder irgendwo auf der Welt Fachtagungen und Seminare besucht hat. Warum also plötzlich diese Skrupel? Wir machen nichts kaputt, was nicht schon längst zerbrochen wäre.«

»Was ihr beiden macht«, fauchte Ilona wütend zurück, »soll mir persönlich egal sein. Aber ihr spannt mich für eure Sache ein und erwartet von mir, dass ich …«

»Ilona, zeig einfach nur dein Schauspieltalent«, kürzte Marian die Sache ab. »Ein bisschen improvisieren wirst du doch wohl können. Den Rest übernehmen Valerie und ich. Und nun lass uns Nägel mit Köpfen machen. Für einen Rückzug ist es sowieso zu spät. Ich hol dich in zwei Stunden ab, und dann geht's los in den Abenteuerurlaub.«

»Ihr verlangt von mir, dass ich meinen Urlaub dafür hergebe, dass ihr ein heimliches Abenteuer erleben könnt! Ich verstehe übrigens überhaupt nicht, warum ihr euer Spielchen auf Sylt ausweiten wollt. Warum muss das jetzt direkt vor Claus' Augen geschehen?«, protestierte Ilona. Wut kochte in ihr hoch. Doch Marian hatte ohne ein weiteres Wort die Leitung gekappt. Ilona rief noch zweimal seinen Namen in den Hörer. Dann legte sie kopfschüttelnd auf.

»Mir ist nicht wohl bei der Sache«, sagte sie noch einmal laut und sah dabei ihre Mutter an, die in Öl gemalt und golden eingerahmt an der Wand gegenüber dem Sofa hing.

* * *

Eine Stunde und neunundfünfzig Minuten später klingelte es an der Tür. »Hallo?«, rief Ilona in den Hörer der Sprechanlage.

»Nun mach schon auf«, hörte sie Marians ruppige Stimme. Wie auf Kommando betätigte Ilona den Summer und ärgerte sich im selben Moment über ihren Gehorsam gegenüber einem Mann, der beinahe zwanzig Jahre jünger war als sie.

Marian nahm immer zwei Treppenstufen auf einmal. Als er im dritten Stock angekommen war, strahlte er. Ilona wusste: Was ihr aus diesem Gesicht mit der lebhaften Mimik entgegenleuchtete, galt nicht ihr. Es war die pure Vorfreude auf Valerie.

Der drahtige Marian mit den dunklen Locken und den kohlrabenschwarzen Augen legte Ilona zur Begrüßung beide

54

Hände auf die Schultern und schüttelte sie sanft. Ilona zog einen Schmollmund. Sie wand sich aus Marians Griff und wurschtelte sich in ihre Sommerjacke. Vor dem großen Garderobenspiegel zupfte sie das Kleidungsstück zurecht. Der Stoff spannte an Oberarmen und Schultern.

»Wenn du eine Zehn-Tage-Schlanksuppen-Diät gemacht hast, kriegst du auch die Knöpfe wieder zu«, versuchte Marian sich als Tröster, konnte damit aber keine Punkte bei Ilona gewinnen. Er hatte Ilona an ihrem wundesten Punkt getroffen.

Valeries beste Freundin seit Schulzeiten, ihre engste Mitarbeiterin und Vertraute hatte bei einem Meter und siebenundfünfzig Zentimetern aufgehört, in die Höhe zu wachsen. Dafür setzte das Breitenwachstum sich ständig fort, wie Valerie gern von Zeit zu Zeit mit diesem süffisanten Zug um den Mund feststellte.

So war das schon immer gewesen: Bei Valerie war immer alles perfekt. Ilona hatte kaum jemals an sie heranreichen können – ob es ums Aussehen ging, die schulischen Leistungen, den Berufsweg oder den Erfolg bei Männern. Das hört nie auf, dachte Ilona, ich werde immer nur hinterherlaufen und Valeries Schleppe tragen. Manchmal fragte sie sich, ob sie wirklich Valeries beste Freundin war oder nur deren folgsamste Hilfskraft. Und nun unterstützte sie die ewige Gewinnerin auch noch dabei, ihren Mann zu hintergehen.

* * *

Ilona verschränkte die Arme vor der Brust und blickte aus dem Seitenfenster, während Marian Tempo gab und auf die Autobahn fuhr.

»Kneift der Sicherheitsgurt?«, fragte Marian beiläufig.

»Kneift deine Hose?«, fauchte Ilona trotzig zurück und drehte den Kopf noch weiter nach rechts.

Marian lächelte überlegen. Eine Weile blieb er stumm und konzentrierte sich auf den Verkehr. Dann spielte er den Frauenversteher: »Bist du eigentlich eifersüchtig auf Valerie?«

Ilona reagierte nicht.

»Ich meine«, fuhr er fort, »ihr seid zusammen zur Schule gegangen. Valerie hat beruflich und gesellschaftlich so viel erreicht. Sie hat sich ein großartiges Leben aufgebaut…«

»Dass die Galerien in Hamburg und Kampen so gut laufen, hat Valerie auch mir zu verdanken«, fuhr Ilona ihn an. »Ich mache die Termine mit Künstlern und Käufern. Ich bereite die Vernissagen vor. Ich verwalte die Finanzen. Ich koordiniere die Arbeiten mit den Grafikern und den Druckereien, wenn Kataloge hergestellt werden müssen. Ich mache alles. Verstehst du? Alles! Ich halte Valerie den Rücken frei. Ohne mich stünde sie ganz schön dumm da. Und ich mache das jetzt seit fünfundzwanzig Jahren. So leicht bin ich nicht zu ersetzen.«

»Ist ja gut. Ist ja gut«, schnurrte Marian und klopfte Ilona beruhigend mit drei Fingerspitzen auf den linken Oberschenkel.

Ilona schlug seine Hand weg, als wollte sie eine lästige Fliege verscheuchen. »Und jetzt«, schniefte sie, »jetzt helfe ich ihr noch bei dieser dreckigen Geschichte. Ganz gegen meinen Willen!«

»Wir werden uns schon arrangieren«, war alles, was Marian dazu zu sagen hatte. »Zum Glück hat die Ferienwohnung, die Valerie für dich und mich ausgesucht hat, zwei Schlafzimmer. So musst du zumindest nachts meine Nähe nicht ertragen.«

»Das wäre ja auch noch schöner!«, warf Ilona ihm an den Kopf. »Eins garantiere ich dir: Noch einmal lasse ich mich für so eine hinterlistige Geschichte nicht benutzen.«

»Benutzen, was für ein unschönes Wort«, widersprach Marian sanft. »Wir benutzen dich nicht. Wir engagieren dich für einen Freundschaftsdienst.« Er fuhr auf das Ende eines Staus zu, bremste ab und sah Ilona an. Ein Funken Hoffnung leuchtete in seinen Augen auf. »Vielleicht brauchen wir ja in Zukunft gar keine heimliche Inszenierung mehr.«

»Was willst du damit sagen?«

Er lächelte geheimnisvoll. »Vielleicht ist Valerie im nächsten Jahr schon meine Frau. Dann brauchen wir niemandem mehr etwas vorzumachen.«

»Du glaubst doch nicht im Ernst«, protestierte Ilona, »dass Valerie sich wegen dir von Claus scheiden lässt! Und außerdem: Wer soll dir das abnehmen, dass du dieses Jahr als mein Partner kommst, und nächstes Jahr bist du plötzlich der Mann von Valerie?«

Marian hielt die Luft an. Es würde jeder verstehen, dachte er, wenn ich Valerie gegen dich eintausche. Er legte den Kopf schräg. »Also doch eifersüchtig auf deine Freundin?«, meinte er provokant.

Seine Frage versetzte Ilona einen Stich ins Herz. Verstohlen sah sie sich um. Am liebsten wäre sie aus dem Auto gesprungen und nach Hause getrampt. Doch der Stau löste sich auf. Marian gab Gas. Es ging weiter Richtung Sylt.

∗ ∗ ∗

Kurz vor Niebüll, sie folgten seit einigen Minuten dem Hinweisschild zur Autoverladung, klingelte das Handy in der Freisprechanlage. Marian warf einen kurzen Blick auf das Display, legte die Stirn in Falten und nahm das Gespräch entgegen.

»Du bist also tatsächlich auf dem Weg zu diesem wandelnden Silikonlager«, stellte eine weibliche Stimme fest.

Ilona registrierte den unangenehmen Tonfall der Anruferin.

»Ruf mich nie wieder an«, erwiderte Marian seelenruhig, aber bestimmt. Mit einer eleganten Bewegung des rechten kleinen Fingers drückte er die Stimme weg.

Die Erwähnung des Silikonlagers regte Ilonas Fantasie an. Sie versuchte, sich auszumalen, an welchen Stellen ihres Körpers Valerie Silikon in sich trug. Wenn man in all die Kunststoffkissen hineinstach und den Inhalt aus den Hüllen herausdrückte – wie mochte ihre Freundin dann wohl aussehen?

Göttlich, dachte Ilona und musste unwillkürlich lächeln.

Kapitel 5

Kampen, 1. August

Claus saß im Wohnzimmer, ein aufgeschlagenes Buch mit schwerem Ledereinband auf den Knien. Er beobachtete Valerie, die sich mit den Blumentöpfen auf der Fensterbank beschäftigte. Einige Pflanzen stellte sie um, von anderen pflückte sie verwelkte Blütenblätter ab, die sie in einer kleinen Tonschale sammelte. Sie trug ein eng anliegendes Minikleid aus kornblumenblauem Satin. Sie sah hinreißend darin aus. Claus wusste noch heute, nach einem Vierteljahrhundert, sehr genau, warum er sich für diese Frau entschieden hatte.

Valerie spürte die Blicke ihres Mannes. Sie genoss das Gefühl, immer noch der Mittelpunkt in Claus' Leben zu sein, auch wenn sich ihr eigener Mittelpunkt inzwischen verlagert hatte. Ganz hinten in einem Winkel ihrer Seele tat es ihr leid, Claus nicht mehr das geben zu können, was er sich von ihr erhoffte. Aber so war das nun mal in einer Ehe mit großem Altersunterschied zwischen den Partnern. Doch darüber wollte sie jetzt nicht nachdenken. Heute stand ihr nicht der Sinn nach Sentimentalitäten. Sie hatte etwas mit ihrem Mann zu klären.

»Stine wird alt«, sagte sie unvermittelt zu den Blumentöpfen. Dann wandte sie ihr Gesicht Claus zu.

Der zog fragend die Augenbrauen zusammen. »Wie meinst du das?«

»Das war doch ein ziemlich simpler Satz, oder? Ich meine es so, wie ich es gesagt habe: Stine wird alt.«

»Werden wir nicht alle alt?«, fragte Claus.

»Ich nicht!«, protestierte Valerie. Im selben Moment ließ sie die Schultern hängen und sackte ein wenig in sich zusammen.

»Mach dich nicht lächerlich«, meinte Claus versöhnlich. »Auch du wirst älter. Und dieses Recht sollten wir auch Stine zugestehen.«

Valerie sah Claus ungeduldig an. »Ich glaube, du willst mich nicht verstehen. Was ich sagen will, ist: Stine wird zu alt für den Job in unserem Haus. Sie sieht nicht mehr alles. Oder sie hat die Kraft nicht mehr für all das, was anliegt. Was weiß ich. Jedenfalls bringt sie nicht mehr das, was ich von ihr erwarte. Stell dir vor: Mein rotes Abendkleid hat Sitzfalten. Stine hat vergessen, es aufzubügeln. Und das vor unserer Silberhochzeitsfeier!«

»Aber auf der Feier willst du doch das neue Kleid tragen, das silberne Satinkleid mit den Spaghettiträgern und den hunderttausend Strasssteinchen?«, fragte Claus verwundert.

Valerie hob ihre Hände theatralisch in die Höhe. »Ja, natürlich trage ich das neue Kleid. Es hätte aber doch sein können, dass ich das rote hätte tragen wollen. Wie hätte ich denn mit diesen Sitzfalten dagestanden vor all den anderen!«

»Nun ziehst du aber das neue Kleid an. Das andere kannst du Stine ja zum Aufbügeln hinlegen.«

In diesem Augenblick schlich Stine sich durch den Garten an der Galerie vorbei zur Tür des Hauswirtschaftsraums, der an den Haupttrakt der Friesenkate angrenzte und über eine eigene Tür von außen zugänglich war. Vor dem Nachhausegehen hatte sie dort die Vorräte auf den Regalen zurechtgerückt, um für weitere Einkäufe Platz zu machen. Auf dem Heimweg war ihr eingefallen, dass sie die Tür zwar hinter sich zugezogen, aber nicht abgeschlossen hatte. Sie hoffte, dass den Hausherren das noch nicht aufgefallen war. Durch das weit geöffnete Wohnzimmerfenster hörte sie, wie ihr Name fiel.

»Ich bleibe dabei: Stine wird zu alt, um weiterhin unseren Haushalt zu führen.«

Stine blieb stehen und hielt den Atem an. Hatten die Wiederkehrs die unverschlossene Tür doch bemerkt? Sie lauschte, als Valerie weitersprach.

»Ich bin der Meinung, dass wir über kurz oder lang eine deutlich jüngere Hilfe brauchen. Eine, die auch mal Kisten und Einkaufstaschen hereinschleppen kann. Auf jeden Fall brauche ich eine Perle, die aufmerksamer ist als Stine. Wendiger, fitter, belastbarer. Eine Frau, die mitdenkt und genau hinguckt. So eine Sache wie die mit den Sitzfalten im Abendkleid darf einfach nicht vorkommen.«

Claus räusperte sich. »Valerie, sieh mal …«

»Ich bin in diesem Punkt zu keiner Diskussion bereit«, unterbrach Valerie ihn störrisch.

Nun wurde Claus ärgerlich. »Was gibt es da zu diskutieren? Ich bin immer noch derjenige, der das Gehalt unserer Haushaltshilfe zahlt. Stine ist eine unendlich treue Seele. Ich kannte sie schon, als du noch nicht einmal davon träumen konntest, eines Tages ein Haus auf Sylt zu bewohnen. Vergiss nicht, dass sie seit Generationen für unsere Familie tätig ist. Sie gehört praktisch dazu. Sie war immer hilfsbereit. Sie hat ihre Augen überall. Und sie braucht das Geld. Von ihrer kleinen Witwenrente kann sie nicht leben. Ich kann die gute alte Stine jetzt nicht einfach vor die Tür setzen, nur weil ihr das passiert, was auch uns einmal bevorsteht: nämlich älter zu werden.«

»Dann suche ich mir eben selbst jemanden«, sagte Valerie entschlossen.

»Stine ist nur zwei Jahre älter als ich!«, rief Claus plötzlich aufgebracht. »Findest du etwa, dass auch ich zu alt bin? Willst du etwa auch mich rausschmeißen, wenn ich eines Tages Sitzfalten am Po habe?«

Valerie ließ die Frage unbeantwortet. Mit einer ordentlichen Portion Wut im Bauch stand sie auf. Sie verließ den Raum, knallte die Tür zu und stapfte die Holztreppe hinauf in den ersten Stock.

* * *

Stine vergaß völlig, weshalb sie hergekommen war. Wie in Trance drehte sie sich um und schlich sich vom Grundstück. Valeries Zimmer ging zur anderen Seite des Hauses hinaus. So konnte sie hoffen, dass die Dame des Hauses sie nicht erblicken würde.

Stine war fassungslos. Dass Valerie ihr nicht sonderlich zugetan war, wusste sie, seit diese Frau in Doktor Wiederkehrs Leben getreten war. Trotzdem waren sie nie aneinandergeraten. Valerie hatte ihre Anwesenheit stillschweigend hingenommen. Kein Wunder! Welche andere Haushaltshilfe hätte so hinter Valerie hergeräumt, wie sie das über all die Jahre getan hatte? Valerie hatte die Eigenart, ihre Kleider beim Ausziehen einfach auf den Boden fallen und dort liegen zu lassen. Jedes Kleidungsstück sammelte Stine auf und legte es in den Wäschekorb oder hängte es in den Schrank zurück.

Hatte sie wirklich vergessen, das rote Abendkleid aufzubügeln? Sie konnte sich nicht daran erinnern, wann Valerie es das letzte Mal getragen hatte. Wenn sie die Sitzfalten aber tatsächlich übersehen haben sollte: Gab es sonst noch etwas, das man ihr hätte vorhalten können? – Der Hauswirtschaftsraum! Siedend heiß fiel ihr ein, weshalb sie vorhin noch einmal zum Haus der Wiederkehrs gelaufen war. Wie angewurzelt blieb sie stehen. Sie musste zurück, ob sie wollte oder nicht. Solch einen Fehler durfte sie sich nicht leisten! Wenn die Tür über Nacht offen stand und jemand einbrach, würde auch der Doktor wütend werden.

Sie drehte auf dem Absatz um und hastete zum Haus zurück. Gerade hatte sie das Grundstück betreten, da kam Claus aus der Terrassentür.

»Stine«, rief er verwundert aus. »Was machen Sie denn noch hier? Ich dachte, Sie wären längst zu Hause?«

»War ich auch, Herr Doktor.« Stines Stimme zitterte leicht, was Claus darauf zurückführte, dass seine Haushälterin schnell gelaufen und daher ein wenig außer Atem war. »Ich wollte nur noch mal kurz nach den Vorräten sehen. Wegen der Einkaufsliste für die nächste Woche.«

»Aber das hätte doch auch Zeit gehabt bis morgen früh«, beruhigte Claus sie.

»Ja, ja, das hätte es. Aber Sie wissen ja: Was du heute kannst besorgen …«

Claus lachte. »Auf die gute Stine ist doch immer Verlass«, stellte er zufrieden fest. »Dann machen Sie aber endlich Feierabend. Diesen freien Nachmittag haben Sie sich wirklich verdient.«

»Mach ich, Herr Doktor.«

Stine drückte den Türgriff hinunter. Die Tür ließ sich öffnen – sie hatte also wirklich vergessen, sie abzuschließen!

Sie betrat den Raum. Doch als sie vor den Regalen mit den Vorräten stand, erstarrte sie. Zwischen Kisten mit Obst lagen einige Blöcke lachsroter Rattengiftköder. Vor Schreck schrie Stine kurz auf. Claus, der glaubte, sie sei gestürzt, kam sofort herbeigeeilt. Als er seine Haushälterin wie vom Schlag getroffen vor dem Regal stehen sah, folgte sein Blick ihren vor Entsetzen weit aufgerissenen Augen.

»Rattengift?«, fragte er ungläubig, als er begriff, was in den Regalen lag. »Das haben nicht Sie dort hingelegt.«

Stine schüttelte bloß den Kopf.

»Kommen Sie mit ins Haus. Wir rufen den Kommissar.«

»Aber ...«

»Kommen Sie mit!«

Stine hatte Angst. Nun würde herauskommen, dass sie vergessen hatte, die Tür abzuschließen. Und dann? Mit flatterndem Herzen folgte sie Claus ins Wohnzimmer. Er wies ihr beiläufig mit der Hand einen Sessel zu, zog sein Handy hervor und drückte eine Kurzwahltaste.

»Moin, Kuno. Wir haben Rattengift im Vorratsraum. Das Gift stammt nicht von uns.«

»Bin in einer halben Stunde da«, antwortete Kuno.

»Sie haben das Rattengift also entdeckt«, begann Kuno die Befragung der Haushälterin. »Können Sie mir sagen, in welchem Zeitraum es auf die Regale gelangt ist?«

Stine druckste herum. »Das muss heute Nachmittag passiert sein.«

»Können Sie die Zeit genauer eingrenzen?«

Stine machte ein schuldbewusstes Gesicht. Die kleine Uhr mit dem schmalen schwarzen Plastikband an ihrem Handgelenk zeigte fünfzehn Uhr fünfunddreißig. »So ungefähr zwischen vierzehn Uhr dreißig und kurz vor fünfzehn Uhr.«

»Wo waren Sie in der Zeit?«

»Bis vierzehn Uhr dreißig war ich hier. Dann bin ich nach Hause gegangen. Ich hatte Feierabend.«

»Sie sind dann aber noch mal zurückgekehrt?«

»Ja, auf halbem Weg. Ich wollte noch nach den Vorräten sehen.«

»Die Tür des Raums stand in der Zwischenzeit offen?«

Nervös knetete Stine ihre Hände. »Hm, ja. Ich hatte wohl vergessen, sie abzuschließen.«

»Auch das noch!«, rief Valerie und hob erzürnt die Arme. »Ich sag's doch!«

Claus' Blick ließ sie sofort verstummen. »Das kann mal vorkommen. Auch uns kann so was passieren«, verteidigte er Stine, die ihn mit treuen Augen ansah.

»Ist euch denn niemand aufgefallen?«, fragte Kuno die Wiederkehrs verwundert. »Habt ihr nichts gehört und nichts gesehen?«

»Wir waren im Haus«, erklärte Claus. »Vom Wohnzimmer aus sieht man die Tür zum Vorratsraum ja nicht. Und auf dem Grundstück ist mir niemand Fremdes aufgefallen. Dir, Valerie?«

»Nein.«

»Lag eine Nachricht bei den Ködern? Eine Drohung oder so etwas?«

Stine schüttelte den Kopf.

»Ich werde euch Kollegen schicken, die den Vorratsraum nach Spuren checken. Sie werden die Köder mitnehmen, um sie untersuchen zu lassen«, erklärte Kuno. »Auf den ersten Blick scheint es mir ein Rattengift zu sein, wie man es in jedem Fachgeschäft erhält. Derjenige, der es euch hingelegt hat, muss allerdings Beziehungen zum Fachhandel haben. Sonst wäre er an so etwas nicht herangekommen.«

»Denkst du, dass wir das Rattengift derselben Person zu verdanken haben, die uns die Karte mit dem Jugendwahn-Spruch gesandt hat?«, fragte Claus.

»Das ist anzunehmen. Auch wenn kein direkter Zusammenhang erkennbar ist – so kurz hintereinander zwei solche Aktionen, das ist kein Zufall. Nehmt euch auf jeden Fall weiterhin in Acht. Haltet die Augen offen und meldet mir jede noch so kleine ungewöhnliche Beobachtung. Vielleicht fällt euch

doch jemand ein, der euch Böses will. Wir brauchen irgendeinen Anhaltspunkt. Sonst müssen wir nach einem Phantom
fahnden.«

* * *

Mit weichen Knien machte Stine sich erneut auf den Heimweg.
Als sie die Gartengrenze erreicht hatte, fühlte sie, wie Blicke sie
verfolgten. Sie drehte sich zum Haus um. Valerie stand oben am
weit geöffneten Badezimmerfenster. Ihre Augen waren kalt, ihr
Gesicht ausdruckslos. Unsicher hob die Haushälterin die Hand,
winkte kurz und sagte: »Auf Wiedersehen, Frau Wiederkehr.«
Sie wusste, dass ihre Stimme zu schwach war, um gehört zu
werden. Valerie schloss das Fenster. Stine fröstelte.

Bis zu der kleinen alten Kate, in der sie mit ihrer Schwester lebte, war es nicht weit. Doch heute kam ihr der Weg end-
los lang vor. Die Beine wollten nicht so schnell laufen, wie der
Kopf sie antrieb.

»Alles in Ordnung?«, rief Sinje ihr entgegen, als sie die
Haustür öffnete.

»In Ordnung?«, japste Stine. »Nichts ist in Ordnung. Die
will mich loswerden, die Madame. Sie will mich nicht mehr
haben. Ich bin ihr zu alt geworden.«

Atemlos ließ Stine sich auf einem der Holzstühle am
Küchentisch nieder und erzählte Sinje, was sie heimlich mit-
gehört hatte.

»Wovon sollen wir denn die Miete bezahlen? Die Heizung
im Winter? Wovon sollen wir leben?«

»Wart mal ab«, versuchte Sinje, ihre Schwester zu beruhigen. »So schnell bekommt die Wiederkehr keinen Ersatz. Keinen, der so treu ist und so zuverlässig arbeitet wie du.« Sie nickte
Stine ermutigend zu. »Und solange der Herr Doktor hinter dir
steht, kann dir doch nichts passieren.«

Stine zuckte unsicher mit den Schultern.

»Ich weiß nicht, Sinje. Diese Frau hat mich nie gemocht, die hat mich immer nur geduldet. Und damit ist es jetzt vorbei.«

»Du hast dir in all den Jahrzehnten im Haus der Wiederkehrs nichts zuschulden kommen lassen«, tröstete Sinje sie. »Dir kann niemand etwas nachsagen. Die Sache mit dem Kleid, was bedeutet das schon?«

»Aber wenn diese Frau mich nicht mehr um sich haben will?«, wandte Stine zaghaft ein. »Wenn ich ihr zu alt bin?«

Sinje sah ihrer Schwester fest in die Augen. »Stine«, sagte sie und faltete die Hände wie zum Gebet, »Stine, wir haben noch immer ein Quäntchen Glück gehabt im Leben. Das wird uns auch jetzt nicht versagt bleiben. Verlass dich drauf!«

＊ ＊ ＊

Stine erwachte früher aus dem Mittagsschlaf als sonst. Sie war unruhig. In Situationen wie diesen, wenn sie verzweifelt war und keinen Rat wusste, zog es sie ans Rote Kliff. Hier konnte sie ihre Gedanken wandern lassen. Gute Gedanken wurden immer größer und stärker, schlechte fielen das Kliff hinab und verschwanden aus dem Blickfeld. Stine stellte sich dann immer vor, dass sie bis zum Mittelpunkt der Erde sanken und dort verbrannten.

Stine schlüpfte in ihre Bequemschuhe. Ihre Füße schmerzten beim Laufen. Das kam vom Rheuma, sagte der Arzt. Aber mit den richtigen Schuhen konnte sie es eine Weile auf dem unebenen Pfad mit der Aussicht bis ans Ende der Welt aushalten. Sie zog eine Wolljacke über, schloss leise die Tür auf und verließ das Haus. Sinje schlief noch; sie wollte ihre Schwester nicht wecken.

Mit langsamen Schritten ging Stine auf den Trampelpfad an der Abbruchkante zu. Sinje hatte sie oft gewarnt. Der Sturm und das Meer hatten sich gefährlich weit in das Kliff gefressen. Man wusste nie, wie lang die Kante hielt. Wann wieder ein Stück herausbrechen würde. Doch seit sie ein Kind war, war Stine fast täglich hier entlanggelaufen. Sie ließ sich nicht so leicht vertreiben. Nicht von denen, die sie vor dem brüchigen Kliff warnten. Und erst recht nicht von Valerie Wunderlich-Wiederkehr!

Ich bin ihr also zu alt, ging es Stine durch den Kopf. Was wird Valerie denn bloß tun, wenn sie selbst mal über siebzig ist? Wird sie sich dann auch entlassen wollen? Wird sie sich vor den Spiegel stellen und sagen: Valerie, es tut mir leid, aber du bist mir zu alt geworden, du musst gehen?

Das Bild der violettblauen Pfauenfedern, die seit gestern in einer Reihe schmaler weißer Porzellanvasen in der Galerie standen, schob sich vor das geistige Auge der Haushälterin. Jedem Besucher musste der prächtige Federschmuck sofort auffallen. Valerie ist wie ein Pfau, dachte Stine. Wie ein Pfau, der seine Federkrone ausgebreitet hat und herumstolziert und sich im Kreis dreht und dreht und dreht, damit jeder ihn bewundern kann.

Langsam wandelte sich Stines Angst in Wut. Ihre Schritte wurden fester. Stine traf eine Entscheidung. Entschlossen blieb sie stehen und sah hinüber zum Grundstück der Wiederkehrs. Sie wusste nun, was sie tun würde. Mit einem starken Gefühl kehrte sie nach Hause zurück.

Sinje war inzwischen aufgestanden und deckte den Kaffeetisch.

* * *

In Hinnerks Hof kam langsam Hektik auf. Boy und Nele steckten mitten in den Vorbereitungen für die Feier der Clique um Claus und Valerie. Wie jedes Jahr richteten die Hotelbesitzer, die so etwas wie Pateneltern für den Freundeskreis geworden waren, die gediegene Friesenstube mit dem großen alten Kachelofen her. Sie lag im hinteren Teil des Hauses, direkt am Garten. An der nördlichen Seite des Raums führte eine Tür zur Terrasse hinaus, auf der einige Strandkörbe für die Gäste bereitstanden. An lauen Sommerabenden prallten hier nicht selten Raucher und Romantiker aufeinander.

Nele und ihre Mitarbeiterinnen dekorierten die Friesenstube, in deren Mitte ein großer runder Tisch mit acht Stühlen stand. Ein neunter Stuhl stand in der Ecke bereit. Vorgestern hatte Valerie nämlich angekündigt, dass diesmal neben einem achten Gast, Ilonas Freund, am späteren Abend auch noch eine neunte Person dazukommen sollte. Wer das war, blieb das Geheimnis der Gastgeberin. Die verweigerte jegliche Auskunft darüber, und Claus gab sich ahnungslos. Möglicherweise war er es tatsächlich. Auch vor ihrem Mann hatte Valerie gelegentlich ihre Geheimnisse.

Konrad und Karin waren mittlerweile in Hinnerks Hof eingetroffen. Sie waren dem Hotel als Übernachtungsgäste treu geblieben. Armgard und Günther dagegen mieteten sich meist eine preiswerte kleine Ferienwohnung am nördlichen Rand von Wenningstedt. Traditionell trafen sich alle drei Paare am späteren Nachmittag des Ankunftstages zu Kaffee und Kuchen auf der Terrasse des Hotels. Während die Damen sich abwartend beschnupperten und taxierten, kreisten die Gespräche der Herren um Autos. Besser als um Fußball, wie Karin betonte.

Claus fuhr immer noch BMW wie zu Anfangszeiten, war aber inzwischen auf eine andere Farbe umgestiegen. Statt auf Stahlblau setzte er heute auf elegantes Satinweiß. Konrad war die Marke seines Autos egal. Hauptsache, der Schlitten hatte genügend Feuer unter der Haube, war tornadorot und gerade noch finanzierbar.

Günther ersetzte seine jeweils aktuelle Rostlaube alle zwei, drei Jahre durch eine andere, die zum Kaufzeitpunkt ein paar Roststellen weniger aufwies als das vorherige Vehikel.

»Unser Auto ist ein Gebrauchsgegenstand«, betonte er mit hocherhobenem Haupt, wenn Valerie wieder einmal ein wenig sticheln musste. »Ein Gebrauchsgegenstand«, echote Armgard daraufhin, marionettenhaft nickend. Und Günther fügte gelegentlich hinzu: »Bei der Gartenarbeit trage ich ja auch den Blaumann statt des Smokings.«

Es kam vor, dass Valerie wisperte: »Ich frage mich, woher der Mann immer die TÜV-Plaketten für seine Autos bekommt.« Worauf Konrad raunte: »Frag ihn lieber nicht.«

Nach diesem ersten gemeinsamen Kaffeekränzchen waren die Rollen verteilt. Der gemeinsame Urlaub konnte beginnen. Und Boy und Nele wunderten sich einmal mehr, was dieses Grüppchen zu Freunden machte.

»Ich glaube«, sagte Nele zu Boy, während sie gemeinsam den Raum dekorierten, »der Zauber dieser Freundschaft liegt ganz einfach darin: Die Wiederkehrs halten gerne Hof. Die Bittersteins wollen unbedingt dazugehören. Und die Geiers wollen schon lange raus, schaffen aber den Absprung nicht, weil sie nicht die Schuld am Zerfall des Klübchens tragen wollen.«

Kapitel 6

Kampen, 2. August

Valerie und Claus waren wie üblich schon eine gute Stunde vor den anderen in Hinnerks Hof eingetroffen. Beide waren nervöser als sonst vor ihren Wiedersehensfeiern. Das lag nicht allein daran, dass sie heute ein Vierteljahrhundertjubiläum begehen wollten. In Absprache mit Kuno waren sie jedoch übereingekommen, niemandem von den Ereignissen zu berichten, die sie bedrückten. Nur Boy und Nele waren eingeweiht.

Mit ernstem Gesicht kontrollierte Valerie, ob der Raum nach ihren Anweisungen hergerichtet und der Tisch so eingedeckt worden war, wie sie sich das vorgestellt hatte. Mit kritischen Augen begutachtete sie die Beleuchtung und prüfte, welcher Platz sie heute im besten Licht erscheinen ließ. Woher auch immer sie das wusste: Sie brauchte weiches Licht von vorn, hatte sie Boy vor Jahren einmal zugeraunt.

Boy hatte das verwundert zur Kenntnis genommen. Seit Jahren hatte der Raum die gleiche indirekte Beleuchtung. Es war ausgeschlossen, dass sie jedes Jahr anders wirkte oder dass das Licht in diesem Jahr von einer anderen Seite aus in den Raum hineinstrahlte als in den vorherigen Jahren. Da auch der Tisch für die Freunde an immer der gleichen Stelle stand, konnte Boy den Aufwand nicht nachvollziehen, den Valerie betrieb, um ihren Platz zu finden. Aber gut, Valerie brauchte das. Vielleicht war sie ja auch nur von einer Art Lampenfieber getrieben, denn sie zelebrierte diese jährliche Zusammenkunft gern wie ein Kunstevent, bei dem sie selbst das alleinige Kunstwerk darstellte.

In der Tat: Wenn man genau hingesehen hatte, war dank Claus' ästhetisch-chirurgischer Kunst einige Jahre lang immer etwas Neues an Valeries Physiognomie zu entdecken gewesen. Doch diese Zeiten waren vorbei. Viel zu verändern gab es am Gesicht seiner Frau nicht mehr. Die Möglichkeiten waren ausgereizt.

Als die Gastgeberin den diesjährig optimalen Platz für sich gefunden hatte, reservierte sie ihn nach Art der Mallorca-Touristen, wie Nele das hinter vorgehaltener Hand mit einem spöttischen Lächeln bezeichnete: Sie zog den Stuhl vom Tisch und deponierte ihre Handtasche auf der Sitzfläche. Vorsichtshalber nahm sie auch noch die Stoffserviette, die Nele vorhin kunstvoll zu einer Pyramide gefaltet hatte, vom Teller und legte sie neben das Besteck.

Karin und Konrad Bitterstein schritten nebeneinander die Treppe vom ersten Stockwerk herunter, in dem ihr XXL-Doppelzimmer lag. Als sie unten ankamen, betraten Günther und Armgard Geier das Grundstück von Hinnerks Hof. In der Eingangshalle trafen die beiden Paare in mehr oder weniger feierlicher Abendgarderobe aufeinander und begrüßten sich so herzlich, wie es die Situation hergab. Es war nicht zu vermeiden, dass man – trotz des gemeinsamen Kaffeetrinkens am Vortag – nach fast einem Jahr mit lediglich lockerem telefonischem Kontakt zunächst ein wenig verhalten aufeinander zuging und dass die Begrüßungsküsschen etwas spröde ausfielen.

Vor allem Armgard war die Nervosität anzumerken. Günther konnte vor diesen Treffen noch so sehr auf seine Frau einreden, dass sie eine tolle Figur abgebe, wenn sie nur an sich selbst glaubte; Armgard war nicht davon zu überzeugen. Gegen Valerie konnte keine Sterbliche anglänzen. Genau das war es aber, was Karin Jahr für Jahr versuchte. Dabei bot die Ehetherapeutin alles auf, was ihr an natürlichen Mitteln zur Verfügung stand, und peppte sich obendrein noch ähnlich künstlich auf wie Valerie. Armgard, der nichts so fremd war wie eine Maskerade aus großem Make-up, wusste, dass sie gegen diese Konkurrenz nicht ankam. Im Begrüßungstrubel ging sie unter.

»Claus!«, rief Karin theatralisch und stürmte in die Friesenstube. Im nächsten Augenblick warf sie sich an die rechte Schulter des Jubilars, schlang die Arme so heftig um seinen Hals, dass er fast das Gleichgewicht verlor, und drückte ihm einen saftigen Kuss auf die Wange. Claus hasste das. Als Karin von ihm abließ, rieb er sich die Wange und besah sich seine Fingerkuppen. Er hatte es geahnt: Dunkelroter Lippenstift klebte daran.

Mit ein paar Minuten Verspätung trafen Ilona und ihr Lover ein, deren Ferienwohnung in List lag. Claus erkannte auf den ersten Blick, dass zwischen Valeries bester Freundin und diesem jungen Mann keine Verbundenheit bestand. Ilona und Marian kamen nicht Händchen haltend ins Haus. Marian legte nicht den Arm um seine Partnerin; nicht beschützend und auch nicht in stolzer Eroberermanier. Ilona lehnte sich nicht an ihn, um allen zu demonstrieren, dass dieser Mann ihrer war. Die beiden suchten nicht einmal Augenkontakt zueinander. Es gab ganz offensichtlich weder eine körperliche noch eine seelische Verbindung zwischen ihnen. Und die Existenz einer platonischen Partnerschaft sprach Claus diesem ungleichen Paar schlicht ab.

Claus hielt noch immer die Fingerspitzen über die Stelle auf seiner Wange, an der Karin lächerlicherweise ihr Terrain markiert hatte, ihre gesellschaftliche Nähe zum berühmten Doktor Wiederkehr. In früheren Jahren hatte sie das nicht nötig gehabt. Da hatte ein über die Schulter hingehauchter Kuss gereicht. Warum heute dieses Spektakel?

Claus achtete darauf, dass er sich für den Rest der Begrüßungszeremonie so positionierte, dass seine rechte Wange von der kleinen Gesellschaft abgewandt war.

Als alle Damen ihre Küsschen verteilt und alle Herren sich gegenseitig jovial auf die Schultern geklopft hatten, entschuldigte Claus sich für einen Moment. Er zog sich in den Waschraum zurück, sah sich um und atmete auf, als er mit einem Blick auf die Türschlösser der Toilettenkabinen feststellte, dass kein anderer Mann im Raum war. Mit einem feuchten Papierhandtuch und einem Spritzer Seife rubbelte er penibel die Lippenstiftspuren von der Wange.

Nach seiner Rückkehr in die Friesenstube waren die Plätze verteilt. Diesmal saß Claus nicht, wie in all den Jahren zuvor, Valerie gegenüber, sondern links neben ihr. Zu seiner Linken saßen Armgard und Günther, rechts von Valerie hatten Konrad und Karin Platz genommen. Den Platz gegenüber von Valerie, mit direktem Blick in die Augen der Gastgeberin und damit auch in deren Dekolleté, wie Claus sehr wohl registrierte, hatte Marian sich gesichert. Ilona saß kümmerlich an seiner Seite. Marian erzählte gerade, er sei Italiener, geboren in Neapel und aufgewachsen in Rom. Studiert hatte er in Mailand, seine erste Stelle hatte er vor sieben Jahren in einer Eventagentur in München angetreten.

»Da konnte Ihr Lebensweg Sie ja konsequenterweise nirgendwo anders hinführen als nach Hamburg«, sagte Claus, um überhaupt irgendetwas zu sagen. Vom ersten Augenblick an hatte er gewusst, dass er mit diesem Jüngelchen nicht warm werden würde. Worüber sollte man mit einem reden, der nur nett aus dem blütenweißen Joop-Hemd guckte, mit seinen hübschen dunklen Augen rollte, aber nicht den Hauch einer kantigen, markigen Ausstrahlung hatte? »Und vielleicht zieht es Sie ja bald weiter bis nach Oslo?«, fügte er hoffnungsvoll hinzu.

»Oslo? Ganz sicher nicht«, sagte Marian und zeigte sein charmantestes Casanova-Lächeln. »In Hamburg bin ich fest verankert, und in die Insel Sylt habe ich mich auf den ersten Blick verliebt!«

»Na«, meinte Claus trocken, »hoffentlich ist Ilona damit einverstanden, Ihre Liebe mit einem dünenbewachsenen Sandhaufen teilen zu müssen.«

Ilona lächelte bitter.

Claus beobachtete aus dem Augenwinkel, wie Valerie in Marians Gesicht versank. Studierte sie ihn so intensiv, um zu ergründen, was Ilona an ihm fand?, fragte er sich. Seine Augen schwenkten zu Ilona, die ins Leere stierte und kaum merklich mit den Schultern zuckte. Armgard und Günther ließen das Geschehen teilnahmslos an sich vorüberziehen. Günther machte einen hungrigen Eindruck. Armgard blickte unauffällig auf ihre Armbanduhr. Claus sah ihr an, dass sie ausrechnete, wie viele Stunden sie es heute Abend an diesem Tisch noch würde aushalten müssen.

Plötzlich steckte der gut gelaunte Boy den Kopf durch die angelehnte Tür. »Es dauert nicht mehr lange«, rief er der Gruppe zu. »Bitte habt noch ein paar Minuten Geduld. Ihr werdet es nicht bereuen!«

Während Boy die Tür geöffnet hielt, erhaschte Claus einen Blick auf Kuno Knudsen. Der Kriminalhauptkommissar hatte sich lässig am Tresen platziert. So hatten sie es am Nachmittag heimlich abgesprochen. Seit dem Fund des Rattengifts im Vorratsraum war Claus unruhig geworden, und Kuno wollte sich nicht vorwerfen lassen, die Angelegenheit auf die leichte Schulter zu nehmen. Kuno zwinkerte Claus unauffällig zu, bevor Boy die Tür wieder schloss.

Der Small Talk, der sich langsam in der Friesenstube entwickelte, plätscherte an Claus vorbei. Die eigenartige Szenerie an diesem Abend nahm ihn zu sehr ein, um an den Gesprächen teilnehmen zu können. Armgard und Günther hielten unter der Tischplatte Händchen, wie es sonst nur Frischverliebte tun. Solch eine Geste hätte Claus, rein theoretisch betrachtet, eher von Ilona und Marian erwartet. Und auch die Geiers wirkten eigentlich nicht verliebt. Günther war bemüht, einen zuversichtlichen Eindruck zu machen, während Armgard eine schwere Last zu tragen schien. Allerdings: Wann hatte man dieses Paar schon mal glücklich und unbeschwert gesehen? In all den Jahren, die sie sich kannten, wohl kein einziges Mal. Nicht einmal damals in den Flitterwochen, als sich die beiden erst kürzlich verheirateten Paare und die noch unverheirateten Bittersteins in Hinnerks Hof kennengelernt hatten.

Bei dem Gedanken fiel Claus ein, dass auch Armgard und Günther in diesen Tagen ihre Silberhochzeit begingen. Sie hatten kein Wort darüber verloren. Ob sie im Stillen feiern wollten? Er sprach sie besser nicht darauf an.

Konrad beugte sich von Zeit zu Zeit weit über den Tisch, drehte den Kopf zur Seite und betrachtete Valerie fasziniert. Claus wusste, dass Konrad seiner mondänen Frau seit jeher zugetan war. Er hatte das nie ernst genommen. Er hatte niemals Zweifel an Valeries Treue gehabt. Aber wie Konrad sich heute verrenkte, um einen Blick auf Valerie zu erhaschen oder von ihr bemerkt zu werden, das durfte man schon als ein klein wenig lächerlich bezeichnen. Karin saß mit versteinerter Miene daneben und bemühte sich, so zu tun, als berührte Konrads Verhalten sie nicht.

* * *

Endlich sprang die Tür, die die Friesenstube von dem großen Gastraum abtrennte, weit auf, und die Kellnerinnen von Hinnerks Hof schritten feierlich herein. In den Händen hielten sie Tabletts mit Tellern, die mit silbernen Speiseglocken zugedeckt waren. Jedes Tablett war über und über mit kleinen Haltern bestückt, in denen Wunderkerzen steckten, die ihre Funken durch den Raum sprühten. Die festlich gekleideten Serviererinnen marschierten einmal um den Tisch herum. Dann stellten sie sich in einer Reihe auf und sagten im Chor einen selbst gedichteten Glückwunsch für das Silberhochzeitspaar auf, der sich mit viel gutem Willen als Reim zu erkennen gab.

Als die Suppenteller verteilt waren und die Gäste zu löffeln begonnen hatten, bemerkte Claus, dass Marians volle Aufmerksamkeit sich auf einen Punkt in Höhe von Valeries rechter, von Claus abgewandter Schulter konzentrierte. Auch Konrads Augen hefteten sich daran fest.

Der Spaghettiträger von Valeries Kleid hatte nämlich zu wandern begonnen. Während Valerie energisch mit ihrem Löffel hantierte und so der Sache ein wenig nachhalf, spazierte er unaufhaltsam, wenn auch aufreizend langsam, über die Schulter, bis er schließlich mit einem Ruck hinunterrutschte und auf dem bronzefarbenen Oberarm hängen blieb. Marians und Konrads Blicke fielen auf Valeries Brust, wobei keiner der Beobachter am Tisch hätte sagen können, wessen Augen sich schneller und gieriger auf diese proper ausstaffierte Attraktion zubewegt hatten.

Alle waren still. Nur Karin rief Valerie zu: »Dein Silikon fällt in die Suppe!« Blitzschnell griff sie nach dem Träger und schob den dünnen Stoffstreifen ruppig wieder an seinen ordnungsgemäßen Platz. Dabei fing sie sich einen Stoß von Valeries Ellenbogen ein. Gerade wollte sie sich mit einem Gegenschlag revanchieren, da legte Konrad geistesgegenwärtig seinen Arm um sie. Er hielt ihren linken Ellenbogen fest, während Valerie sich mit einem Hilf-mir-die-haut-mich-Blick an Claus' Schulter schmiegte.

»Lass Valerie in Ruhe!«, rief – zum Erstaunen aller – ausgerechnet Marian. Woraufhin Claus ihn zurechtwies: »Was geht Sie meine Frau an!«

In seiner Eigenschaft als Psychologe fühlte Konrad sich nun berufen, den Gruppentherapeuten zu geben. Er erhob sich von seinem Stuhl, hob die Hände wie der Papst bei der österlichen Segensspende und dröhnte mit beschwichtigender Stimme in den Raum: »Alle mal herhören und ganz ruhig bleiben. Wir halten jetzt inne, legen die Hände auf den Tisch, und jeder von uns zählt bis zehn.« Demonstrativ sah er auf seine Rolex und zählte die Sekunden flüsternd mit, während sich die anderen mit angehaltenem Atem fragend am Tisch umsahen. »… acht, neun, zehn. So, und nun hebt bitte jeder, der etwas sagen möchte, den Finger. Ich erteile dann das Wort, und wir diskutieren das Problem in Ruhe aus.«

Der erste Finger, der sich zeigte, gehörte Karin, der zweite Valerie. In Claus rumorte es heftig. Das fehlte ja noch, dass er sich als Gastgeber auf seiner eigenen Silberhochzeitsfeier das Wort von einem anderen erteilen lassen musste. Claus erhob sich.

»Konrad, setz dich«, sagte er mit der Stimme des Klinikchefs, der jahrzehntelang siebzig, achtzig und mehr Mitarbeiter dirigiert hatte. »Das hier ist Valeries und meine Silberhochzeit«, erklärte er. »Wer hier einen Streit vom Zaun brechen will, darf gerne den Raum verlassen. Alle anderen können bleiben. Und Sie«, sagte er an Marian gewandt, »kümmern sich bitte ausschließlich um Ihre Partnerin, so wie ich mich um die meine kümmere.«

Claus setzte sich wieder hin und löffelte seine Suppe mit grimmigem Gesicht. Nun ergriff Valerie das Wort, sichtlich bemüht, so zu wirken, als wäre sie an dieser kleinen Showeinlage völlig unbeteiligt gewesen. »Ab sofort herrscht Frieden in diesem Kreis«, mahnte sie. »Wir sind alle Freunde.« Claus stöhnte innerlich über die Naivität seiner Frau.

∗ ∗ ∗

Als er seinen Teller geleert hatte, beschlich Claus plötzlich das Gefühl, sich von etwas befreien zu müssen. Der Kragen wurde ihm zu eng. Er lockerte die Krawatte und öffnete den obersten Hemdknopf. Feine Schweißperlen glänzten auf seiner Stirn. Er schob seinen Teller zurück, trank einen Schluck Wasser und stellte das Glas vor sich ab, hielt es aber mit beiden Händen fest umklammert, als suchte er daran Halt. Was war das für eine merkwürdige Atmosphäre heute Abend? So befangen und voller Aggressionen. Er kam sich vor wie in einem Theaterstück. Die unglückseligen Geiers. Die merkwürdig verkniffen wirkende Ilona. Die Giftpfeile zwischen Karin und seiner Frau. Welche Rolle hatte Konrad übernommen? Und welchen Part spielte Marian?

»Ich muss mal kurz hier raus«, sprach Claus mit heiserer Stimme mehr zu sich selbst als zu den anderen. Er trat auf die Terrasse und schloss die Tür hinter sich, um seine Ruhe zu haben. Er schlenderte zu der bepflanzten Natursteinmauer, die das Grundstück von Hinnerks Hof umgab. Langsam beruhigte sein Herz sich wieder.

Eigentlich ein Paradies! Diese Luft mit dem Duft von Heidekraut und Salzwasser. Dort drüben der Ozean, der ihm zu sagen schien: Beruhige dich, alles okay. Der weite Horizont, der so friedlich mit dem Meer verschmolz. Ganz weit hinten schien die See zu brennen: Die untergehende Sonne zeichnete orangerote Streifen in die Wolken und auf das Wasser.

»Brauchst auch frische Luft, was?« Claus zuckte zusammen. Er hatte nicht bemerkt, dass Armgard ihm gefolgt war.

»Dieser Abend ist so völlig anders als alle Abende, die wir früher miteinander verbracht haben«, meinte Claus.

Armgard stand mit resigniert herabhängenden Armen neben ihm und blickte zu ihm auf. »Liegt es an Marian? Stört er dich, weil er fremd ist in unserem Kreis?«

Claus' Augen wirkten traurig. »Der einzige Fremde auf meiner Silberhochzeit bin doch ich«, sagte er trotzig. »Ich fühle mich so überflüssig, wie es eine Fliege im Cocktailglas ist.«

Armgard wusste, was Claus meinte. Zum ersten Mal, seit sie ihn kannte, verspürte sie Mitleid mit diesem sonst so sicheren, erfolgreichen Mann, der immer den Ton angab und den nichts und niemand beiseiteschieben konnte.

Sie legte ihm die Hand auf den Arm und wollte etwas sagen. Doch Claus wandte sich ihr zu und fragte: »Oder war es schon immer so, und ich habe es nur nie bemerkt?«

Armgard zuckte mit den Schultern. Auf diese Frage gab es nur eine Antwort, und die wollte sie ihm ersparen. »Komm«, forderte sie ihn auf, »lass uns wieder hineingehen. Die Hauptspeise wird gleich serviert.«

* * *

Als sie über die Terrasse wieder in die Friesenstube zurückkehrten, wurde der Raum von lauten Schreien erfüllt. Valerie und die Gäste sprangen von ihren Stühlen auf. Kurz darauf stürmten Kuno, Boy und Nele aus dem großen Gastraum herbei. Alle stellten sich im Halbkreis vor den Tisch, die Gesichter dem offenen Fenster an der südlichen Seite des Hauses zugewandt. Mitten auf der Tischplatte, von einem Sektkühler ausgebremst, lag ein mittelgroßer Kieselstein. Jemand hatte das Geschoss durch das Fenster hineingeworfen. Er hatte wohl auf Valerie gezielt, die mit dem Rücken zu dem Fenster gesessen hatte. Der Stein hatte aber nur ihre Schulter gestreift.

Kuno stürzte zum Fenster, konnte jedoch niemanden weglaufen sehen. Entweder war der Steinwerfer bereits hinter den Häusern auf der anderen Straßenseite verschwunden, oder er hatte sich in einem Gebüsch auf dem Gelände von Hinnerks Hof oder in einem Garten in der Kurhausstraße versteckt.

Kuno kletterte aus dem Fenster, Boy hinterher. Kuno machte dem Gastronom ein Zeichen, im Haus zu bleiben, aber der gehorchte nicht. Er hatte keine Angst. Hätte der Angreifer eine Schusswaffe bei sich getragen, so hätte er nicht diesen lächerlichen Stein geworfen, der zwar alle erschreckt hatte, aber niemanden ernsthaft hätte verletzen können. Am Ende handelte es sich nur um die Mutprobe eines Jugendlichen aus dem Ort. Wenn er den erwischte, würde er ihm die Ohren lang ziehen.

Gemeinsam suchten Kuno und Boy die Gärten ab. Immer wieder sahen sie sich um, damit ihnen der Steinwerfer nicht hinterrücks entwischte. Sie befragten die wenigen Passanten, die ihnen begegneten, ob ihnen vor wenigen Minuten ein Flüchtender aufgefallen sei. Ob Mann oder Frau, Jugendlicher oder Erwachsener, wollten die Passanten wissen.

»Egal«, erwiderte Kuno dann. »Irgendwer, der so aussah, als hätte er es furchtbar eilig, hier wegzukommen.«

Niemand konnte ihnen weiterhelfen. Nur eine ältere Dame mit Hut und Pumps und beigem Leinenkostüm hatte eine Frau von rund dreißig oder vierzig Jahren eilig mit dem Fahrrad die Straße entlangfahren sehen. Vielleicht war sie auch bloß fünfundzwanzig, wer konnte das so schnell beurteilen?

Wie die Frau gekleidet war? Na, in Jeans, natürlich. Ein T-Shirt hatte sie getragen. Bunt war es gewesen. Und die Haare waren dunkelblond. Oder doch eher braun?

Ob die eilige Radlerin am Ende der Straße nach List oder nach Wenningstedt abgebogen oder Richtung Keitum weitergefahren war, das konnte die Dame mit Hut nicht sagen.

Da auf Sylt nicht wenige Radfahrer anzutreffen waren, darunter etliche junge Frauen in Jeans und T-Shirt, hielt Kuno es für sinnlos, die wenigen Kollegen von der allgemeinen Polizei aus dem Feierabend zu holen und auf die Suche nach einem Phantom zu schicken.

So kehrten Kuno und Boy ins Haus zurück. Kuno nahm den Stein, der unberührt auf dem Tisch lag, vorsichtig mit einer Papierserviette auf. Ein Fingerabdruck ließe sich darauf sicher nicht finden. Sollte sich aber jemals etwas Schlimmeres ereignen, könnten sie den Stein nach DNA-Spuren absuchen. Doch so weit mochte Kuno jetzt nicht denken.

»Möglicherweise hat sich bloß jemand einen schlechten Scherz erlaubt«, versuchte er, die Jubiläumsgesellschaft zu beruhigen. »Ich bleibe den ganzen Abend in eurer Nähe. Wenn euch irgendwas verdächtig erscheint, bin ich sofort bei euch.«

* * *

Auf den Schrecken hin hatte Nele in der Zwischenzeit allen in der Friesenstube einen Cognac ausgeschenkt. Langsam kehrte wieder Ruhe ein, und die Gäste nahmen auf ihren Stühlen Platz.

Valerie war innerlich aufgewühlt, versuchte aber, ihre Angst zu überspielen. Hinter ihrer Stirn hatte etwas angefangen zu arbeiten. Sie suchte Marians Blick, um zu sehen, ob er die gleichen Überlegungen hegte wie sie. Doch dessen dunkle Augen wichen ihr aus. So gab sie sich einen Ruck und mühte sich, ihre Gedanken zu verdrängen.

Gekünstelt überschwänglich und mit ausladenden Gesten berichtete sie über die Erfolge ihrer vergangenen Ausstellungen, über neue Künstler und geplante Vernissagen. Sie wies mit dem Kopf auf den Stuhl, der in einer Ecke der Friesenstube stand, und verkündete: »Der neunte Stuhl ist für die Überraschung reserviert, die ich der Kunstwelt in diesem Jahr noch präsentieren werde und die ihr heute Abend kennenlernen sollt.«

»Wann trifft denn deine Überraschung hier ein?«, wollte Konrad wissen.

»Sie muss jeden Moment hier sein. Sie kommt mit einem der letzten Züge auf Sylt an.«

Überraschung – das war für Günther das Stichwort, um das Gespräch auf seine Malerei zu bringen. Er holte Luft und suchte vergeblich, Augenkontakt zu seiner Gastgeberin herzustellen.

»Valerie«, rief er, »Valerie, ich habe auch eine Überraschung für dich.«

»Was kann das denn wohl sein?«, fragte Valerie mit leicht überheblichem Blick. Es gefiel ihr nicht, dass ausgerechnet der farblose Günther meinte, sie mit etwas überraschen zu können.

»Günther malt«, rief Armgard ungeschickt dazwischen.

Valerie tat den Einwurf mit einer wegwerfenden Handbewegung ab und sah Günther an. »Das versuchst du doch schon seit Jahrzehnten. Ohne nennenswerten Erfolg, soweit ich weiß. Oder ist es dir inzwischen gelungen, eins deiner Bilder an den Mann zu bringen?«

»Ich betreibe die Malerei bald nicht mehr als Hobby«, erklärte Günther. »Die Kunst wird jetzt mein Hauptberuf. Seit dem letzten Herbst …«

»Ein bisschen spät, findest du nicht?«, unterbrach Valerie ihn. »Und so ganz ohne Kunststudium … Nele? Nele, bringst du uns bitte noch etwas Weißwein?«

Armgard war in sich zusammengesunken. Doch Günther ließ sich so leicht nicht unterkriegen.

»Seit dem letzten Herbst habe ich sechs Bilder verkauft. Für das siebte habe ich kürzlich einen ernsthaften Interessenten gefunden. Ich bin sicher, mit der Unterstützung einer etablierten Kunstgalerie habe ich gute Chancen auf dem Markt.«

»Wenn du eine Galerie findest, die deinen Malstil zu vertreten bereit ist…«, sagte Valerie leichthin. Dann sah sie auf die Uhr. »Wir sollten jetzt alle ein wenig zusammenrücken und den neunten Stuhl in unseren Kreis stellen. Es kann nicht mehr lange dauern…«

Da öffnete Nele die Tür und führte den neunten Gast herein.

»Marla, da bist du ja!«, rief Valerie aus und warf der eintretenden Überraschung die Arme entgegen.

Alle sahen Marla an. Sie stand da wie eine Schauspielerin, die sich mit jeder Faser ihres Körpers und mit jedem Winkel ihrer Seele in ihrer Rolle aufgelöst hat. Ihr Charisma erfüllte den Raum auf eine fast unheimliche Weise.

Marla hatte halblange kupferrote Haare und eine elfenbeinfarbene Haut, die mit feinen Sommersprossen übersät war. Ihre Augen waren von einem unwirklich erscheinenden transparenten Türkis, ihr Blick war durchdringend. Niemand konnte ernsthaft daran zweifeln, dass diese Augen alles, wirklich alles aufnahmen, was für andere Menschen unsichtbar war. Die ätherisch anmutende Frau trug ein sandfarbenes, leicht tailliertes, bodenlanges Leinenkleid mit einer weit geschnittenen Kapuze. Auf der Vorder- und Rückseite war ein großflächiges Motiv aufgedruckt, das an blaue und türkisfarbene Wellen erinnerte, die der Wind auf einen See gezaubert hat. Mittendrin wuchsen vereinzelte zartrosa und weiße Seerosen. Marlas Hände lugten aus den langen Ärmeln hervor, die bis über die Handgelenke reichten und nach unten hin immer weiter wurden. Sekundenlang stand die Überraschung des Abends da wie eine Statue, rührte sich nicht und verzog keine Miene.

Valerie erhob sich. Sie lief auf die Frau zu, die die gleiche schlanke, mittelgroße Figur hatte wie sie selbst. Eine Ähnlichkeit, die kein Zufall war. Doch über das, was sie über die Kunst hinaus mit der Malerin verband, wollte Valerie heute Abend niemanden aufklären, auch wenn Marla damit nicht ganz einverstanden gewesen war. Später würde sich immer noch ein passender Zeitpunkt dafür finden, hatte Valerie gemeint.

Die Gastgeberin drückte Marla wie eine enge Freundin fest an sich und hauchte ihr ins Ohr: »Schön, dass du gekommen bist.« Dann drehte sie sich zu den anderen um, die Marla staunend ansahen, legte einen Arm um den Überraschungsgast und sagte feierlich: »Das ist Marla van Daalen. Meine Marla. Meine Überraschung des Jahres.«

Stolz strahlte sie in die Runde. Dann fuhr sie fort: »Marla halte ich für die bemerkenswerteste Neuentdeckung in der aktuellen deutschen Malerei. Sie ist ein Ausnahmetalent, und ich werde sie zu einer Berühmtheit aufbauen, wie Europas Kunstwelt sie lange nicht mehr erlebt hat. Alle Ressourcen meiner Galerie werde ich in die Weiterentwicklung dieser genialen Malerin stecken. Ihr werdet sehen: Das wird auch für mich der Durchbruch zu einer der führenden Galeristinnen Europas werden. Vielleicht gehen wir eines Tages sogar in die USA!«

Erwartungsvoll beobachtete Valerie, wie ihre Gäste auf diese Ankündigung reagierten. Marian wirbelte begeistert mit den Händen in der Luft herum wie ein kleiner Junge, der sich über eine Geburtstagsüberraschung freut. Ilona, die als Valeries engste Mitarbeiterin in diese Angelegenheit nicht eingeweiht gewesen war, begnügte sich, die Mundwinkel nach unten gezogen, mit einem knappen Nicken. Die Bittersteins applaudierten vornehm, aber desinteressiert. Günther und Armgard tauschten Blicke aus, die irgendwo zwischen Ungläubigkeit und Verzweiflung liegen mochten. Claus erhob sich schließlich, begrüßte Marla und bat sie, am Tisch Platz zu nehmen.

* * *

85

Nele deckte den Tisch in der Friesenstube ab und brachte einen Wagen mit Wein und Sekt, Kaffee, Espresso, Cocktails und Longdrinks. Dazu Salzgebäck, Kekse und Pralinen. Auf ein Zeichen von Claus hin ließ sie die Tür zum Restaurant weit offen stehen.

Nach dem Essen war traditionell der Zeitpunkt gekommen, an dem sich die Wiederkehrs gern mitsamt ihrer Clique unter die einheimischen Gäste im Restaurant von Hinnerks Hof mischten. Gerade jetzt, da Claus und Valerie Sylt zu ihrem Hauptwohnsitz gemacht hatten, war ihnen das freundschaftliche Miteinander mit den Bewohnern der Insel wichtig.

Kuno hätte sich nun doch kollegiale Verstärkung gewünscht, um die Szenerie, die sich für den Rest des Abends auf das Restaurant, die Terrasse und den Garten ausdehnen würde, besser im Blick zu haben. Realistisch betrachtet würde sich der Steinwerfer jedoch heute Abend kaum ein zweites Mal herantrauen, beruhigte er sich.

Die Gastgeber erhoben sich von ihren Plätzen, um den lockeren Teil des Abends einzuläuten. Nach ihnen standen auch die anderen drei Paare auf. Konrad wollte der faszinierenden Marla die Gelegenheit geben, ihn von seiner allerbesten Seite kennenzulernen. Er beobachtete, wie Claus Marla einlud, ihn zum Tresen vorn im Restaurant zu begleiten, an dem eine Traube aus Inselbewohnern und Touristen bei einem Bier lauthals über irgendetwas diskutierte; Marla aber lehnte ab. Da sah Konrad seine Chance gekommen. Er setzte sein Siegerlächeln auf, machte den Rücken lang und ging auf die Malerin zu. Als er zu der Frage ansetzen wollte, ob er sie auf ein Glas Sekt einladen dürfe, schoss Karin dazwischen.

»Das Motiv auf Ihrem Kleid, haben Sie das selbst entworfen?«

»Ja«, sagte Marla. »Ich arbeite mit einem Modedesigner zusammen, der meine Bilder für seine Textilentwürfe verwendet.«

»Das ist ja spannend!«, begeisterte sich Karin. »Darüber müssen wir uns unbedingt unterhalten!« Marla ließ sich widerstandslos von Karin unterhaken und auf die beleuchtete Terrasse entführen, auf der Nele ihnen an dem großen weißen Gartentisch einen Kräutertee servierte.

Verkniffen blickte Konrad den beiden Frauen nach.

»Ein bisschen frische Luft wird mir jetzt guttun«, hörte er schräg hinter sich Valerie zu Ilona und Marian sagen. Er drehte sich zur Seite und sah die Gastgeberin im Garten verschwinden, der mittlerweile im Dunkeln lag.

Konrad bemerkte, dass auch Marian hinausgehen wollte, aber von Ilona zurückgehalten wurde, die ihn mit sich zum Tresen zog. Einige Sekunden lang stand Konrad unschlüssig herum. Dann bediente er sich an dem Getränkewagen, den Nele in der Friesenstube zurückgelassen hatte. Mit einem Longdrink in der Hand schlich er sich hinaus. Karin saß mit dem Rücken zu ihm am Gartentisch und war in ein angeregtes Gespräch mit Marla vertieft. Das passte gut. Seine Frau Gemahlin musste nicht mitbekommen, dass er im Garten umherstrolchte.

Er brauchte nicht lange zu suchen. Valeries schweres Parfüm übertünchte alles, selbst die würzige Meeresbrise. Valerie hatte es sich in einem Strandkorb nahe der Natursteinmauer am Ende des Grundstücks bequem gemacht.

»Schöne Frau?«, sagte Konrad mit einschmeichelnder Stimme, noch bevor Valerie ihn erblickt hatte. Valerie schrak zusammen. Sie erkannte die Stimme sofort. Es war nicht die, die sie erwartet hatte. »Wie sieht's aus mit uns beiden in diesem Jahr? Die gewohnte Düne, die übliche Zeit? Morgen Abend?« Selbstgefällig stellte Konrad ein Bein auf die herausgezogene Fußbank. Die eine Hand auf sein Knie gestützt, in der anderen den Longdrink, grinste er Valerie an.

»Zisch ab«, fauchte sie ihn an.

»Wenn du noch einen Tag zum Akklimatisieren brauchst...«
Fragend hob er die Hand mit dem Glas in die Höhe.

»Konrad«, sagte Valerie streng und setzte sich auf, »wenn
ich eins jetzt gar nicht brauchen kann, dann bist das du. Lass
mich allein!«

Konrad blieb einen langen Moment still stehen und
betrachtete Valerie von oben herab.

»Schlechte Laune heute?«, fragte er verständnislos. »Du
warst doch sonst immer sehr entgegenkommend. Warst nicht
immer du diejenige, die es gar nicht erwarten konnte?«

»Konrad, bitte. Es war immer klar, dass das mit uns nur
ein Intermezzo war. Dass das keine Gewohnheit auf Lebenszeit
wird. Die Zeiten haben sich geändert. Bitte geh.«

Konrad rieb sich die Nase und überlegte, wie er reagieren
sollte.

»Störe ich bei einem Geheimtreffen?« Karins scharfe Stimme
zerschnitt die Stille und versetzte Konrad in eine Schockstarre.

»Ich bin nur eine schmöken gegangen«, versuchte Gelegen-
heitsraucher Konrad, die verfängliche Situation zu erklären.

»Und hast dabei ganz vergessen, dir die Zigaretten aus meiner Handtasche geben zu lassen«, konterte Karin bissig. Sie
drehte sich auf dem Absatz um und kehrte zu Marla zurück.

* * *

Als Konrad zum Haus zurückging, kam ihm Marian mit düs-
terem Blick entgegen und rannte ihn fast um. Als er ein paar
Meter weiter Ilonas Gesicht sah, war ihm klar, dass die beiden
sich gerade gestritten hatten. Konrad sah Marian hinterher, der
zielstrebig zum Strandkorb an der Gartenmauer stiefelte.

Jetzt brauchte er tatsächlich eine Zigarette. Er beschloss,
den Weg über Karin und ihre Handtasche zu vermeiden. Lieber ging er zum Tresen und bat Boy um eine Packung seiner

Lieblingsmarke und ein Feuerzeug. Noch in der Eingangshalle zündete er sich die Zigarette an und zog gierig daran. Dann trat er durch den Haupteingang auf die Straße hinaus und stieß den Rauch wütend in die Sommernacht. Lieber auf der Straße stehen, als Valerie und Marian im Strandkorb belauschen zu müssen.

Einige Zeit später verabschiedete Konrad sich von Claus, der von seinen Sylter Freunden umgeben war. Dann winkte er den anderen zu und ging hinauf aufs Zimmer. Karin folgte ihm eine gute halbe Stunde später.

* * *

»Was war denn das vorhin für eine Nummer mit Valerie?« Karins Stimme hörte sich nach einer Drohung an.

Konrad lag im Bett, in eine Autozeitschrift vertieft. »Was für eine Nummer soll das gewesen sein?«, fragte er hinter der Zeitschrift hervor. »Ich habe mich kurz mit Valerie unterhalten. So wie du dich mit Marla unterhalten hast.«

Karin versuchte, die Fassung zu wahren. »Ich habe mehr von eurem Gespräch mitbekommen, als du ahnst.«

Konrad wurde unsicher. An Karins Stimme hörte er, wie angespannt ihre Nerven waren. »Wir waren uns immer einig, dass es für eine Partnerschaft tödlich ist, wenn einer den anderen kontrolliert«, versuchte er zu argumentieren. »Das ist doch genau das, was wir auch unseren Klienten immer vorbeten. Soll das ausgerechnet für uns beide jetzt nicht mehr gelten?«

»Ich habe nicht kontrolliert, ich habe zufällig gehört…«

»Du hast gelauscht. Und zwar mit der Absicht zu kontrollieren. Sonst hättest du dich nämlich sofort bemerkbar gemacht. Warum bist du überhaupt da aufgetaucht? Doch nur, um mir hinterherzuspionieren!«

Karin sah ihren Mann wütend an. Sie holte tief Luft, ging ins Bad, schlug die Tür zu und ließ das Badewasser ein. Das Plätschern, das durch die Tür drang, wirkte beruhigend auf Konrad.

Nach ein paar Minuten, das Wasser lief noch, riss Karin die Badezimmertür auf. In ein Badetuch gehüllt, brüllte sie ihren Mann an: »Gleich morgen früh lasse ich mir von Nele ein anderes Zimmer geben!« Sie schlug die Tür wieder zu und drehte den Schlüssel herum.

»Wenn du einen Scheidungsanwalt brauchst«, grummelte Konrad in dem Wissen, dass Karin ihn jetzt nicht hören konnte, »sag nur Bescheid. Ich helfe dir bei der Suche.«

* * *

Am Morgen nach dem Disput erschien Karin noch vorm Frühstück im Büro von Hinnerks Hof und bat Nele um ein Gespräch unter vier Augen. Nele setzte sich mit ihr in einen Nebenraum und hörte ihr fassungslos zu.

Als Inhaberin eines Traditionshotels mit Stammgästen, die zum Teil schon seit Jahrzehnten ihre Ferien hier verbrachten, war Nele es gewohnt, in private Angelegenheiten eingeweiht zu werden. Wenn es um Streitigkeiten zwischen Paaren ging, waren es meist aufgebauschte Lappalien, die im Urlaub hochkochten, und es gelang Nele immer, eine neutrale Haltung einzunehmen. In diesem Fall fiel es ihr schwer, keine Position zu beziehen. Sie hatte vollstes Verständnis für Karin.

Nele stand auf und holte einen Zimmerschlüssel vom Schlüsselbrett an der Rezeption. »Du kannst die 203 haben. Das Zimmer im zweiten Stock ist leider das einzige, was zurzeit frei ist. Es ist allerdings winzig klein.«

Die Größe des Zimmers war Karin egal. Hauptsache, ein Raum, zu dem ihr Mann keinen Zutritt hatte. Nele sah Karin hinterher, die keine Sekunde länger damit warten wollte, ihre Sachen aus dem Zimmer zu holen, das sie mit Konrad bewohnt hatte.

Kapitel 7

Ilona stritt sich nach dem Mittagessen mit Marian in der Ferienwohnung in List, die Valerie für ihre Freundin und deren angeblichen Partner gemietet hatte. Ilona weigerte sich strikt, Händchen haltend mit dem so viel jüngeren Italiener durch Kampen zu schlendern. Das Theaterstück, das Valerie und Marian sich ausgedacht hatten und in das sie eingespannt worden war, fand sie einfach lächerlich. Ihr Ärger darüber, sich überhaupt auf diese Scharade eingelassen zu haben, stieg mit jedem Tag.

Valerie erwartete, dass Ilona schwer verliebt tat und wenigstens einmal täglich an Marians Seite durch Kampen, Keitum oder Westerland spazierte, um vor aller Welt zu demonstrieren, dass sie ein Paar seien. Fehlte nur noch, dass sie sich öffentlich abknutschen sollten! Doch das verlangte Valerie zum Glück nicht von ihnen, und Marian schien auch nicht erpicht darauf zu sein.

Es war wie damals im Internat, als Ilona und Valerie sich ein Zimmer geteilt hatten: Valerie hatte eine Idee, und Ilona musste ihr dabei helfen, sie umzusetzen. Valerie hatte einen Wunsch, und Ilona musste nach ihrer Pfeife tanzen. Valerie hatte ein Ziel, und Ilona musste ihre Zeit und Energie dafür hergeben, es erreichbar zu machen. Warum eigentlich? Warum drehte sich die ganze Welt immer nur um Valerie? Wer fragte jemals nach ihren eigenen Wünschen? Wer nahm auch nur ein einziges Mal Rücksicht auf Ilona Stubenflieg? Valerie ganz sicher nicht.

Wütend verließ Ilona die Wohnung, nahm ihr Fahrrad und radelte den Dünenweg entlang nach Kampen. Sie fuhr bis zu den Fahrradständern auf dem großen Parkplatz am Strandübergang. Dort schloss sie ihr Rad an. Außer Atem von der Tour, auf der sie untrainiert gegen einen Südwestwind der Stärke fünf hatte antreten müssen, ging sie zur Aussichtsplattform und setzte sich auf die lange Holzbank. Nachdenklich sah sie aufs Meer hinaus und ließ ihre kurzen dicken Waden vor und zurück baumeln. Sie überlegte, wo und wie sie die Zeit bis zum Abend verbringen konnte. Denn an diesem Nachmittag wollten Valerie und Marian allein sein in der Wohnung in List. Unschlüssig lehnte sie sich zurück und verschränkte die Arme vor der Brust.

»Was machst du denn hier so ganz allein?«

Die sonore Stimme, die sich von rechts näherte, gehörte Claus. Ilona zuckte innerlich zusammen.

»Habt ihr euch gestritten, dein Latin Lover und du? Bekommt das junge Glück seine ersten Kratzer?«

Claus hörte sich ein wenig zynisch an. Geistesgegenwärtig antwortete Ilona: »Ich wollte eine Radtour machen. Aber Marian hatte keine Lust, mich zu begleiten. Du weißt ja: Italiener sind nicht so fahrradbegeistert wie wir Hamburger.«

»Ich verstehe«, sagte Claus. Doch Ilona wusste, dass er gar nichts verstand.

»Sag mal, weißt du eigentlich, wo Valerie gerade ist?«, fragte Claus beiläufig. »Ich hab mich nach dem Mittagessen ein bisschen hingelegt, und als ich wach wurde, hörte ich gerade noch, wie ihr Wagen aus der Garage fuhr. Sie hat mir nur einen Zettel hinterlassen, dass sie erst zum Abendessen wieder zurück sein wird. Hat sie einen Termin mit einem Künstler?«

Ilona schluckte. »Nicht dass ich wüsste«, log sie. »Aber das muss nichts heißen. Sie erzählt mir ja auch nicht alles. Kann sein, dass sie einen Friseurtermin hat. Du weißt ja, wie lang das bei ihr immer dauert.«

* * *

Marian wartete auf Valerie, die in wenigen Minuten bei ihm eintreffen wollte. Er wurde nervös. Gestern hatte er Ilona gesagt, dass ihre Gegenwart an diesem Nachmittag in der Ferienwohnung nicht erwünscht war. Doch Ilona hatte die Wohnung am Vormittag nach einem völlig überflüssigen Streit wütend verlassen und sich seither nicht mehr gemeldet. Nun war er nicht sicher, ob sie gespeichert hatte, dass sie sich vor heute Abend hier nicht mehr blicken lassen sollte. Vorsichtshalber griff er zum Handy und wählte ihre Nummer. Nach dem fünften Klingeln meldete Ilona sich.

»Warum lässt du mich so lange warten, bis du ans Handy gehst?«, fauchte er.

»Hallo Marian«, flötete Ilona. »Nett, dass du dir Sorgen um mich machst. Keine Angst, mir geht es gut. Ich sitze gerade mit Claus auf der Aussichtsplattform an der Strandhaube. Ach, wo ich dich schon in der Leitung habe: Weißt du zufällig, wo Valerie ist? Claus vermisst sie. Sie ist vorhin weggefahren, und er weiß nicht, wohin.«

»Kommt bloß nicht auf die Idee, sie bei mir zu suchen«, fauchte Marian. »Und lass dich vor neunzehn, zwanzig Uhr nicht hier sehen!«

»Tja, schade, dass du auch nicht weiterhelfen kannst. Hätte ja sein können, dass ihr mit Marla ein Event für die Galerie besprechen wolltet. Also tschüss, mein Süßer, bis nachher. Ich bin noch ein Weilchen unterwegs.«

Ilona verstaute das Handy wieder in ihrer prallvollen Bauchtasche und friemelte den Reißverschluss zu. »Marian weiß leider auch nicht, wo Valerie ist«, sagte sie, ohne Claus anzusehen.

»Der wäre auch der Letzte, den ich gefragt hätte«, knurrte Claus.

∗ ∗ ∗

Valerie parkte ihren Wagen direkt vor der Ferienwohnung in List. Auch wenn Sylt eine überschaubare Welt war, so war List doch weit genug von Kampen entfernt. Dass Claus zufällig an diesem Haus vorbeikommen würde, war so gut wie ausgeschlossen. Und selbst wenn ein Bekannter ihren Wagen hier bemerken würde, hätte das kalkulierbare Folgen. Sie hatte doch wohl das Recht, ihre beste Freundin und engste Mitarbeiterin in deren Lister Feriendomizil zu besuchen. Dass die Freundin ausgeflogen war, wer kontrollierte das schon?

Valerie genoss es, dass Marian sie anbetete. Die Ehe mit Claus war mit den Jahren langweilig geworden. Schon die Vorfreude auf die Begegnung mit dem fantasievollen, verspielten Italiener ließ ihren Adrenalinspiegel steigen. Allerdings war ihr bewusst, dass Marian sich mehr von ihrer Beziehung versprach, als sie ihm zugestehen wollte. So temperamentvoll, wie er war, musste das eines Tages zu einem Zusammenprall führen, dem sie heute schon mit unguten Gefühlen entgegensah.

Marian öffnete stürmisch die Tür. Valerie betrat die Wohnung, gab ihm einen Kuss und stolzierte ins Wohnzimmer. Schwungvoll warf sie ihre Handtasche auf das Sofa. Vor dem Fenster blieb sie stehen, betrachtete fasziniert die Dünenlandschaft, die vor ihr lag, und bat Marian um einen Kaffee.

Der Kaffee sollte warten. Völlig unvermittelt stellte Marian sich hinter seine Geliebte. Er griff nach ihrem Arm und drehte sie zu sich um. Dann fasste er sie an den Schultern und fixierte sie mit fordernden Augen. »Valerie, heirate mich. Werde meine Frau!«

Im ersten Moment war Valerie verblüfft. War das ernst gemeint, was ihr Lover da von sich gab? Sein Blick ließ keinen Zweifel daran. Marian sah nicht aus, als machte er Scherze.

Plötzlich warf Valerie den Kopf nach hinten, schwenkte ihre blonde Mähne hin und her und lachte frei heraus, als hätte Marian ihr gerade einen Witz erzählt, der amüsanter nicht sein konnte. Sie wandte sich ab, schüttelte den Kopf und tat, als wischte sie sich eine Lachträne unter dem Auge fort.

»Tesoro, du bist wirklich goldig«, sagte sie und setzte sich in einen der beiden Sessel, die vor dem Wohnzimmertisch standen. Marian stellte sich neben Valerie und sah auf sie hinab.

»Ich bin nicht goldig«, protestierte er. »Ich bin verliebt. Ach was, verliebt: Ich liebe dich! Ich will mein ganzes Leben mit dir verbringen. Ich will, dass du meine Frau wirst.«

»Ich will, ich will, ich will… Tesoro, du weißt, dass ich verheiratet bin. Gut verheiratet. Und zwar schon eine halbe Ewigkeit.«

Marian nahm in dem zweiten Sessel Platz, der schräg neben dem von Valerie stand. Er drehte sich halb zur Seite, beugte sich zu seiner Geliebten vor und klammerte sich mit beiden Händen an der Armlehne fest wie ein Ertrinkender an einem Rettungsring.

»Aber du liebst doch mich? Du hast es mir selbst gesagt. Immer wieder, bei jedem Treffen. Und nun bitte ich dich: Verlass Claus. Komm zu mir!«

»Claus verlassen?« Valerie setzte sich gerade hin. »Das kommt für mich wirklich nicht infrage. Das habe ich dir auch niemals in Aussicht gestellt. Eine Ehe löst man nicht so einfach auf, nur weil einem gerade mal nach einem anderen Mann ist.«

»Weil einem gerade mal nach einem anderen Mann ist? Was soll das bedeuten? Als wir uns kennenlernten, hast du mir versichert, deine Ehe sei ein Auslaufmodell. Tu jetzt nicht so, als käme eine Scheidung für dich nicht infrage!«

Es war keine gute Idee gewesen, Marian allein zu treffen, dachte Valerie. Die Situation begann, unangenehm zu werden. Das Ende der Beziehung zeichnete sich schneller ab, als sie gedacht hätte. Energisch erhob sie sich.

»Marian, über dieses Thema brauchen wir uns wirklich nicht zu unterhalten. Ich hatte einen netten Nachmittag mit dir verbringen wollen. Aber ich sehe, das ist heute nicht möglich. Bitte entschuldige mich jetzt. Ich habe noch eine Besprechung mit Marla. Du weißt, es geht um viel. Wir wollen den internationalen Kunstmarkt erobern.« Sie versuchte, Marian beschwichtigend anzulächeln. »Vergiss nicht: Wenn du gute Ideen hast, bist du bei der Vermarktung von Marlas Bildern mit im Boot.«

Valerie wandte sich der Haustür zu. Marian lief hinter ihr her und hielt sie am Arm fest. Sie sah ihn an und erschrak.

»Marian, bitte.« Einige Sekunden lang lag eine bedrohliche Stille im Raum. »Marian, Marla weiß, wo sie mich finden kann. Ich habe ihr gesagt, dass ich vor dem Termin mit ihr bei Ilona in der Ferienwohnung sein werde. Bitte lass mich jetzt gehen, bevor Marla anfängt, nach mir zu suchen.«

Wütend ließ Marian Valeries Arm los. »Hast du immer zwei Termine zur gleichen Zeit?«, rief er trotzig aus.

»Ich bin eine gefragte Frau«, antwortete Valerie hochnäsig und drehte sich langsam um. Als sie hinausging und die Tür hinter sich zuzog, warf sie ihm einen warnenden Blick zu.

Fluchend ging Marian in die Küche und stellte die Kaffeemaschine an. Als er einen Kaffeelöffel aus der Schublade nehmen wollte, ging sein Temperament mit ihm durch. Er griff mit beiden Händen in die Besteckfächer und warf Messer, Gabeln und Löffel mit Wucht auf den blau gefliesten Boden. Dann trat er ziellos nach den Besteckteilen und kickte sie durch die Küche.

* * *

Valerie hatte es eilig gehabt, sich in ihren Wagen zu setzen, die Türen zu verriegeln und loszufahren. Hinter dem Ortsausgang von List hielt sie am Straßenrand an. Sie ließ den Motor laufen und blickte in kurzen Abständen in den Rückspiegel, um zu sehen, ob Marian ihr folgte. Sie hatte ihn angelogen: Sie hatte Marla nicht erzählt, wohin sie wollte, und sie hatte auch keinen Termin mit ihr. Nun aber wählte sie Marlas Handynummer aus dem Kurzwahlspeicher ihrer Fernsprechanlage. Nervös trommelte sie mit den Fingernägeln auf dem Lenkrad herum, bis die Malerin sich meldete.

»Hallo, Marla. Können wir uns sehen? Ich würde dich gern auf einen Kaffee einladen.«

Valeries Stimme klang atemlos und hektisch.

»Hallo, Valerie, im Moment passt es bei mir nicht so gut. Mir gehen gerade neue Ideen durch den Kopf, und ich mache ein paar Skizzen.«

»Bitte, Marla, ich hatte gerade einen etwas unangenehmen Termin und will mich erst beruhigen, bevor ich nach Hause zurückkehre. Ich möchte nicht, dass Claus meine Aufregung bemerkt. Er macht sich immer so große Sorgen um mich.«

Marla zögerte. Valerie ließ nicht locker. »Marla, bitte lass uns ein wenig reden. Lass uns über unsere gemeinsamen Pläne sprechen!«

»Also gut. Wo treffen wir uns?«

»Ich hole dich in ein paar Minuten ab. Bin schon auf dem Weg zu dir. Lass uns nach Keitum fahren.«

* * *

Marian war außer sich. Fluchend hatte er das Besteck vom Boden aufgesammelt und wieder in die Schublade gestopft. Als er begriff, dass Valerie an diesem Nachmittag nicht mehr zu ihm zurückkommen würde, hatte er sich seinen Jogginganzug angezogen und war gelaufen bis zur Erschöpfung. Nach der Rückkehr hatte er eine heiße Dusche genommen. Irgendwann verspürte er Hunger. Er bereitete sich ein Abendessen zu, trank ein Glas Wein und konnte langsam wieder klare Gedanken fassen. Als er das Geschirr in die Spülmaschine stellte, fiel sein Blick auf den Boden, wo das verchromte Besteck, das Opfer seines Wutanfalls geworden war, Abriebspuren hinterlassen hatte. Er suchte nach einem Scheuerschwamm, den er im Küchenschrank fand, und bemühte sich, die Spuren so gut wie eben möglich zu entfernen. So reagierte er den Rest seiner Wut ab.

∗ ∗ ∗

Als Ilona in die Wohnung zurückkam, fand sie Marian auf dem Boden kniend vor, wo er heftig mit dem Schwamm die Fliesen schrubbte. Verwundert zog sie die Augenbrauen hoch. Einen Moment lang hatte sie die Vision, Marian habe Valerie mit einem Küchenmesser erstochen, die Leiche irgendwo in den Dünen vergraben und nun beseitige er die Spuren. Mit klopfendem Herzen verschwand sie in ihrem Zimmer. Vorsichtshalber drehte sie den Schlüssel herum. Kurz darauf rief Valerie sie an. Ilona war erleichtert, ihre Nummer auf dem Display zu sehen.

»Wenn du in die Wohnung zurückkehrst«, sagte Valerie ohne jede Begrüßung, »sei gewarnt. Marian ist ein wenig – nun, sagen wir: echauffiert.«

»Ich bin schon in der Wohnung«, erwiderte Ilona. Als sie Valeries kühle, entschlossene Stimme hörte, wich ihre Erleichterung über das Lebenszeichen ihrer Freundin einem Gefühl von Frust. Sie hätte zumindest ein Dankeschön von Valerie dafür erwartet, dass sie den beiden einige Stunden lang eine sturm-freie Bude gewährt hatte.

»Was soll das heißen, Marian ist echauffiert?«, hakte Ilona nach. »Habt ihr euch gestritten? Hast du ihn etwa verlassen?«

»Später, Ilona. Mir ist jetzt nicht danach, darüber zu reden. Tu einfach so, als sei nichts gewesen.«

»Du bist gut: Als sei nichts gewesen! Heute Morgen nach dem Frühstück habe ich mich heftig mit Marian gestritten, weil ich mich nicht als verliebtes Pärchen mit ihm in der Öffentlichkeit zeigen wollte.«

»Aber Ilona! Wir hatten das doch so abgesprochen!«

»Ich finde, ihr verlangt da zu viel von mir.« Ilona schwieg einen Moment. Da Valerie nichts dazu sagte, fuhr sie fort. »Ich bin mit dem Rad nach Kampen gefahren. Auf der Aussichts-plattform am Strandübergang ist Claus mir über den Weg gelau-fen. Der hat sich natürlich gewundert, dass ich ohne Marian unterwegs war. Ich habe ihm was von einer Radtour erzählt, zu der Marian keine Lust hatte. Am Nachmittag bin ich nach List zurückgeradelt. Zuerst habe ich mich in den alten Tonnen-hallen am Hafen herumgetrieben, später am Ellenbogen. Dann war ich bei Gosch. Hunger hat man ja schließlich auch mal.«

Wieder unterbrach Ilona sich, und wieder schwieg Valerie. »Ist ja reizend, dass ich jetzt wieder in die Wohnung zurückkeh-ren durfte und nicht auch noch die ganze Nacht draußen ver-bringen muss. Ich habe allerdings keine Lust, mit einem Mann unter einem Dach zu hausen, der so bitterböse guckt, dass ich Angst vor ihm bekomme. Du müsstest seine Augen sehen! Wie ein Mafioso! Ich habe mich sogar in meinem Zimmer einge-schlossen. Noch einmal mache ich dieses Theater nicht mit«, bekräftigte Ilona ihren Entschluss, Valerie für den Rest dieses Urlaubs nicht mehr bei ihren Liebeseskapaden zu assistieren.

Valerie wünschte Ilona schnippisch eine gute Nacht und beendete das Gespräch ohne ein weiteres Wort per Tastendruck.

Wütend sah Ilona auf das Handy und sandte Valerie einen Fluch hinterher, der ungehört blieb. Dann drückte sie ein Ohr an ihre Zimmertür.

Aus der Küche hörte sie das Geräusch eines Korkens, der aus einer Flasche herausgezogen wurde. Marian öffnete also gerade einen Wein. Offenbar hatte er die Spurenbeseitigung auf dem Fußboden beendet. Den klirrenden Geräuschen nach zu urteilen, verkroch er sich mit der Flasche und einem Glas in seinem Schlafzimmer. Kurz darauf hörte Ilona ihn reden, verstand aber nicht, worüber er sprach. Ob er mit Valerie telefonierte? Ilona wählte die Handynummer ihrer Freundin. Die Leitung war besetzt. Aha, dachte sie, morgen früh werde ich sehen, ob das ein Versöhnungsgespräch war oder ob die beiden sich weitergestritten haben.

* * *

Der Briefträger lenkte das Fahrrad bedächtig auf die Einfahrt des Grundstücks zu dem Haus in Wenningstedt, in dem Günther und Armgard dieses Jahr eine Ferienwohnung gemietet hatten. Leise vor sich hin pfeifend nahm er in aller Ruhe drei, vier Briefumschläge aus der großen gelben Posttasche, die auf seinem Gepäckträger befestigt war. Mit langsamen Schritten ging er auf die Eingangstür der Ferienwohnung zu.

Kein Hund kläffte. Das ließ ihn lockerer werden. Bei Feriengästen wusste man nie … Er hatte bemerkt, dass Armgard ihn von der Küche aus auf das Haus hatte zukommen sehen. Da sie nicht von sich aus öffnete, drückte er auf den Klingelknopf an der Tür.

Armgard schluckte. Zögerlich öffnete sie dem Briefträger.

»Ein Einschreiben für Günther Geier«, sagte der Mann ruhig, »und drei weitere Briefsendungen.«

Armgard schwieg.

»Günther Geier«, hakte der Postbote nach und sah Armgard freundlich in die Augen. »Finde ich den hier?«

»Das ist mein Mann«, antwortete Armgard zögerlich. »Er steht unter der Dusche. Ich unterschreibe für ihn.«

Der Briefträger ließ sich Armgards Personalausweis zeigen. Dann hielt er ihr den Stift zur Unterschrift hin und überreichte ihr das Einschreiben zusammen mit den anderen Umschlägen. Er grüßte und wandte sich wieder seinem Fahrrad zu.

Armgards Herz klopfte. Beim Anblick des Briefträgers hatte sie geahnt, dass dies kein guter Tag werden würde. Sie horchte. Günther stand noch immer unter der Dusche. Das Klingeln hatte er sicher nicht gehört. Sie ging in die Gästetoilette und öffnete mit zitternden Fingern das Einschreiben. Die Zeilen verschwammen vor ihren Augen. Langsam begriff sie, dass ihre Befürchtung Wahrheit geworden war: Sie hielt die Kündigung in der Hand, die Günthers Arbeitgeber ihrem Mann gesandt hatte. Die Kündigung zum 30. September.

Im ersten Moment konnte Armgard keinen klaren Gedanken fassen. Wie benommen faltete sie das Schreiben zusammen und schob es in den Umschlag zurück. Dann wurde sie wütend. Dieser feige Hund!, dachte sie. Wartet mit der Kündigung, bis wir im Urlaub sind. Der hat nicht mal das Rückgrat, Günther in die Augen zu sehen, wenn er ihm seine Existenz unter den Füßen wegzieht. Sie hatte Tränen in den Augen, als sie die anderen Umschläge öffnete. Eine Rechnung, zwei Mahnungen. Sie blickte aus dem kleinen Fenster nach draußen, ohne etwas wahrzunehmen.

Wie sollten sie am Ende des Sylt-Urlaubs die Ferienwohnung bezahlen? Wie sollten sie überhaupt noch irgendetwas bezahlen? Warum waren sie bloß hergekommen? Sie musste jetzt mit Valerie reden. Daran führte kein Weg mehr vorbei. Armgard machte einen Plan. Günther durfte von der Kündigung vorerst nichts erfahren. Sie würde so bald wie möglich mit Valerie sprechen. Es gab sonst niemanden, der ihnen helfen konnte. Valeries Galerien in Hamburg und Kampen waren ihre letzte Hoffnung. Die einzige Perspektive, die sie noch hatten.

Armgards Gedankenkarussell stoppte plötzlich. Die Dusche lief nicht mehr. Armgard hatte nicht mitbekommen, wie viele Minuten vergangen waren, seit Günther das Wasser abgestellt hatte. Nun blieb ihr nicht mehr viel Zeit. In Panik hastete sie ins Schlafzimmer und versteckte die Briefumschläge in dem Fach an der Innenseite ihrer Reisetasche. Günther betrat das Schlafzimmer, als seine Frau die Tasche gerade wieder in die Ecke neben dem Kleiderschrank geschoben hatte.

»Du bist so blass.« Günther sah seine Frau besorgt an. »Geht es dir nicht gut?«

»Kopfweh«, sagte Armgard nur. »Ich suche gerade mein Aspirin.«

* * *

Als Valerie am Abend nach Hause zurückkehrte, fand sie auf der Fußmatte vor der Eingangstür einen größeren Briefumschlag vor. Er war nicht frankiert, und es waren weder Absender noch Adressat darauf vermerkt. Wie erstarrt blieb sie vor der Tür stehen.

Claus, der den Wagen seiner Frau hatte kommen hören, öffnete die Tür und sah sie verwundert an.

»Willst du nicht reinkommen?«

Valerie trat ins Haus und überreichte Claus wortlos den Umschlag.

»Sieh du nach, was drin ist.«

Claus öffnete die Lasche, die nicht zugeklebt war, und griff in den braunen Umschlag hinein. Er zog ein Foto hervor, das sich bei genauerer Betrachtung als Fotomontage entpuppte. Hielt man das Bild im Hochformat in der Hand, stand Valerie mit großen Augen und geöffnetem Mund da und winkte mit der rechten Hand dem Betrachter zu. Der Hintergrund sah aus wie eine Wand aus Sandkörnern.

Das Foto war mit blutrotem Filzstift beschrieben, und wenn man den Schriftzug lesen wollte, musste man es im Querformat halten. Dann sah man aus der Vogelperspektive auf eine im Sand liegende Valerie. Den einen Arm hatte sie hilflos nach hinten ausgestreckt, die ins Leere stierenden Augen aufgerissen, den Mund wie zum Schrei halb geöffnet.

Die Aufschrift lautete: *Der Tod liegt vor der Tür.*

Valerie bekam eine Gänsehaut.

Claus zog sofort sein Handy aus der Hosentasche hervor und rief Kuno an, der bereits Feierabend hatte.

»Ich komme sofort rüber zu euch.«

Drei Minuten später saß der Kommissar im Esszimmer von Valerie und Claus. Das Foto lag vor ihnen auf dem Tisch.

»Eine Serie«, stellte Kuno fest. »Erst der Spruch mit dem Jugendwahn. Dann das Rattengift im Vorratsraum. Der Steinwurf auf eurer Feier. Und jetzt das hier. Das gehört zusammen. Das ist ein und derselbe Täter.«

»Und jetzt?«, fragte Valerie.

»Eins können wir wohl als Tatsache ansehen: Es richtet sich nicht gegen euch beide. Es geht in erster Linie um dich, Valerie.«

Valerie schlang die Arme um sich und sah Kuno hilflos an, während Claus nachdenklich nickte.

»Überlegt mal ganz intensiv. Habt ihr wirklich keine Idee, wer dahinterstecken könnte?«

Beide Wiederkehrs schüttelten stumm den Kopf. Kuno hakte nach.

»Einer der Inselbewohner vielleicht, mit dem ihr euch mal angelegt habt, speziell du, Valerie? Jemand, der sich an deiner Anwesenheit stört? Der dich vertreiben will? Es könnte auch eine Frau sein, die dich als Konkurrentin empfindet. Da der erste Brief aus Hamburg kam, könnte es jemand sein, dem du sowohl in Hamburg als auch auf Sylt in die Quere gekommen bist.«

»Ich wüsste nicht, wer das sein könnte«, tat Valerie Kunos Überlegungen ab.

»Und in eurem Freundeskreis, ist da alles in Butter?«

»Also, hör mal!«, empörte Valerie sich.

Ihre Entrüstung erschien Kuno gespielt. Hatte Valerie einen Verdacht? Wenn ja: Was hielt sie zurück, ihn zu äußern? Wieso vertraute sie sich ihm als Kommissar und Freund des Hauses nicht an? Verbarg sie etwas vor Claus?

»Ich muss da ganz nüchtern rangehen«, verteidigte Kuno seine Überlegungen. Er deutete mit dem Kopf auf den Umschlag und das Foto. »Die Spurensicherung wird sich das hier ansehen. Wenn sie Fingerabdrücke darauf findet, wird es sich nicht vermeiden lassen, Gegenproben aus eurem Freundeskreis zu nehmen.«

»Das kann nicht dein Ernst sein!«

»Kuno wird schon wissen, was er tut«, verwies Claus seine Frau in die Schranken. »Irgendwo müssen sie doch anfangen.«

»So ist es«, bestätigte Kuno dankbar. »Es geht schließlich um euren Schutz. Das nimmt jetzt Formen an, die wir nicht mehr als Bagatelle bezeichnen können.«

Vorsichtig schob Kuno den Umschlag und das Foto in eine Tragetasche, die Valerie ihm offen hielt.

»Ich gebe euch sofort Bescheid, wenn die Ergebnisse der Untersuchung vorliegen. Wenn irgendwas ist: Mein Handy ist Tag und Nacht eingeschaltet. Geht bitte vorerst möglichst nicht mehr alleine aus dem Haus. Vor allem du nicht, Valerie.«

Kuno lächelte schief und verabschiedete sich.

Kapitel 8

Kampen, 5. August

Valerie war heute früher als üblich aufgestanden. Dies war einer der seltenen Tage in ihrer Ehe, an denen sie mit ihrem Mann gemeinsam frühstückte. Beide wirkten bedrückt. Die Serie, wie Kuno die mysteriösen Ereignisse genannt hatte, ging ihnen nicht mehr aus dem Kopf. Dennoch wollten beide nicht darüber reden. Es hätte bedeutet, konkrete Verdächtigungen auszusprechen. Davor schreckten sie zurück. Insgeheim hoffte jeder von ihnen, die Angelegenheit würde sich am Ende doch als schlechter Scherz herausstellen. Oder als Irrtum erweisen. Oder sie würde genauso plötzlich aufhören, wie sie begonnen hatte.

Nach der letzten Tasse Tee erhob Valerie sich.

»Entschuldige bitte, Claus, ich gehe kurz rüber in die Galerie. Marla wird heute eines ihrer atemberaubendsten Bilder hierherbringen, und ich möchte Platz schaffen, damit es richtig zur Geltung kommt.«

»Ich komme mit.«

»Nein, bitte bleib. Am helllichten Tag auf unserem eigenen Grundstück, in unseren eigenen Häusern wird mir nichts passieren.«

Stine schenkte Claus noch eine Tasse Tee nach. Der Hausherr verschwand hinter der Zeitung. Wenige Minuten später erklang die Melodie von *Wähle 3-3-3*, dem uralten Schlager von Graham Bonney. Diese Rufmelodie hatte Valerie erst gestern in ihrem Smartphone eingestellt. Der Teufel wusste, warum.

Valerie hatte ihr Mobilgerät mal wieder neben ihrem Frühstücksteller vergessen. Claus ärgerte sich darüber. Immer und überall erreichbar sein wollen, aber dann das Smartphone ständig irgendwo herumliegen lassen! Wozu dieses digitale Teil, wenn es doch nur in irgendeiner Ecke ungehört vor sich hin tönte?

Das Klingeln verstummte, allerdings nur für drei, vier Minuten. Als diese alberne Rufmelodie wieder erklang, legte Claus die Zeitung zur Seite und stand auf. Als er sich über das Gerät beugte, verstummte es wieder. *Gabriele ruft an. 2 Anrufe in Abwesenheit*, verriet ihm das Display. Gabriele, was will denn die schon wieder? Claus schüttelte den Kopf.

Als Valerie zwanzig Minuten später zurückkehrte, informierte er sie über die beiden Anrufe. Er verriet nicht, dass er den Namen der Anruferin wusste. Valerie nahm das Handy auf und drückte ein paarmal darauf herum, ohne jedoch eine Nummer zu wählen.

»Willst du nicht zurückrufen?«, fragte Claus provokant.

»Das hat Zeit«, meinte Valerie betont gleichgültig. Sie schob das Smartphone in ihre Jeanstasche und sah sich unschlüssig um. Auf einmal hatte sie es furchtbar eilig, aus Claus' Hörweite zu gelangen. »Ich muss noch einmal in die Galerie«, rief sie und verschwand durch die Terrassentür.

Claus musste sich zurückhalten, ihr nicht sofort zu folgen. Er war neugierig, ob seine Frau die Anruferin jetzt zurückrufen würde. Er wollte wissen, was Valerie zu verbergen hatte.

Während er noch zögerte, vernahm er das Klappern des Briefkastens. Der Postbote warf einige Sendungen ein. Kurz darauf legte Stine ihm eine Handvoll Briefe auf den Tisch. Mit verwundertem Stirnrunzeln nahm er zur Kenntnis, dass ein Anschreiben vom Einwohner-Zentralamt darunter war. Was die Behörde wohl von ihm wollte? Die Ummeldung war doch längst vollzogen. Ungeduldig riss er den fest zugeklebten Umschlag aus dünnem, hellgrauem Recyclingpapier auf und zog das Schreiben heraus. Es waren zwei Seiten. Ungläubig überflog er die erste Seite. Als er die zweite betrachtete, traf ihn fast der Schlag.

Vor vier Wochen, als er auf der internationalen Fachtagung der plastischen Chirurgen in Paris gewesen war, hatte Valerie ein paar Tage in Hamburg verbracht. Dort hatte sie seinen Wagen benutzt. Auf der Elbchaussee stadtauswärts, auf dem Weg nach Blankenese zu ihrer Villa, war der Wagen geblitzt worden. Am Steuer hatte nicht Valerie gesessen. Ihr Platz war auf dem Beifahrersitz gewesen. Unverkennbar, auch wenn sie nur von der Seite zu sehen war. Denn just in der Sekunde, als das Foto geschossen worden war, hatte Valerie dem Fahrer einen Kuss auf die Wange gedrückt. Am Steuer saß Marian, die Augen für einen Moment genussvoll geschlossen.

Das ist nicht wahr, schoss es Claus durch den Kopf. Was ich auf diesem Foto sehe, ist einfach nicht wahr. Es kann nicht sein.

Wie betäubt stand er auf und ging in sein Arbeitszimmer, das im Erdgeschoss lag und von dem aus er zur Galerie hinübersehen konnte. Wie in Zeitlupe nahm er wahr, dass Valerie die Galerie verließ und ins Haus zurückkehrte. Ohne nachzudenken, schob er den Bußgeldbescheid samt Foto und die anderen noch ungeöffneten Briefe in die unterste Schreibtischschublade und lief ins Esszimmer zurück. Fahrig nahm er die Zeitung, die noch auf dem Frühstückstisch gelegen hatte, und setzte sich auf die Terrasse.

»Noch einen Tee, Herr Doktor?«, fragte Stine fürsorglich.

»Nein. Ja … Ja, bitte.«

Er hielt die Zeitung vor sein Gesicht. Seine Augen wanderten über die Zeilen, ohne den Inhalt irgendeines der Artikel erfassen zu können. Irgendwann, er wusste nicht, wie viel Zeit vergangen war, fasste er den Entschluss, Valerie vorerst nicht über dieses Schreiben zu informieren. Er wollte ganz in Ruhe über diese Angelegenheit nachdenken, bevor er seine Frau damit konfrontierte. Erst einmal einen klaren Kopf bekommen.

* * *

»So, jetzt ist Platz für Marlas Wunderwerk«, sagte Valerie zufrieden, als sie auf die Terrasse trat. Sie blieb vor Claus stehen und schien zu überlegen, ob sie sich dazusetzen sollte. Doch Claus schien merkwürdig abwesend zu sein.

»Nachher kommen die Mädels aus unserer Clique«, informierte sie ihren Mann. »Erst Marla mit ihrem Bild, dann die anderen. Wir werden Marlas neuestes Werk bei einem kleinen Umtrunk enthüllen. Danach gehen wir in die Sturmhaube. Zum Mittagessen werde ich nicht hier sein. Ich komme erst am Nachmittag wieder zurück. Aber du wirst dir schon die Zeit vertreiben.« Claus nickte stumm. »Hast du auch etwas vor?«, fragte Valerie mit vorgetäuschtem Interesse.

»Nein. Ich werde sehen, was der Tag bringt.«

»Dann bis später.« Valerie ging in ihr Zimmer, um sich für das Treffen mit Marla, Ilona, Karin – ach ja, und Armgard – zurechtzumachen.

Kurz darauf parkte Marla vor der Galerie. Valerie kam ihr entgegen und half ihr, das auf einen Keilrahmen gespannte, sorgfältig verpackte Werk aus dem Kofferraum zu holen und in den Ausstellungsraum zu tragen. Am Abend würde sie das Bild in einem der klimatisierten Glasschränke unterbringen, die rundherum an den Wänden standen und die ausgestellten Bilder vor der feuchten, salzhaltigen Luft schützten. Aber an diesem Nachmittag sollte es im wahrsten Sinne des Wortes im Mittelpunkt stehen.

Eine knappe halbe Stunde nach Marla trafen Karin, Ilona und Armgard fast gleichzeitig in der Galerie ein. Valerie hatte Stine angewiesen, auf einem kleinen Tisch neben dem Eingang Gläser, Sekt und eine Schale mit Keksen bereitzustellen.

Die weißen Porzellanvasen mit den violettblauen Pfauenfedern, die dekorativ im ganzen Raum aufgestellt waren, bildeten einen eindrucksvollen Kontrast zu den eleganten hellgrauen Bodenfliesen und den Wänden, die in einem hauchzarten, cremigen Gelbton gestrichen waren.

Marlas Bild stand auf einer Staffelei mitten im Ausstellungsraum. Es war mit einem riesigen weißen Tuch verhüllt, das Armgard an das Betttuch erinnerte, mit dem sie und ihre Freundinnen als Kinder Gespenst gespielt hatten.

Die kleine Damenrunde stellte sich im Halbkreis vor dem Bild auf. Marla hatte noch schnell einen Kleidersack aus ihrem Wagen geholt und über einen großen Hocker in der hinteren Ecke des Ausstellungsraums gelegt. Sie machte Karin ein Zeichen, dass der Inhalt für sie bestimmt war.

»Oh, du hast daran gedacht?«

»Klar! Willst du sie nachher anprobieren?«

»Ich kann es kaum erwarten!«, rief Karin aus.

»Was gibt das hier?«, fragte Valerie, die befürchtete, dass der Enthüllung von Marlas Bild nicht die nötige Aufmerksamkeit geschenkt wurde.

Marla klärte sie auf: »Karin hatte mich auf eurer Feier nach den Kleidern mit meinen Bildmotiven gefragt. Ich habe ihr ein paar meiner neuesten Kreationen mitgebracht.«

Valerie hatte keinen Zweifel daran, dass Karin weitaus mehr Interesse an Kleidern hatte als an Malerei. Solange die extravaganten Modelle sich unbesehen in diesem Kleidersack befanden, würde sie an nichts anderes denken als daran, was für hübsche Überraschungen in dieser Tasche auf sie warteten.

»Na gut«, meinte sie großzügig, »wenn du es nicht erwarten kannst, Karin, dann geh doch nach hinten ins Büro und probier die Kleider an. Wir warten mit der Enthüllung des Bildes, bis du dich in Schale geschmissen hast.«

Karin lächelte bittersüß, verkniff sich eine Bemerkung, nahm die Tasche und verschwand mit Marla im Büro. Das Kleid, das sie wählte, war vom selben Schnitt wie dasjenige, das die Malerin am Abend der Silberhochzeitsfeier getragen hatte. Das aufgedruckte Motiv zeigte übergroße, tiefrote, stilisierte Mohnblüten. Karin schwebte zurück in den Ausstellungsraum und drehte sich im Kreis. Sie sah hinreißend aus.

Armgard stand traurig dabei. Solch ein teures Stück würde sie sich niemals leisten können. Wenn Günther endlich seine Bilder verkaufte, müssten sie erst all die offenen Rechnungen bezahlen. Und selbst dann: An ihrer Figur würde so ein Kleid wirken wie ein bunt bedruckter Kartoffelsack. Und wenn sie sich Valerie und Karin und Marla ansah, musste sie zugeben, dass wohl auch eine gewisse natürliche Eleganz dazugehörte, um in einem derart ausgefallenen Exemplar nicht lächerlich zu wirken.

Es schien, als hätte Valerie Armgards Gedanken aufgenommen. Die unbestrittene Modeikone dieser Clique kräuselte die Lippen, verschränkte die Arme und ging aufreizend langsam um Karin herum, die nun in der Mitte des Raums, neben der Staffelei mit dem eigentlichen Ausstellungsstück des heutigen Tages, stehen geblieben war.

»Schick«, sagte Valerie mit einem undefinierbaren Unterton in der Stimme. »Wirklich schick, meine Liebe. Aber weißt du, so ein Stück darf man nicht nur überziehen. Man muss es tragen können. Es wirkt nur, wenn das gewisse Extra darunter durchscheint.« Valerie unterbrach sich, um dann mit einem Augenzwinkern fortzufahren: »Dann aber reicht ein einziger Hüftschwung, und du erzielst eine frappierende Wirkung auf die Herren der Schöpfung.« Sie ging zu dem Tisch am Eingang, nahm mit spitzen Fingern einen Keks aus der Schale und hielt ihn sich verführerisch vor die Lippen. Dann schob sie hinterher: »Übrigens auch auf den eigenen Ehemann.«

Im Bruchteil einer Sekunde wurde Karin kreideweiß.

»Versuchst du auf diese Art, mir Konrad auszuspannen? Hast du ihn damit rumgekriegt?«, kreischte sie und ging auf Valerie los. Marla hielt sie zurück, und Ilona schob sich mit ausgebreiteten Armen vor ihre Chefin wie eine Verkehrspolizistin auf einer Straßenkreuzung. Armgard verzog sich verschreckt in eine Ecke des Raums.

»Reiß dich zusammen, oder du fliegst raus«, sagte Valerie kühl. Dann wandte sie sich den anderen zu, als wäre nichts geschehen. »Und nun, Mädels, kommen wir zu meinem Favoriten dieser Sommersaison: dem Pfauenfederbild von Marla van Daalen.«

Valerie ging auf das Bild zu, während die anderen sich wieder im Halbkreis aufstellten. Wie ein Dompteur, der einem Tiger den Rücken zuwandte in dem Wissen, dass es gefährlich ist, ihn aus den Augen zu lassen, warf Valerie Karin einen Blick über die Schulter zu.

Vorsichtig zog sie das Tuch von der Staffelei. Wie ein Blitz schoss ihr dabei ein Gedanke durch den Kopf: Ob Karin hinter der Serie steckte? Zuzutrauen wäre es ihr. Den Stein konnte sie zwar nicht selbst geworfen haben. Aber vielleicht hatte sie einen Jungen dafür engagiert. Hatte ihm erklärt, es sei ein Streich, und er fand es aufregend, seinen Mut unter Beweis zu stellen. Wenn ihre eifersüchtige, neidische Freundin es war, die dieses Spiel mit ihr spielte, brauchte sie keine Angst zu haben. Stärker als Karin war sie allemal.

Alle beobachteten Valerie gespannt. Nur Karin fand ihre Schuhspitzen interessanter. Erst als das Werk enthüllt war, hob sie den Kopf.

Auf goldfarbenem Hintergrund war ein großes, fast kreisrund angelegtes Herz zu sehen, das aus violetten Pfauenfedern zusammengesetzt schien. Mit weit aufgerissenen Augen standen die Frauen vor dem Bild und ließen es auf sich wirken. Je länger sie es betrachteten, desto plastischer wirkte es auf sie. Die zahllosen Details, die um das Herz herum eingearbeitet waren, schienen sich zu bewegen. Dieses Bild lebte.

»Fantastisch!«, rief Ilona, die in den fünfundzwanzig Jahren als Valeries Assistentin schon unendlich viele Bilder gesehen hatte. »Dieses Bild hat eine Seele. Es strahlt Gefühle aus, die etwas in mir aufwühlen.«

Stine war in die Galerie gekommen, um zu sehen, ob weitere Getränke gewünscht wurden. Sie hatte sich still im Hintergrund gehalten, um die Enthüllungszeremonie nicht zu stören. »Stimmt«, bestätigte sie und faltete die Hände vor ihrer Brust zusammen. »Dieses Bild hat etwas Heiliges. Es berührt einen ganz tief drinnen.«

Nach der kurzen, heftigen Konfrontation mit Valerie war Karin mit ihren Gedanken noch ganz woanders. Sie wusste, dass auch sie jetzt etwas sagen musste. Mehr als ein »wirklich schön« brachte sie nicht hervor, worauf Marla sie enttäuscht ansah.

»Erzähl uns von deiner Arbeit, Marla«, forderte Valerie die neue Künstlerin ihrer Galerie auf. »Wie entstehen deine Bilder?«

»Wie soll ich das erklären«, überlegte Marla laut. »Wir Künstler drücken allesamt Gefühle aus. Jeder auf seine Weise. Der eine mit Musik, der andere mit Worten, der dritte mit Farben und Formen … Wie so etwas entsteht, das kann man nicht beschreiben.«

»Aber wie findest du deine Motive? Und wie gehst du an ein neues Bild heran?«, fragte Ilona.

»Ganz einfach«, meinte Marla. »Wenn ein neues Bild entsteht, ist das wie bei einer Schwangerschaft. Ich trage etwas

Winziges in mir. Einen vagen Gedanken, ein undefinierbares Gefühl. Damit gehe ich durch die Welt. Alles, was ich sehe und empfinde, wirkt auf dieses winzige, nicht greifbare Etwas. Mit der Zeit wird dieses Gefühl in mir immer größer. Es nimmt vor meinem inneren Auge Gestalt an. Irgendwann kommt der Moment, in dem ich weiß, dass das, was ich in mir sehe, reif ist. Dann lasse ich alles stehen und liegen, gehe in mein Atelier und fange an zu malen.«

»Du hast also gar keine konkrete Vorstellung davon, wie das Bild am Ende aussehen wird? Du machst keine Skizzen und malst nicht nach einem konkreten Plan?«, fragte Ilona ungläubig.

»Das hat sie doch gerade erschöpfend erläutert«, stöhnte Valerie. »Bitte, Marla, erzähl weiter.«

»Nein«, sagte Marla an Ilona gewandt. »Einen Plan habe ich nicht. Zumindest keinen, der mir bewusst wäre. Es ist das Unbewusste in mir, das jedes Bild gestaltet. Das Unbewusste sagt mir auch, ob das, was entstanden ist, gut ist. Manchmal muss ich ein Bild auch wieder zerstören.«

»Wie bitte?«, rief Karin aus. »Du zerstörst dein eigenes Werk?«

»Wenn es nicht das Werk ist, das erschaffen werden wollte, ja«, bestätigte Marla. »Wenn es nicht ausdrückt, was zum Ausdruck kommen wollte. Wenn es zu ruhig, zu nichtssagend ist. Dann nehme ich andere Farben und übermale das Bild. Manchmal verschwindet der erste Entwurf vollständig, manchmal bleibt ein Rest davon übrig.«

»Unglaublich«, hauchte Armgard.

»Du musst verstehen«, erklärte Marla geduldig, »was ich mache, ist keine gemalte Fotografie. Ich setze mich nicht ans Meer, vor einen Leuchtturm oder neben eine Blumenwiese und erstelle eine Kopie davon. Ich lasse das Meer oder irgendetwas anderes auf mich wirken und male die Gefühle, die sich daraus entwickeln. Ob das Bild etwas geworden ist oder nicht, richtet sich dann einzig und allein danach, ob das, was entstanden ist, sich gut anfühlt.«

»Welches Gefühl hast du bei diesem Bild gemalt?«, fragte Ilona.

»In Worte fassen kann ich das nicht.« Marla lächelte die Frauen an und schüttelte den Kopf. »Ihr müsst nicht verstehen, was ich selbst gefühlt habe, als ich dieses Bild gemalt habe. Spürt einfach dem Gefühl nach, das ihr empfindet, wenn ihr es betrachtet. Dann hat das Bild seinen Sinn einmal mehr erfüllt.«

Die Frauen standen noch eine Weile um das Pfauenfedernbild herum. Jede von ihnen hätte es am liebsten berührt. Aber keine traute sich, unter Valeries und Marlas Augen auch nur eine Fingerspitze auf die Leinwand zu legen.

»So, Mädels«, meinte Valerie schließlich. »Dann lasst uns in die Sturmhaube gehen. Ich habe uns einen Tisch reserviert.«

»Halt«, sagte Marla, »einen Moment noch. Ich habe auch ein Kleid für dich mitgebracht, Valerie. Ein ganz besonderes Stück. Lass uns in dein Büro gehen, damit du es anprobieren kannst.«

Die beiden Frauen zogen sich zurück. Marla holte das Geschenk für Valerie aus dem Kleidersack. Es war ein Kleid aus derselben Reihe wie Marlas und Karins Modell: ein bodenlanges, schmal geschnittenes Leinenkleid mit langen, zum Handgelenk hin weiter werdenden Ärmeln und einer großen Kapuze. Auf der Vorder- und Rückseite war das Motiv des Pfauenfedernbildes aufgedruckt, das sie gerade im Ausstellungsraum enthüllt hatten. Valerie war sprachlos. Sie zog das Kleid über und ging ins Bad, um sich selbst im Spiegel zu bewundern. Marla folgte ihr.

Ohne den Blick vom Spiegel zu wenden, sagte Valerie zu Marla: »Ich will es auch einmal an dir selbst sehen. Ich will wissen, wie dieses Bild an deinem Körper wirkt.«

Sie gingen zurück in Valeries Büro, wo Marla das Kleid anzog.

»Umwerfend! Du siehst einfach umwerfend darin aus! Willst du mir dieses Exemplar wirklich überlassen?«

»Ja. Es ist ein Unikat, aber ich habe ein sehr ähnliches Stück für mich anfertigen lassen. Wenn wir es beide zur selben Gelegenheit anziehen, können wir auftreten wie zwei echte Kunstschwestern.« Marla lächelte glücklich. Die beiden Frauen zogen sich wieder um und gingen zurück zu den anderen, die auf der Terrasse vor der Galerie warteten.

Valerie hakte Marla unter und ging mit ihr vorneweg, gefolgt von Ilona und Armgard. Mit einigem Abstand schritt die immer noch schmollende Karin hinterher.

Als sie am Eingang der Sturmhaube darauf warteten, dass die Kellnerin ihnen den reservierten Tisch zuwies, griff Ilona nach Valeries Arm und zog sie ein Stück von den anderen Frauen fort.

»Nun sag schon: Was ist mit dir und Marian?«, fragte sie fordernd. »Habt ihr euch wieder vertragen, oder ist es aus mit euch beiden?«

»Was hat Marian dir denn heute Morgen erzählt?«, erkundigte sich Valerie.

»Gar nichts hat er erzählt. Der macht ein Pokerface und redet kein Wort.«

»Er wird schon wissen, warum.« Mit unbewegtem Gesicht drehte Valerie sich um und ging zu den anderen zurück. Ilona verdrehte die Augen und folgte ihr.

* * *

Zweieinhalb Stunden später brach die Runde wieder auf. Bevor sich alle an der Kurhausstraße voneinander verabschiedeten, legte Armgard Valerie zaghaft eine Hand auf den Arm. Valerie sah sie fragend an. Armgard schluckte. Dann fragte sie mit heiserer Stimme: »Valerie, hast du noch ein paar Minuten Zeit? Ich würde dich gern sprechen. In einer ganz persönlichen Angelegenheit. Es ist sehr dringend. Bitte.«

Valerie zog verwundert die Augenbrauen hoch. »Okay«, sagte sie und zog das »ay« ganz lang. »Lass uns in die Galerie gehen.«

Armgard trottete mit gesenktem Kopf hinter Valerie her. Die Galeristin führte sie in ihr Büro und bot ihr einen Stuhl an. Sie selbst nahm auf der anderen Seite des Schreibtischs Platz, stützte sich mit verschränkten Armen auf der Tischplatte ab und fragte wie eine Lehrerin, der eine Schülerin etwas beichten will: »Nun? Was gibt's?«

»Es ist so«, begann Armgard und entfernte hoch konzentriert einen nicht vorhandenen Fussel vom Ärmel ihres dunkelblauen Pullis. »Wir bekommen ein bisschen Schwierigkeiten, demnächst. Ich meine … Günther.« Sie suchte verzweifelt nach einem Weg, Valerie klarzumachen, dass sie große Sorgen hatte, ohne ihr den konkreten Grund dieser Sorgen zu verraten. Auf keinen Fall wollte sie Günthers Kündigung erwähnen, denn sie konnte sich nicht darauf verlassen, dass Valerie schweigen würde. Wie sollte sie Günther dann erklären, dass sowohl sie selbst als auch Valerie vor ihm von seiner eigenen Kündigung erfahren hatten?

Valerie trommelte mit den Fingernägeln der rechten Hand auf die Schreibtischplatte. Armgards Blick fiel auf den Brillanten, der auf den Nagel des kleinen Fingers aufgeklebt war. Zum ersten Mal in ihrem Leben empfand sie Neid. Abgrundtiefen Neid. Valerie bemerkte Armgards Blick und hörte auf zu trommeln.

»Du weißt aber schon, was du vorbringen möchtest?«, vergewisserte Valerie sich und sah dabei demonstrativ auf ihre Armbanduhr.

Armgard, die sich in diesem Büro mit der edlen Designereinrichtung völlig unbedeutend vorkam, nahm alle Kraft zusammen, die sie noch aufbringen konnte.

»Du weißt ja, dass Günther malt«, begann sie und bemühte sich, Valeries süffisant gekräuselte Lippen nicht wahrzunehmen. »Er malt schon seit vielen Jahren, und so langsam spricht sich herum, wie schön er malt. Wie ausdrucksstark. Er möchte das Malen zum Beruf machen.«

»Na, dann viel Glück!«, rief Valerie aus und schlug mit der Hand auf die Tischplatte.

»Valerie, wir wollten dich bitten, dir die Bilder anzusehen. Günther hat sich sehr weiterentwickelt in den letzten Jahren. Er ist ein echter Künstler geworden. Wir sind sicher, dass er ein bekannter Maler werden kann und dass seine Bilder sich gut verkaufen werden.« Armgard sah Valerie flehentlich an. »Er braucht nur jemanden, der an ihn glaubt. Einen einzigen Menschen, der ihm eine Chance gibt und ihn fördert. Da haben wir natürlich zuerst an dich gedacht.«

»Das dürfte euch nicht schwergefallen sein. Ich vermute messerscharf, dass ich die einzige Galeristin bin, die ihr kennt. Oder hat sich schon mal jemand aus der Szene für Günther interessiert?«

»Nein«, gab Armgard zu. »Wir haben uns aber auch noch nie nach einer Galerie umgesehen. Wir wollten zuerst mit dir reden. Das ist doch klar, dass wir erst im Freundeskreis...« Armgard versagte die Stimme. Sie fing an, Valerie zu hassen, diese Frau, die ihre Nase höher hängte als die Deckenleuchte in einer Altbauwohnung.

Valerie erhob sich von ihrem Bürostuhl und sortierte Unterlagen, die in den Regalen an der Wand lagen: Imagebroschüren ihrer Galerie, Einladungen zu Ausstellungen, Künstlerprofile. Ohne Armgard dabei anzusehen, sagte sie: »Von der Suche nach einer Galerie würde ich euch abraten. Es wäre reine

Zeitverschwendung. Vor zwei Jahren hab ich mal einen Blick auf Günthers Bilder geworfen. Erinnerst du dich? Er saß im Garten eurer Ferienwohnung und malte die Blumen ab, die in den Beeten blühten. Nein, meine Liebe, das ist nichts, womit man heute noch Geld verdienen könnte. Blumen, Schiffe, Leuchttürme, Dünenlandschaften. Welcher kaufkräftige Kunstliebhaber hängt sich denn ein Aquarell ins Wohnzimmer, das jedes Lieschen Müller mit einem handelsüblichen Malkasten und etwas Übung auf einen Zeichenblock klecksen kann? Da muss schon ganz was Neues her. Etwas Ausgefallenes, Einmaliges. Etwas mit Ausstrahlung. Bilder, die mit innovativen Maltechniken entstanden sind oder die eine Seele haben. So etwas kann man nur erschaffen, wenn man das Talent dafür hat. Das spreche ich Günther ab. Er ist doch eher …«, Valerie drehte sich zu Armgard um und taxierte sie von oben bis unten, bevor sie es aussprach: »durchschnittlich.«

»Günther hat Talent!«, insistierte Armgard und erschrak vor sich selbst, als sie mit der Faust auf den Tisch schlug. »Er hat Talent. Das hat ihm schon sein Zeichenlehrer in der Schule bestätigt.«

Valerie warf den Kopf nach hinten, schüttelte ihre blonde Mähne und hörte nicht auf zu lachen. »So! Der Zeichenlehrer in der Schule. Na, der konnte das ja sicher beurteilen. Hast du mal nachgerechnet, wie viele Jahrzehnte die Aussage des Zeichenlehrers zurückliegt? Und hast du mal verfolgt, wie sich die Kunst in den letzten Jahrzehnten weiterentwickelt hat? Ich bezweifle, dass Günther da mitgekommen ist.«

Armgard verstummte. Sie begriff, dass Valerie nicht dazu bereit war, sich Günthers jüngste Bilder anzusehen. Nur einen einzigen Blick darauf zu werfen. Sie wollte ihnen einfach keine Chance geben.

Valerie ging auf Armgard zu, die den Tränen nah war und mit hängenden Schultern auf ihrem Stuhl saß. Sie stützte sich mit beiden Händen auf der Schreibtischplatte auf und sagte leise: »Ihr steckt in finanziellen Schwierigkeiten, stimmt's? Ich sehe es euch doch an der Nasenspitze an. Schon letztes Jahr wart ihr sehr bedrückt. Dieses Jahr ist es ja kaum auszuhalten, was für eine Stimmung ihr verbreitet. Vor allem du. Ich möchte fast wetten, dass dieser Sylt-Urlaub eure Haushaltskasse übersteigt.« Valerie richtete sich wieder auf und sah auf Armgard hinab. »Jetzt sag mir bloß nicht, ihr seid in der Hoffnung hierhergekommen, dass ich Günther unter Vertrag nehme.«

Armgard konnte ihre Tränen nicht mehr zurückhalten.

Valerie richtete sich auf. »Hast du überhaupt eine Ahnung, was es kostet, einen neuen Künstler am Markt zu etablieren?«, fuhr sie fort. »Nein, tut mir leid. Für Günther sehe ich in meiner Galerie überhaupt keine Möglichkeiten. Und nun entschuldige mich bitte. Ich habe noch zu tun. Ich muss die Strategie ausarbeiten, mit der ich Marla auf den internationalen Markt bringen will. Heute Abend werde ich mich mit ihr treffen, um darüber zu beraten.«

Valerie hielt die Bürotür auf und forderte Armgard mit einer Kopfbewegung auf, den Raum zu verlassen.

Noch nie in ihrem Leben hatte Armgard sich so erniedrigt und hilflos gefühlt. Ohne Valerie anzusehen, ging sie aus dem Büro, durch den Ausstellungsraum, an der Staffelei mit Marlas enthülltem Bild vorbei. Sie verließ die Galerie, ohne die Tür hinter sich zu schließen. Sie empfand nichts, als sie zu ihrem Auto ging, das vor dem Grundstück der Wiederkehrs stand. Wie ein Roboter steuerte sie den Wagen nach Wenningstedt und schlich sich in die Ferienwohnung.

Günther stand in der Küche an der Kaffeemaschine. Sie mochte ihm nicht in die Augen sehen.

»Willst du auch einen Kaffee?«, rief er ihr zu.

»Danke, ich komme doch gerade vom Kaffeetrinken.«

»Hast du mit Valerie gesprochen?«

»Nein. Ja. Doch. Aber nicht richtig. Sie war so – abweisend. Ich muss einen besseren Moment abpassen.«

»Hm, ja. Schade.« Günther schenkte sich einen Kaffee ein und probierte einen winzigen Schluck, verbrannte sich die Lippen und setzte die Tasse abrupt wieder ab. Armgard ging auf die Schlafzimmertür zu. Günther folgte ihr.

»Sag mal«, fragte er vorsichtig. »Hast du was dagegen, wenn ich über Nacht wegfahre? Bernd von nebenan hat mich vorhin angesprochen. Er hat morgen früh in Rømø zu tun und würde mich gern mitnehmen. Wir könnten nach seinem Termin eine ausgiebige Radtour über die Insel unternehmen und wären am Abend wieder zurück. In zwei Stunden fährt er mit seinem Motorboot rüber.«

Armgard war vor der Tür stehen geblieben. Eine Hand auf der Klinke, drehte sie sich halb zu ihrem Mann um. Sie vermied es, ihm ins Gesicht zu sehen.

»Ja, fahr du nur. Ich leg mich ein wenig hin. Scheint so, als bekäme mir das Nordseeklima dieses Jahr überhaupt nicht.«

Günther nickte hilflos.

Armgard schloss die Schlafzimmertür hinter sich. Sie wollte nur noch allein sein. Gut, dass Günther ein paar Stunden wegfuhr. Wenn er hierbliebe, könnte sie ihm die Wahrheit nicht länger verschweigen. Doch wie sollte sie ihm das alles erklären? Das Kündigungsschreiben, das sie geöffnet und ihm unterschlagen hatte. Das Gespräch mit Valerie. Diese Hoffnungslosigkeit, die Aussichtslosigkeit…

Wie betäubt lag Armgard mit geschlossenen Augen auf ihrem Bett. Irgendwann fiel sie in einen tiefen Schlaf. Nur mit halbem Auge bekam sie mit, wie Günther ein paar Sachen zusammenpackte und sich leise von ihr verabschiedete.

* * *

Einige Stunden später wachte Armgard auf. Sie spürte plötzlich eine unermessliche Wut in sich. Eine Wut auf dieses Bild von Marla, das Valerie so blind machte für jedes andere Werk. Ein Bild, das als Symbol für Valerie gelten konnte: für ihre Eitelkeit und ihre Selbstverliebtheit. Für ihre Art, sich zu drehen und zu wenden und sich von allen Seiten bewundern zu lassen.

Armgard spürte, dass sie etwas zerstören musste. Mit einem Schlag hörte sie auf, sich hilflos zu fühlen.

Kapitel 9

Kampen, 5. August

Valerie blieb noch einige Stunden im Büro, blätterte in einer Kunstzeitschrift, entwarf verschiedene Szenarien für ihre nächsten Ausstellungen und machte sich Notizen. Sie hatte schon eine Idee, was Marlas Vermarktung betraf. Sie wollte eine Veranstaltung organisieren, die es in dieser Form noch nie gegeben hatte, nicht in Hamburg, nicht auf Sylt und vermutlich auch nicht in New York, Paris oder Mailand.

Zu dumm, dass die Sache mit Marian sich so persönlich entwickelte, so emotional. Als Eventmanager mit Fingerspitzengefühl für Künstler und mit Expertenwissen in Sachen Malerei wäre er der optimale Geschäftspartner für ihre Galerien. Und keine Frage: In der Rolle des galanten jungen Liebhabers war er eine klasse Besetzung. Wenn er nur nicht so besitzergreifend wäre. Die Geschichte mit ihm drohte ihr aus der Hand zu gleiten. Eine unschöne Situation. Valerie nagte an ihrer Unterlippe. Sie würde noch ein, zwei Tage warten und ihn dann um ein Gespräch bitten. Bis dahin sollte sich seine Enttäuschung gelegt und sein Temperament abgekühlt haben, kalkulierte sie.

Sie schob ihre Unterlagen in eine Mappe, nahm sie unter den Arm und ging hinüber ins Wohnhaus. Claus erwartete sie auf der Terrasse. Er hatte kein Buch in der Hand und ausnahmsweise nicht einmal eine Zeitung oder Zeitschrift vor sich. Stattdessen hielt er einen aufgeschlitzten Briefumschlag in der Hand und fächelte sich damit Luft zu, als sie auf ihn zuging.

Er sah sie durchdringend an, erhob sich und sagte: »Lass uns ins Wohnzimmer gehen.« Sie folgte ihm und nahm verwundert wahr, dass er trotz der sommerlichen Temperaturen die Terrassentür schloss. Was auch immer es war, das er mit ihr besprechen wollte – sie hielt diese Maßnahme für übertrieben. Es wohnte niemand so nah bei ihnen, dass er ihr Gespräch hätte belauschen können.

Claus sah Valerie schweigend an. Sie wunderte sich, warum er so zögerte, mit der Sache herauszukommen, die ihm auf dem Herzen lag.

»Hast du's dir mit Stine anders überlegt?«, fragte sie.

Claus stutzte eine Sekunde lang. Dann schüttelte er langsam den Kopf.

Stine, die heute länger geblieben war als üblich, stand in Hörweite in der Küche und bereitete einen Obstsalat zu. Als sie Valeries Worte hörte, wartete sie atemlos auf die Reaktion von Doktor Wiederkehr. Ihre Hand umklammerte das Messer, mit dem sie gerade einen Pfirsich zerteilte, so stark, dass die Knöchel weiß unter der dünnen, von der Seeluft gebräunten Haut durchschimmerten.

»Stine bleibt«, entgegnete Claus streng. »Darüber brauchen wir kein Wort zu verlieren. Bitte setz dich.«

Die Eheleute ließen sich auf zwei gegenüberstehenden Sesseln nieder.

»Wenn es das nicht ist, was gibt es dann so Wichtiges, worüber du mit mir reden willst?« Valerie bekam einen trockenen Mund. In den fünfundzwanzig Jahren ihrer Ehe hatte sie ihren Mann noch nie mit solch einem verbitterten Gesichtsausdruck gesehen.

»Du bist sicher, dass du diesen Marian bisher nur einmal gesehen hast, bei Ilona zu Hause?«, fragte Claus. Er war erschreckend ruhig. So ruhig wie ein Kommissar, der einen Verdächtigen verhört und sich seiner Sache sehr sicher ist. Aber Valerie spürte, dass ihr Mann sich in ein Pulverfass verwandelt hatte, das jeden Augenblick explodieren konnte.

»J-ja.« Valerie wurde unsicher. Wenn Claus so fragte, hatte das einen Grund. Was wusste er? Hatte ihre beste Freundin sie verraten? Hatte Ilona sich gestern, als Claus sie zufällig an der Aussichtsplattform angetroffen hatte, doch verplappert, dieses dumme Stück?

»Denk noch mal darüber nach. Vielleicht fällt dir ja was ein.« Claus zog ein Schreiben aus dem Briefumschlag, den er von draußen mit hereingebracht hatte. Er faltete zwei Blätter auseinander. »Ich habe einen Bußgeldbescheid bekommen«, sagte er, ohne Valerie anzusehen. Betont langsam las er ihr vor, wann und wo sein Auto zu schnell unterwegs gewesen war. Als Valerie das Datum des Verstoßes hörte, setzte ihr Herz für eine Sekunde aus, um gleich darauf wie eine Pauke weiterzuschlagen. Es war der Tag, an dem Claus in Paris eine Tagung besucht hatte und sie allein in Hamburg gewesen war. Ein Tag, an dem sie sich mit Marian getroffen und dazu den Wagen ihres Mannes genommen hatte.

»An dem Tag hab ich deinen Wagen benutzt. Da muss ich dann wohl zu schnell gefahren sein, wenn die Polizei ein hübsches Foto von mir gemacht hat.« Sie versuchte, unbeschwert zu wirken, doch ihr Magen krampfte sich vor Nervosität zusammen.

»Nicht du bist geblitzt worden«, korrigierte Claus. »Du hast auf dem Beifahrersitz gesessen. Dass du die Radarfalle nicht bemerkt hast, ist kein Wunder. Du warst viel zu beschäftigt. Mit deinem Nebenmann. Auf dem Weg nach Blankenese, in das Haus, das dein und mein Zuhause ist.«

Claus hielt Valerie das Blatt mit dem Blitzerfoto hin. Die Welt um Valerie drehte sich mit einer Geschwindigkeit, die ihr fast den Halt nahm. Valerie klammerte sich mit beiden Händen an den Armlehnen ihres Sessels fest und schloss einen Moment lang die Augen. Als sie sich halbwegs gefasst hatte, sah sie, dass das Gesicht ihres Mannes steinhart und grau geworden war.

Dass Marian und sie in eine Radarfalle geraten waren, hatten sie überhaupt nicht bemerkt. Möglicherweise, weil sie gegen die Sonne gefahren waren. Hatten sie das Blitzlicht mit einem Sonnenstrahl verwechselt, der zwischen den Häusern hindurch geblinkt hatte?

Valerie entschied sich für die Flucht nach vorn. »Spionierst du mir neuerdings etwa nach?«

»Ist das das Einzige, was dir hierzu einfällt?«, donnerte Claus. »Ich hab dich zu dem gemacht, was du bist. Ich habe dir die Galerien errichtet, die gesellschaftlichen Kontakte verschafft und zahlungskräftige Kunden besorgt.« Claus stieß höhnisch die Luft aus. »Sogar deine makellose, ewig junge Fassade hab ich eigenhändig gestaltet. Und was machst du? Während ich im Ausland einen Kongress besuche, angelst du dir ein Kerlchen, das gut und gerne dein Sohn sein könnte. Fährst mit ihm im Auto spazieren. Bringst den Jungen sogar in unser Haus. Ist das der Grund, warum du von Anfang an dein eigenes Schlafzimmer haben wolltest? Brauchst du Abwechslung im Bett, brauchst du dafür deinen eigenen Raum?«

Valerie wich dem Blick ihres Mannes aus und schwieg.

»Dass ihr euch in unserem Haus in Hamburg trefft, reicht dir wohl nicht. Du beorderst diesen charmanten kleinen Casanova, dieses dunkeläugige Lockenköpfchen mit dem unschuldigen Blick auch noch nach Sylt. Ich wette, der Mann liegt dir zu Füßen. So ein Goldstück wie dich findet der so schnell nicht noch einmal. Soll der vielleicht die treue Stine ersetzen? Stellst du dir einen Butler vor, der dir stets zu Diensten ist? Der dir jeden Wunsch erfüllt, in allen Lebenslagen, auch in der horizontalen?«

»Nun werd nicht kindisch«, wies Valerie ihren Mann in der Hoffnung zurecht, seinen Redefluss stoppen zu können.

»Kindisch? Ich und kindisch? Wer von uns beiden ist es denn, der dieses Theater inszeniert? Zu allem Überfluss musst du eure Beziehung auch noch küssenderweise auf der Elbchaussee von der Polizei dokumentieren lassen. In meinem Wagen! Wie kommst du überhaupt dazu, diesem Kerl mein Auto zu überlassen?«

Claus wusste selbst nicht, was ihn mehr entrüstete: dass Valerie einen Liebhaber hatte oder dass der Liebhaber sein Auto gesteuert hatte.

»Ich kann dir das alles erklären«, lenkte Valerie ein.

»Natürlich! Natürlich! Dafür gibt es sicher eine sehr plausible Erklärung!« Claus drehte sich wütend zur Terrassentür. Einige Sekunden lang blieb es still zwischen den beiden.

Mit einem Schwung drehte Claus sich wieder zu Valerie um. »Ich will keine Erklärung«, sagte er gefährlich ruhig und zeigte drohend mit dem Zeigefinger auf seine Frau. »Ich will, dass die Geschichte mit diesem Italiener sofort aufhört. Oder dass du mein Haus verlässt, und zwar für immer. Entscheide dich!«

Ohne Valerie anzusehen, nahm er seine Brieftasche und die Autoschlüssel, verließ das Haus und düste in Richtung Westerland davon.

Valerie setzte sich auf einen Sessel, schlug ratlos die Hände vor dem Gesicht zusammen und versuchte, sich zu sammeln. Einige Minuten lang saß sie so da. Dann ging sie hinauf ins Badezimmer, um sich zurechtzumachen. Sie sah blass und mitgenommen aus. Da musste ordentlich Farbe ins Gesicht.

Nachdem sie ihr Make-up erneuert hatte, ging sie in ihr Schlafzimmer und holte das Kleid mit dem Pfauenfedernmotiv hervor, das Marla ihr am Vormittag in die Galerie mitgebracht hatte. Sie zog es über und betrachtete sich vorm Spiegel. Mit dem Kleid würde sie jede Frau auf der Welt ausstechen können. Vielleicht ließe Claus sich wieder versöhnlich stimmen, wenn er sie später in diesem Aufzug sah. Von einer Frau wie der, die vor diesem Spiegel stand, konnte er sich nicht ernsthaft trennen wollen.

Sie beschloss, nicht mehr an den Streit zu denken und sich lieber auf das Gespräch mit Marla zu konzentrieren. Es hing viel vom Ausgang der heutigen Verhandlungen ab. Mit Marla an ihrer Seite sollte ihr der Sprung in die ganz große Kunstwelt gelingen.

* * *

Marla erwartete Valerie auf der großen Aussichtsplattform am Strandübergang von Kampen. Bei einem Spaziergang am Wasser wollten sie die grobe Linie ihrer Zusammenarbeit besprechen. Als Marla Valerie in dem Pfauenfedernkleid auf sich zukommen sah, strahlte sie. Sie war glücklich über die Wirkung ihres Bildes, und sie war stolz auf Valerie.

Die beiden Frauen umarmten sich herzlich. Valerie schlug vor, nach Wenningstedt zu gehen. Doch Marla bevorzugte einen Spaziergang in die nördliche Richtung, in der ihnen weniger Menschen begegnen würden als auf dem belebten Abschnitt zwischen Kampen und Wenningstedt.

»Du bist der Gast, du entscheidest«, willigte Valerie ein.

Marla ging barfuß; ihre Schuhe hatte sie unter eine Bank auf der Aussichtsplattform geschoben. Valerie trug hochmodische Sneaker, deren blauviolett gefärbtes Leder perfekt zu den Pfauenfedern passte, mit denen ihr Kleid bedruckt war.

Marla ließ sich von Valeries Plänen zur Vermarktung ihrer Bilder schnell beeindrucken. Beseelt von dem Gedanken, eine der Protagonistinnen der modernen Kunstgeschichte zu werden, marschierte sie am Strand entlang. Über die geschäftlichen Details wollten sie beim Abendessen in der Sturmhaube diskutieren.

Sie nahmen an einem Tisch am Fenster Platz, den Valerie reserviert hatte. Das Restaurant füllte sich schnell, und die beiden attraktiven Frauen in ihren ungewöhnlichen Kleidern zogen die Blicke aller Gäste auf sich. Sie genossen die Aufmerksamkeit in vollen Zügen, fühlten sich aber zu beobachtet, um konzentriert über alle Einzelheiten ihrer Zusammenarbeit sprechen zu können.

»Dann lass uns wenigstens über unsere gemeinsame Vergangenheit reden«, drängte Marla, »über das, was uns über die Kunst hinaus verbindet, und darüber, wann der Zeitpunkt gekommen ist, es den anderen zu erzählen.«

»Nicht jetzt«, sagte Valerie energisch. »Nicht hier und nicht heute. Bitte versuch, mich zu verstehen: Die ganze Angelegenheit passt nicht zu meinem Image.«

»Aber meine Bilder passen zu deinem Image?«

»Ach, Marla … Ja, natürlich. Deine Bilder passen wunderbar zu meinen Zukunftsplänen.«

»Ich bestehe darauf«, sagte Marla, »dass du auch zu meiner Person stehst, nicht nur zu meiner Malerei.«

»Die Rechnung, bitte«, rief Valerie dem Kellner zu.

Kurz darauf verließen die beiden Frauen das Restaurant. Schweigend gingen sie nebeneinander her. Eine unsichtbare Mauer trennte sie.

»Ich werde noch einen Gang zur Aussichtsplattform machen«, sagte Marla, als sie den Parkplatz erreicht hatten. »Ich möchte die Abendstimmung aufnehmen. Vielleicht entsteht ein Bild daraus.«

Valerie folgte ihr. Ihr fehlte allerdings der Sinn für die romantische Seelandschaft. Der Konflikt mit Marla, der sich vorhin beim Essen angebahnt hatte, brannte ihr unter den Nägeln.

Als sie an der Brüstung standen, sprach sie mit großen Gesten auf Marla ein, die ebenso heftig auf ihre Argumente reagierte, während die Sonne unterging.

Schließlich bot Valerie der Malerin an, sie in ihre Pension an der Wattseite von Kampen zu fahren. »Lass uns noch einen Sundowner trinken«, schlug sie vor. »Lass uns nicht im Streit auseinandergehen.«

* * *

Als Valerie spätabends zu ihrem Haus zurückkehrte, sah sie, dass in Claus' Schlafzimmer noch Licht brannte. Siedend heiß fiel ihr das Blitzerfoto wieder ein. In den letzten Stunden war ihr so viel durch den Kopf gegangen, dass sie diese peinliche Angelegenheit verdrängt hatte. Unmöglich, heute Abend noch mit Claus zusammenzutreffen. Auf eine Auseinandersetzung mit ihm war sie jetzt nicht vorbereitet. Sie wollte eine Nacht darüber schlafen, bevor sie sich dem Gespräch mit ihrem Mann stellte.

Sie schloss den Wagen ab und ging in die Galerie. Marlas Bild stand noch im Ausstellungsraum. Sie war zu nervös, um es im Glasschrank aufzuhängen. Das hatte Zeit bis morgen. Sie griff nach der Staffelei und brachte sie samt Bild in ihren Büroraum.

Als sie das Werk nochmals zufrieden betrachtete, klingelte ihr Handy. Marian! Sie zögerte ein paar Sekunden. Verhalten nahm sie das Gespräch an. Ihr Nebenmann, wie Claus ihn so treffend genannt hatte, hatte sich beruhigt. Er sprach beschwörend auf sie ein. Sie verschwieg Marian das Blitzerfoto und versprach ihm, in den nächsten Tagen ihre Situation und die

Beziehung mit ihm neu zu überdenken. Morgen würden sie weiterreden. Ende offen.

Valerie sah von der Galerie hinüber zu ihrem Haus. Das Licht in Claus' Zimmer war immer noch eingeschaltet. Sie wurde unruhig. Mit all diesen Gedanken im Kopf würde sie nicht schlafen können. In diesem Fall half nur ein Spaziergang, um sich abzureagieren.

Sie holte ihre Taschenlampe aus dem Schreibtisch, ließ das Licht im Ausstellungsraum eingeschaltet und zog die Tür hinter sich zu, ohne sie abzuschließen. Später würde sie noch einmal hierherkommen, um einen letzten Blick für heute auf dieses wunderbare Bild zu werfen, bevor sie sich schlafen legen würde.

Es war so still. Die Ruhe vor dem Sturm. In wenigen Stunden würde es ein Gewitter geben, wenn der Wetterbericht recht behalten sollte.

Valerie entschied sich für den kleinen Rundweg, den sie in lauen Sommernächten gern ging: zur Uwe Düne, dann am Kliff entlang zur Aussichtsplattform bei der Sturmhaube, von dort wieder nach Hause.

Kapitel 10

Kampen, 6. August

Um kurz vor halb acht am Morgen klingelte es in Kuno Knudsens Küche. Es war eindeutig nicht die Eieruhr; es war das Diensthandy.

So'n Schiet, dachte Kuno, denn am frühen Morgen liebte er seine Ruhe. Er lief aus dem Bad und nahm das Mobiltelefon, das auf dem Küchentisch neben dem Teebecher lag. Ein Blick aufs Display beruhigte ihn: Was er sah, war nicht die Nummer von Claus Wiederkehr – also alles in Ordnung bei seinem Nachbarn schräg gegenüber. Was Kuno entgegenleuchtete, war die Handynummer von Kommissar Arne Zander.

Vor zwei Monaten war Arne von Flensburg nach Sylt versetzt und Kuno als Assistent zugeteilt worden. Arne war dreißig Jahre alt und blond wie ein Wikinger. Seine schmächtige Figur ließ allerdings nicht auf robuste Urahnen schließen. Zäh war er trotzdem. Aus der Distanz verstanden sich die beiden meistens gut. Wenn sie miteinander telefonierten, Kuno auf seinem Haupteinsatzort in Nebel auf Amrum, Arne in Westerland auf Sylt, war der junge Kollege ein prima Kerl. Nur bei der Zusammenarbeit mit Körperkontakt, wie Kuno die turnusgemäßen gemeinsamen Einsätze mal auf der einen, mal auf der anderen

Insel nannte, hakte es gelegentlich. Eine Frage der Entwicklung, sagte Kuno sich dann, der Junge braucht noch etwas Feinschliff.

Kuno drückte die grüne Taste seines Handys.

»Moin«, meldete er sich knapp.

»Mach hinne«, drängelte sein Assistent. »Wir haben 'ne Leiche am Strand.«

»Um diese Uhrzeit?«, fragte Kuno ungläubig.

»Ist keine Schnapsleiche.«

Kuno schluckte.

»'ne echte also«, stellte er fest und seufzte leicht. Dann fragte er: »Wo? Und – kennen wir die Person?«

»Am Roten Kliff«, antwortete Arne. »Und – ja.« Er räusperte sich. »Noch eins: Wenn du herkommst, sieh zu, dass du Claus Wiederkehr nicht übern Weg läufst.«

»Wieso Claus nicht übern Weg laufen?« In Kunos Hirn stiegen mit einem Schlag dunkle Wolken auf, die er zu ignorieren versuchte.

»Verstehst du, wenn du hier bist. Nu beeil dich.«

Kuno wischte sich mit einer harschen Bewegung die restlichen Flocken Rasierschaum vom Kinn, zog sich hastig die Schuhe an und sprang die Treppe hinunter.

Auf dem Weg zum Roten Kliff, das nur wenige Hundert Meter von seinem Sylter Domizil entfernt lag, kam er an Hinnerks Hof vorbei. Boy stand an der Pforte zu seinem Grundstück. Er schien auf ihn gewartet zu haben.

»Bin im Dienst, hab keine Zeit für 'n Schnack«, rief Kuno dem Hotelier zu. Doch der fing ihn ab und berichtete ihm in knappen Worten von der Joggerin, die die Leiche entdeckt hatte. Dass er sich selbst von dem grausigen Fund überzeugt und Nele dann die Polizei benachrichtigt hatte.

»Das Opfer ist eine Frau, Kuno«, sagte er vorsichtig. »Sie liegt auf dem Bauch. »Das Gesicht ist nicht zu sehen. Aber ich bin sicher, du und ich, wir kennen sie. Mach dich auf das Schlimmste gefasst.«

Kuno sah Boy fragend an. Boy wies wortlos mit dem Kopf zum Haus der Wiederkehrs. Panik stieg in Kuno auf.

»Du meinst...?«

Boy druckste herum. »Geh hin und sieh selbst. Deine uniformierten Kollegen sind schon da und sperren das Gelände ab.«

So schnell er konnte, rannte Kuno zum Strand.

Wenige Minuten später wünschte sich der leidenschaftliche Kriminalist zum ersten Mal in seinem Berufsleben, er hätte sich für eine andere Branche entschieden. Bäcker oder Schornsteinfeger oder Lehrer oder Kapitän. Eventuell auch Postbeamter. Auf jeden Fall nicht Kriminalkommissar. Nicht in diesem Fall.

* * *

»Ihre Frau schläft sicher noch«, sagte Stine zu Claus, als sie ihm den Frühstückstee einschenkte. Die Haushälterin wirkte blass, ein wenig fahrig. Sicher hat sie schlecht geschlafen bei dem Gewitter letzte Nacht, überlegte Claus. Im Alter schlafen die Menschen nicht mehr so tief, und wenn sie einmal heftig wach gerüttelt wurden, ist die Nacht für sie vorbei.

»Ja, Valerie wird noch schlafen«, erwiderte er. Er wollte sich nicht anmerken lassen, wie es in ihm rumorte. Bis in die späte Nacht hinein hatte er in einem historischen Roman geschmökert. Mehr rückwärts als vorwärts, denn er hatte sich nicht konzentrieren können. Jeden Absatz hatte er zweimal gelesen. Sein Kopf lief über vor schweren Gedanken. Wie sollte es weitergehen? Würde Valerie sich für den blutjungen Italiener entscheiden? Wollte der Mann ihm Valerie ernsthaft wegnehmen? Und wer steckte hinter diesen Drohungen? Hing womöglich das eine mit dem anderen zusammen?

Die Türglocke schrillte durchs Haus. Claus zuckte zusammen. Stine ließ die Teekanne auf das Stövchen knallen. Wie versteinert blieb sie stehen.

»Wollen Sie nicht öffnen?«, ermunterte Claus sie. Stine drehte sich hölzern um und verließ das Esszimmer. Claus hörte eine vertraute Männerstimme. Wenig später führte Stine Kuno Knudsen ins Esszimmer. Der Kommissar sah ungeheuer dienstlich aus, so ernst. Und auch er wirkte blass und fahrig.

»Kuno! So früh am Morgen? Komm doch herein. Setz dich zu mir. Eine Tasse Tee? Stine, bringen Sie doch bitte noch eine Tasse für meinen Nachbarn.«

»Moin, Claus«, sagte Kuno. Er konnte sich nicht erinnern, sich jemals in seinem Leben so unbehaglich gefühlt zu haben wie in diesem Augenblick. Er musste schlucken, bevor er weiterreden konnte.

»Danke. Ich bin dienstlich hier, Claus. Es geht um Valerie.«

»Ja? Was ist denn? Geht es um die mysteriöse Serie? Hast du herausgefunden, wer dahintersteckt? Oder geht es etwa um das Blitzerfoto mit diesem … diesem blutjungen Casanova?«

»Nein, Claus. Es geht nicht um die Serie. Auch nicht um ein Foto.« Kuno wusste nicht, wie er den nächsten Satz beginnen sollte.

»Valerie schläft noch. Soll ich sie rufen?«, fragte Claus.

»Nein, Claus.« Kuno hob ratlos die Hände. »Bitte, hör mir einen Moment zu. Es ist etwas Furchtbares passiert.«

Claus spürte, wie sich in seinem Magen ein Klumpen Eis bildete, der seine Kälte sekundenschnell in den ganzen Körper aussandte, bis in die Zehen, die Fingerspitzen und sogar in die Haarwurzeln hinein.

»Eine Joggerin hat heute Morgen am Strand eine Leiche gefunden. Unterhalb der kleinen Aussichtsplattform, zu der man über den Parkplatz südlich der Sturmhaube gelangt. Es handelt sich um eine Frau. Claus, es ist eindeutig Valerie. Es tut mir so leid. Ich kann es selbst nicht fassen.«

Kuno setzte sich zu Claus an den Tisch und rieb sich mit der Hand übers Gesicht.

»Das kann nicht sein«, sagte Claus nach einer stummen Sekunde wie aus der Pistole geschossen. »Sie kann nicht tot am Strand liegen. Sie liegt oben in ihrem Zimmer und schläft.« Er nickte, wie man es tut, wenn man durch das Beharren auf der eigenen Aussage eine unerwünschte Tatsache vertreiben will.

Stine, die wie angewurzelt in der Tür zwischen Flur und Esszimmer gestanden hatte, schien erst jetzt zu begreifen, was Kuno gerade mitgeteilt hatte. Sie stieß einen kurzen Schreckenslaut aus, schlug die Hände vor dem Mund zusammen und sah Kuno entsetzt an. Dann fing sie an zu weinen und drehte sich von den beiden Männern weg.

Claus erhob sich. Stur ging er an Stine vorbei in die Küche und holte eine Teetasse für seinen Besucher. Die, die auf Valeries Platz stand, ließ er unberührt. Wenn Valerie gleich herunterkäme, würde sie daraus trinken wollen. Wie jeden Morgen. Wie immer. Alles war wie immer. Wenn nur der Casanova nicht wäre. Mit entschlossenem Schritt kehrte Claus zurück und schenkte seinem Besucher Tee ein.

Das war doch albern, was Kuno da erzählte. Es musste eine fremde Frau sein, die sie am Strand gefunden hatten. Eine bedauernswerte Frau mit einem traurigen Schicksal, aber eben eine, die ihn nichts anging. Die mit seinem Leben nichts zu tun hatte. Claus versuchte, Anteilnahme an dieser Fremden zu zeigen, die vielleicht eine Touristin war. »Wer kann denn das sein, die Frau, die ihr unten am Strand gefunden habt? Jemand aus dem Ort oder eine Urlauberin?«

»Claus, ich kann dich verstehen. Ich weiß, dass es dir schwerfällt, die Wahrheit zu begreifen. Aber die Tote am Strand ist tatsächlich Valerie. Daran besteht kein Zweifel. Eine Joggerin aus Wenningstedt war mit ihrem Hund am Kliff unterwegs und hat Valerie gefunden. Sie hat Boy und Nele informiert und darum gebeten, die Polizei zu rufen. Die beiden wollten ihr nicht glauben. Bei uns liegen doch keine Toten am Strand! Boy ist dann hingegangen, um sich zu vergewissern, dass die Geschichte stimmt. Nele hat die Polizei gerufen, und meine Kollegen haben mich verständigt, als ich noch beim Frühstück saß. Boy hat mich zum Fundort begleitet. Wir haben Valerie beide identifiziert. Glaub mir, es handelt sich um deine Frau. Das steht außer Frage. Wir haben auch ihr Smartphone gefunden und eine Taschenlampe, die noch schwach leuchtete. Das Smartphone lag auf dem Boden der Aussichtsplattform neben der Strandhaube. Von dort muss sie hinuntergestürzt sein.«

Einige Sekunden lang war es totenstill im Raum. Claus stierte aus dem Fenster, ohne irgendetwas wahrzunehmen. In Stine kehrte das Leben zurück. Sie war die Erste, die nun das Wort ergriff.

»Wie… wie ist sie zu Tode gekommen? Woran ist sie gestorben?«

»Das wird die Gerichtsmedizin feststellen«, erklärte Kuno, der nun wieder amtlicher wurde. Er war als Kriminalkommissar hergekommen. Doch wenige Augenblicke nachdem er das Haus betreten hatte, hatte er sich unwillkürlich in den guten Bekannten und langjährigen Nachbarn des Ehepaars Wiederkehr verwandelt. Langsam fand er in seine Rolle als Kripobeamter zurück. Auf dem Terrain fühlte er sich in solchen Fällen sicherer, denn dann wusste er, was er zu tun hatte.

»Kann ich sie sehen?« Claus' Stimme war ungewöhnlich leise.

»Wenn du möchtest, ja, selbstverständlich. Du wirst sie ja auch identifizieren müssen.«

»Wie ist sie denn da hinuntergefallen? Ist sie abgestürzt, einfach so? Ist die Plattform unter ihr zusammengebrochen?

Oder hat sie sich zu weit über die Brüstung gebeugt, nach etwas gesucht und dabei das Gleichgewicht verloren?«

Kuno räusperte sich. »Wir müssen von einem Verbrechen ausgehen. Einem Tötungsdelikt. Mehr kann ich leider zurzeit nicht sagen.«

»Ein Tötungsdelikt? Soll das heißen, Valerie ist ermordet worden?«

»Vermutlich ist es so. Meine Kollegen und ich wissen selbst noch gar nichts. Wir stehen ganz am Anfang der kriminaltechnischen Untersuchungen.«

»War das der, der uns die Post gesendet hat?«, stieß Claus wütend hervor. »Hat der jetzt wieder zugeschlagen? Hat er jetzt Ernst gemacht?«

Kuno wusste nicht, was er darauf antworten sollte. In ihm regte sich ein unendlich schlechtes Gewissen, das er mit aller Kraft zu unterdrücken versuchte: Hätte er Valerie intensiver beschützen müssen? Wäre sie noch am Leben, wenn er ihr mehr Schutz geboten, wenn er besser auf sie aufgepasst hätte?

Stine erhob sich. Sie schlug die Hände zusammen, ging zur Terrassentür und schüttelte den Kopf. Dann setzte sie sich wieder an den Tisch und sah Kuno an.

»Was passiert jetzt?«, fragte sie zaghaft.

Kuno wandte sich an den Witwer. »Claus, du sprachst vorhin von einem Blitzerfoto. Kannst du mir das zeigen? Hast du es zur Hand?«

Claus erhob sich, ging schwerfällig in sein Arbeitszimmer und holte den Umschlag mit dem Bußgeldbescheid. Er warf ihn auf den Tisch, ohne Kuno anzusehen.

Kuno wurde verlegen, als er das Foto sah. Die Situation war eindeutig.

Und das erzählt Claus mir erst jetzt, dachte er und fühlte Wut in sich aufsteigen. Hätte er eher von dieser Begebenheit gewusst, vielleicht hätte er eine Spur aufdecken können.

Vielleicht hätte sich Valeries Tod vermeiden lassen. Kuno traute sich jedoch nicht, dem Witwer einen Vorwurf zu machen.

»Weißt du, wer das ist, der Typ auf dem Fahrersitz?«, fragte er vorsichtig. Stine beugte sich ungeniert über den Tisch, um einen Blick auf das Foto zu erhaschen.

»Das ist Marian«, erklärte Claus trocken. »Valerie hat ihn mir als den Freund von Ilona Stubenflieg vorgestellt.«

Claus sah auf seine Hände, die er fest ineinander verknotet hatte. Stine schlug mit der Hand auf den Tisch und wandte sich entrüstet ab.

Kuno erinnerte sich, das Gesicht schon einmal gesehen zu haben. »Der war doch auf eurer Silberhochzeitsfeier, wenn ich mich recht erinnere?«, sagte er erstaunt.

Wieder nickte Claus, die Augen stur auf die Teetasse gerichtet. Er griff zum Teelöffel und rührte mit kleinen, gleichmäßigen Bewegungen in der Tasse herum, obwohl nichts darin war, was er hätte verrühren können. Kein Zucker, keine Milch. Nach langer Stille wandte er sein Gesicht Kuno zu.

»Bestimmt hat der sie auf dem Gewissen. Wenn Valerie umgebracht wurde, dann hat Marian das getan! Der wollte sie besitzen. Ich wette, der wollte meine Frau zur Scheidung drängen. Aber da hat sie nicht mitgespielt, und deshalb hat er sie umgebracht!« Wütend flatterte sein Blick zwischen Kuno und Stine hin und her. Stine sah an Claus vorbei und regte sich nicht. Kuno sah ihm fest in die Augen.

»Ich kann deine Wut und Verzweiflung gut verstehen. Aber vorschnelle Verdächtigungen helfen uns nicht weiter«, wandte der Kommissar ein. »Es ist auch nicht auszuschließen, dass derjenige, der euch bedroht hat, jemand anderes ist als die Person, die Valeries Leben auf dem Gewissen hat. Wir werden jeden Einzelnen befragen, der in letzter Zeit mit Valerie zu tun hatte. So leid es mir tut, mehr kann ich im Moment wirklich nicht sagen. Aber vielleicht kannst du uns helfen, den Fall bald aufzuklären. Ich muss dir diese Frage noch einmal stellen: Ist in letzter Zeit irgendetwas Ungewöhnliches in eurem Leben vorgefallen? Hat Valerie sich anders verhalten als sonst? Gab es neue Bekanntschaften in ihrem Leben, außer diesem Marian?«

Claus schüttelte traurig den Kopf. Dann hob er den Zeigefinger. »Doch! Da gab es diese Anrufe auf Valeries Handy. Von einer Gabriele. Von der hatte Valerie noch nie zuvor erzählt.«

»Weißt du, wer das ist? Hat Valerie erwähnt, wie Gabriele mit Nachnamen heißt?«

»Nein. Ich hab nur den Vornamen auf dem Display gesehen. Valerie hat behauptet, das sei eine Malerin. Eine, die sie nicht für sehr bedeutsam hielt, wie sie erklärte. Trotzdem hatte ich ein eigenartiges Gefühl bei diesen Anrufen. Ich hatte den Eindruck, Valerie wollte mir etwas verheimlichen.«

»Hast du mitbekommen, worum es bei den Telefonaten ging?«

»Nein. Valerie hat nicht in meiner Gegenwart mit dieser Gabriele gesprochen. Sie ist sogar in ein anderes Zimmer gegangen, um das Gespräch mit ihr zu führen. Deshalb fand ich das ja so merkwürdig. Es ging um irgendwas Geheimes. Aber ich weiß nicht, um was.« Claus sah Kuno fragend an. »Valerie hat doch keine krummen Geschäfte gemacht?«

»Das kann ich mir nicht vorstellen«, erwiderte Kuno ohne zu zögern. »Wir werden herausfinden, was es mit dieser Gabriele auf sich hat. Wir werden uns eine Liste der Anrufer beschaffen. Und diesen Marian, den sehe ich mir gleich als Erstes an. Weißt du, wo er wohnt?«

»In List. Ilona kann dir weiterhelfen. Sie teilt sich mit ihm eine Ferienwohnung. Ich gebe dir ihre Handynummer, dann kann sie dir die Adresse nennen.«

Claus suchte in einem Adressbuch, das im Sekretär lag, nach Ilonas Telefonnummer und schrieb sie auf einen Notizzettel.

Kuno bedankte sich und verabschiedete sich von Claus und Stine.

* * *

Nachdem Kuno das Haus verlassen hatte, wäre Claus am liebsten in Valeries Zimmer gegangen, um nachzusehen, ob sie wirklich nicht dort lag und schlief. Doch er traute sich nicht. Er hatte Angst davor, das leere, unberührte Bett seiner Frau vorzufinden. Stattdessen rief er Ilona an. Er hatte nie einen besonderen Draht zu ihr gehabt. Dass sie trotzdem die Erste war, die er nach Erhalt der Schreckensnachricht sprechen wollte, hatte einen anderen Grund: Er hegte die ganz leise Hoffnung, Valerie könnte sich bei ihr aufhalten. Und wenn nicht bei ihr, dann bei Marian. Immer noch besser bei ihrem Geliebten als tot.

Ilona musste ihn jedoch enttäuschen, als er nach Valerie fragte. Und als er ihr erzählte, welche Tragödie Kuno ihm eröffnet hatte, war er erschrocken über ihre kühle Reaktion. Er beendete das Gespräch sehr schnell.

* * *

Kaum saß Kuno im Auto, rief der Gerichtsmediziner ihn auf dem Handy an. Nach dem Gespräch ahnte der Kommissar, dass dies ein heikler Fall werden würde. Möglicherweise ein Beziehungsdelikt, die klassische Situation. Zwei Männer, die um Valerie gekämpft hatten: der Ehemann, der sie behalten wollte, und ein Lover, der sie besitzen wollte. Im Rufnummernspeicher suchte Kuno die Durchwahl von Arne, der im Büro auf dem Polizeirevier in Westerland auf ihn wartete.

»Arne, Doktor Beers hat mir gerade bestätigt, dass es sich um ein Tötungsdelikt handelt. Valerie wurde auf der Aussichtsplattform mit einem Messer angegriffen. Der Stichwunde nach mit einem Messer, wie es sich nicht in jeder Küchenschublade findet. Sie ist über die Brüstung gefallen und unten am Strand verblutet. Näheres erzähle ich dir nachher. In zehn Minuten bin ich im Büro. Dann besprechen wir das weitere Vorgehen.« Kuno beendete das Gespräch abrupt. Er wollte jetzt keine schlauen Kommentare von Arne zur Kampener High Society hören.

Arne erwartete seinen Chef mit roten Wangen. Dies war sein erster Mordfall. Und dann gleich so eine attraktive Tote! Noch dazu Lokalprominenz! Die ganze Inselwelt würde diesen Fall aufmerksam verfolgen. Und er war mittendrin.

»Motiv Eifersucht. Wetten?«, rief Arne seinem Chef entgegen, als der die Bürotür öffnete. »Der Mörder ist ein Mann, und die Tat ist das blutige Finale einer Dreiecksgeschichte. Vermutlich eine komplizierte Verstrickung, bei der drei Dinge im Spiel waren: Geld, Sex und …«

»… Rock 'n' Roll«, rief Kuno dazwischen und knallte die Zeitung auf den Tisch, die er unterwegs an einer Tankstelle gekauft hatte. »Wenn du das so genau weißt, kannst du mir sicher auch gleich verraten, welche Haarfarbe und welche Schuhgröße der Mörder hat und welche Zahncreme er benutzt. Dann bekommen wir spätestens heute Abend die passenden Hinweise aus der Bevölkerung und brauchen nur noch zuzuschlagen.«

Arne sah Kuno irritiert an. Der bereitete sich erst einmal in aller Ruhe an seinem Samowar einen Tee zu. Das gute Stück hatte ihm vor Jahren ein Sylter Freund von einer Studienreise durch Russland mitgebracht. Seitdem stand es auf einem kleinen Tisch neben dem Fenster wie auf einem Altar, und Kuno betrachtete es durchaus als Heiligtum. Mit seinem überdimensionalen Bürobecher nahm der Hauptkommissar an seinem Schreibtisch Platz, der direkt gegenüber dem seines Assistenten stand. Er kritzelte geometrische Figuren auf einen Schreibblock, wie er es immer machte, wenn ihn ein neuer Fall beschäftigte, und teilte seinem Kollegen seine ersten Gedanken mit: »Es handelt sich einwandfrei nicht um die Tat einer Killermaschine. Wir haben es nicht mit einem kaltblütigen Auftragsmord zu tun. Und ich wette, hier war keine Berechnung im Spiel. Andererseits war Valerie sicher nicht zufällig unglücklicherweise zur falschen Zeit am falschen Ort. Wenn du mich fragst: Hier liegt ein sehr persönliches Motiv vor.«

»Sag ich doch. Und das Motiv und den Täter werden wir im engsten Umfeld des Opfers finden«, resümierte Arne.

»Richtig, Kollege! Es sei denn, der Mörder ist derjenige, der die Wiederkehrs in den letzten Tagen mehrfach bedroht hat. Das könnte jemand sein, den wir noch gar nicht kennen. Der würde uns also nicht zusammen mit einem Gläschen Nachmittagstee in Hinnerks Hof auf dem Silbertablett serviert. Den müssten wir mühsam ausfindig machen.«

Arne kräuselte die Nase und nickte. »Verstehe.«

Kuno fuhr fort: »Nach ersten Erkenntnissen gibt es übrigens keinerlei Kampfspuren, keine Zeichen einer körperlichen Auseinandersetzung. Von der Stichwunde abgesehen, ist das Einzige, was an Valeries Leiche nicht unversehrt war, der Nagel des rechten Zeigefingers. Der war abgebrochen. Was allerdings nicht zwangsweise auf einen Streit schließen lassen muss. Der Nagel könnte auch Stunden vor dem Verbrechen abgebrochen sein.«

»Stimmt«, erwiderte Arne. »Er könnte aber auch ein Hinweis darauf sein, dass es doch einen kurzen Kampf gegeben hat, zumindest eine kleine, heftige Abwehr. Das wird Doktor Beers sicher klären.«

»Die Spurensicherung wird am Tatort und am Fundort nach jedem noch so kleinen Hinweis suchen. Die Aussichten, einen abgebrochenen Fingernagel zu finden, sind allerdings verschwindend gering, auch wenn er auffällig rot lackiert war«, überlegte Kuno. »Versuch mal, nach dem Sturm in dieser Nacht ein winzig kleines Indiz am Strand zu finden!«

»Vielleicht haben sie ja Glück, finden das Stück, und es klebt sogar ein mikroskopisch kleiner Hautfetzen des Täters daran!«, rief Arne.

»Du Träumer! So was gibt es nur im Fernsehen.«

Auf den ›Träumer‹ hätte Arne gern etwas erwidert. Stattdessen schob er sich einen Streifen Pfefferminzkaugummi in den Mund. Nicht gleich mit dem Chef anlegen, sagte er sich und zerbiss den Spruch, der ihm auf der Zunge lag.

»Die Spurensicherung untersucht gerade das Wohnhaus der Wiederkehrs«, informierte Kuno seinen Kollegen. »Nach derzeitigem Stand fehlt nichts. Valeries Handtasche lag im Auto. Die Geldbörse und die Kreditkarten liegen darin. Das Handy haben die Kollegen auf der Aussichtsplattform gefunden. Auch daran hatte der Mörder also kein Interesse. Was schließen wir daraus?«

»Eine Vergewaltigung! Der Mörder hat sein Opfer unbemerkt bis auf die Plattform verfolgt, dort vergewaltigt, dann erstochen und hinuntergeworfen.« Arne war Feuer und Flamme. Das versprach ein spannender Fall zu werden. Mal sehen, wer den Mörder schneller fand: er oder der Chef. Arne hatte Ehrgeiz genug, die Wette zu gewinnen, die er gerade klammheimlich mit sich selbst abschloss.

»Eine Vergewaltigung? Das glaub ich nicht«, ernüchterte Kuno seinen jungen Kollegen. »Wir müssen zwar das Ergebnis der gerichtsmedizinischen Untersuchung abwarten, aber solange das nicht vorliegt, ist alles Spekulation. Allerdings …«, Kuno lehnte sich mit der Haltung des alten Hasen zurück und verschränkte die Hände hinter dem Kopf, »sah mir das überhaupt nicht nach einem Sexualdelikt aus. Keine entkleidete oder zumindest halb entblößte Leiche, nicht einmal zerrissene

Kleidung. Keinerlei Kampfspuren, keine zerborstene Holzbrüstung. Nee, Vergewaltigung, das glaub ich nicht.«

»Seit wann ist Mord eine Frage des Glaubens?«, kommentierte Arne die Worte seines Chefs.

»Schon mal was von Spürsinn gehört? Meine Erfahrung sagt mir, dass wir es hier mit einer Beziehungstat zu tun haben. Im weitesten Sinn. Das muss nicht unbedingt ein Streit zwischen Mann und Frau sein. Ich denke, dass ich den Mörder im Bekanntenkreis von Valerie finden werde.«

»Aha, du wirst den Mörder finden. Du allein.«

»Du wirst natürlich mit von der Partie sein«, beschwichtigte Kuno seinen Kollegen gönnerhaft. »In diesem Fall gibt es genug Arbeit für zwei. Vor ein paar Tagen erst haben die Wiederkehrs ihre Silberhochzeit gefeiert. Ich werde Claus gleich bitten, für heute Nachmittag, fünfzehn Uhr, alle Personen zusammenzutrommeln, die an der Feier teilgenommen haben. Wir werden uns einen ersten Eindruck von den Leuten verschaffen, und das geht am besten, wenn sie alle gemeinsam an einen neutralen Ort kommen. Die Polizeiwache wäre dafür zu bedrückend. In unseren Räumen werden die Leute schnell steif und verstellen sich. Am besten treffen wir uns in Hinnerks Hof. Boy wird uns sicher seine Friesenstube zur Verfügung stellen. Da können wir ungestört mit allen reden, und dann wird auch Claus nicht damit belastet.«

»Der wird in seinem Haus jetzt Ruhe haben wollen«, warf Arne ein.

»So ist es. Aber unmittelbar bevor wir nachher mit dem Freundeskreis sprechen, werden wir beide Claus Wiederkehr zu Hause aufsuchen und ihn über den aktuellen Erkenntnisstand informieren. Der geht nur ihn was an. Anschließend gehen wir rüber zu Hinnerks Hof.« Kuno erhob sich, rückte seine Hose zurecht und zog den Gürtel enger. »Zuallererst aber fahren wir beide jetzt zu der besten Freundin von Valerie

Wunderlich-Wiederkehr, einer gewissen Ilona Stubenflieg. Ich habe vorhin im Auto mit ihr telefoniert. Sie wohnt in einer Ferienwohnung in List. Zusammen mit ihrem angeblichen Freund.« Kuno machte eine Pause. Er beugte sich zu Arne hinüber, senkte die Stimme und sagte: »In Wahrheit war der Mann der Lover von Valerie Wunderlich-Wiederkehr.«

Arne pfiff durch die Zähne. »Donnerwetter. Gibt es das sogar in diesen Kreisen.«

»Junge, wenn du so lange im Beruf bist wie ich, dann weißt du, dass es nichts gibt, was es nicht in jedem Kreis gäbe.«

Arne schnalzte mit der Zunge. »Ich wusste doch, warum ich Kriminalkommissar werden wollte«, grinste er. »Und mit diesem Mann hätten wir gleich unseren ersten heißen Verdächtigen.«

»Gut kombiniert«, lobte Kuno seinen Assistenten. »Du hast Talent. Du solltest dich bei der Kripo bewerben.«

* * *

Als die beiden auf dem Weg nach List durch Kampen fuhren, schlug Kuno vor, einen kurzen Abstecher zu den Kollegen von der Spurensicherung zu machen, die in Valeries Schlafzimmer, in der Galerie, auf der Aussichtsplattform an der Sturmhaube und am Fundort unterm Kliff alles sammelten, was auch nur andeutungsweise nach einer Spur aussah. Das war allerdings herzlich wenig. Lediglich der Zustand des Ausstellungsraums der Galerie warf Rätsel auf.

»Na, Jungs. Gibt's schon brauchbare Erkenntnisse?«, fragte Kuno seine Kollegen.

»Die Tür zur Galerie war nur angelehnt«, erklärte ein Spurensicherer in weißem Overall den beiden Kripobeamten. »Jemand muss den Ausstellungsraum in der Nacht oder am Morgen mit nassen Schuhen betreten haben.«

»Könnt ihr was zu den Schuhen sagen?«, fragte Kuno.

»High Heels waren das nicht«, erklärte der weiß gewandete Kollege. »Das waren bequeme Treter. Frauenschuhe, Größe achtunddreißig. Flacher Absatz, Sohle mit Profil. Auffällig ist: Die Person hat einen leicht schlurfenden Gang. Seht euch diese Spuren hier an: Man erkennt genau, dass die Person die Füße nicht über den gesamten Schritt hinweg hochgehoben hat.«

»Sehr genau hingesehen«, lobte Kuno und notierte sich die Angaben in seinem Notizbuch.

»Guckt mal, was die Person angerichtet hat«, fuhr der Kollege von der Spurensicherung fort. »Diese Pfauenfedern haben laut Doktor Wiederkehr in den weißen Vasen ringsherum im Raum gestanden. Frau Wiederkehr hatte sie erst kürzlich beschafft und den Ausstellungsraum damit dekoriert, wie er erzählte. Jemand hat die Federn herausgenommen, zerbrochen und auf den Boden geworfen. Weil das immer noch nicht reichte, ist die Person mit den Füßen darauf herumgetrampelt.«

Arne hatte die Arme verschränkt und die Schultern hochgezogen. Ratlos betrachtete er den traurigen Anblick, den die zerbrochenen, zerrupften und zerstampften Pfauenfedern boten. »Da hat wohl jemand unbändigen Hass auf Pfauenfedern gehabt«, folgerte Arne.

»Oder auf die Person, die sich damit schmückte«, murmelte Kuno und kratzte sich am Kopf.

Hauke Ingwersen, der Chef der Spurensicherung, betrat den Raum.

»Was viel aufschlussreicher ist als die Pfauenfedern hier am Boden, ist der Badezimmerspiegel«, meinte er. »*Marian ist dein Tod* steht mit Lippenstift darauf geschrieben. Ich schicke euch gleich Fotos davon aufs Handy. Wenn wir mit der Spurensicherung durch sind, könnt ihr selbst hineingehen und euch das ansehen.«

»Was meinst du dazu«, fragte Arne, als die beiden Kommissare wieder im Auto saßen.

»Tja … ich denke, das Gespräch in List kann interessant werden.«

»Willst du diesen Marian gleich verhaften?«

»Nö. So ein Spruch auf einem Spiegel ist noch kein Beweis. Erst mal gucken und fragen. Dann nachdenken. Dann weitersehen.«

Er sah zu Arne hinüber, der enttäuscht dreinblickte. »Junge, glaub einem alten Hasen: So schnell wird das nix mit dem Mörderfang.«

* * *

Dafür, dass ihre Arbeitgeberin und beste Freundin ums Leben gekommen war, wirkte Ilona seltsam unberührt, als sie Kuno und Arne die Tür öffnete.

»Ich hab doch gleich geahnt, dass das nicht gut gehen kann«, schimpfte sie, kaum dass die beiden Kripobeamten die Ferienwohnung betreten hatten. »Man weiß doch, was man von diesen Italienern zu halten hat.«

»Frau Stubenflieg«, ermahnte Arne sie. »Immer mal langsam. Noch fischen wir im Trüben. Oder haben Sie einen konkreten Grund für Ihre Verdächtigung?«

»Ich sag nur eins: Mafia. Reicht das nicht als Argument? Und mit so einem wohne ich seit Tagen unter einem Dach!«

»Bitte reißen Sie sich zusammen. Sonst fangen Sie sich eine Anzeige wegen Volksverhetzung ein.« Kuno legte sein strengstes Hauptkommissargesicht auf. Ob es sein autoritärer Blick war, der bei Ilona Wirkung zeigte, oder die Furcht, mit Marian zusammen im Polizeiauto zur Wache gefahren zu werden, wusste Kuno nicht. Aber seine Mahnung machte Ilona zugänglicher.

»Offiziell sind Sie ja die Partnerin dieses Italieners«, stellte Arne fest.

»Das glauben Sie doch wohl selbst nicht!«, rief Ilona entrüstet.

»Bei uns geht es nicht ums Glauben. Wir recherchieren und analysieren knallharte Fakten«, belehrte Arne sie, machte die Schultern breit und hakte die Daumen lässig in den Hosenbund ein.

»Das war von Anfang bis Ende ein abgekartetes Spiel!«, ereiferte Ilona sich. Sie lief im Zimmer auf und ab. Während sie ihrem Ärger Luft machte, ruderte sie mit ihren kurzen fleischigen Armen in der Luft herum. »Und ich, ich durfte mal wieder Valeries Dienstmädchen spielen. Wie immer. Valerie hat einen Plan. Ilona springt. Immer dasselbe Muster. All die Jahre habe ich mich aufgeopfert. Immer habe ich mich hergegeben, wenn sie ein Mädchen für alles brauchte. Immer ging es nur um sie.«

Ilona blieb stehen, stemmte die Hände in die Hüften. »In diesem Fall durfte ich offiziell als Partnerin des heimlichen Liebhabers von Valerie Wunderlich-Wiederkehr herhalten. Zwanzig Jahre liegen zwischen den beiden. Stellen Sie sich das mal vor! Erst heiratet sie einen, der zwanzig Jahre älter ist als sie. Fünfundzwanzig Jahre später nimmt sie sich einen, der zwanzig Jahre jünger ist. Was für ein Schwachsinn!«

Entrüstet schlug Ilona sich mit der Hand gegen die Stirn. »Und das alles nur, weil sie nicht akzeptieren kann, dass auch sie älter wird und dass die Dreißigjährigen sich im Normalfall schon lange nicht mehr für sie interessieren. Diese Frau will ewig jung bleiben und ewig schön natürlich auch. Schön! Was hat sie an sich herumschnippeln lassen! Die Haut straffen. Die Lippen aufplustern. Hier ein bisschen Silikon, da ein bisschen Silikon. Und was hat ihr das alles am Ende genützt? Nichts, sage ich Ihnen. Nichts! Nun liegt sie da. Und was bleibt übrig von dieser unglaublichen Inszenierung, die sich Valerie

Wunderlich-Wiederkehr nannte? Ein Häufchen Staub. Erde zu Erde.«

Atemlos ließ Ilona sich in einen Sessel plumpsen.

Kuno und Arne waren dem Redeschwall der Frau, die bisher als die beste Freundin des Opfers gegolten hatte, irritiert gefolgt. Beide hatten den gleichen Gedanken: War Ilona fähig gewesen, diesen Mord zu begehen? Hatte sie an Valerie ihrem Frust Luft gemacht, der sich über all die Jahre aufgestaut hatte? War sie diejenige gewesen, die die anonyme Post an die Wiederkehrs gesandt und ihnen das Foto vor die Tür gelegt hatte? Hatte sie den Steinwurf inszenieren lassen?

Kuno merkte, dass Arne Ilona gern all diese Fragen gestellt hätte. Er suchte Blickkontakt mit seinem Kollegen und schüttelte fast unmerklich den Kopf.

Während alle drei nachdenklich schwiegen, trat Marian ein. Er hatte die Wohnung verlassen, gleich nachdem Ilona ihm die Nachricht überbracht hatte, dass Valerie tot am Strand vorm Roten Kliff gefunden worden war.

»Ich wollte Valerie sehen«, erklärte er den beiden Kommissaren, ohne sich ihnen vorzustellen. Er wirkte aufgelöst und verweint. »Ich wollte sie mit eigenen Augen sehen. Aber sie war nicht mehr da. Ich durfte nicht mal zu der Stelle, an der sie gestorben ist. Alles ist abgesperrt, und es laufen Polizisten dort herum, als wäre Wladimir Putin umgebracht worden.« Sein Ton klang vorwurfsvoll. Verzweifelt hob er die Hände. »Ich glaub das einfach nicht. Wie soll sie überhaupt ums Leben gekommen sein? Man fällt doch nicht einfach tot um!«

Arne sah verstohlen zu Kuno hinüber. Wieder dachten sie das Gleiche: Eigenartig, dass Ilona gar nicht nach den Todesumständen ihrer Freundin gefragt hatte. Dass sie nicht den Wunsch geäußert hatte, Valerie noch einmal zu sehen, um begreifen zu können, dass sie nicht mehr lebte.

»Zu den näheren Todesumständen können wir im Moment aus ermittlungstaktischen Gründen nichts sagen«, erklärte Kuno. »Wir bitten Sie beide, sich heute Nachmittag um fünfzehn Uhr in der Friesenstube von Hinnerks Hof einzufinden. Wir werden uns dort mit allen Freunden der Wiederkehrs unterhalten, die an der Silberhochzeitsfeier teilgenommen haben. Bitte haben Sie Verständnis, dass ich Ihre Personalien aufnehmen muss«, Kuno sah Marian an, »Herr …«

»Ognissanti«, sagte Marian. »Mein Name ist Ognissanti.«

»Wie schreibt sich das? Kann ich bitte Ihren Personalausweis sehen, damit ich den Namen korrekt abschreiben kann?«

Widerwillig holte Marian seine Papiere hervor und warf sie vor Kuno auf den Tisch. Er fühlte sich verdächtigt und verfluchte, dass er in die Ferienwohnung zurückgekehrt war, obwohl ihm der Anblick des fremden Wagens, der halb auf der Grundstückseinfahrt parkte, gleich so wenig einladend vorgekommen war. Kuno zückte seinen Kugelschreiber aus der Innentasche seiner Lederjacke und fischte einen kleinen Notizblock hervor. Er nahm Platz und blickte auf den Ausweis.

»Donnerwetter«, sagte er bewundernd. »Klingt nach italienischer Oper! Mariano Gabriele und dann dieser Nachname, von dem ich nicht weiß, wie er sich ausspricht.«

»Ognissanti«, erklärte Marian stolz, »bedeutet so viel wie ›Allerheiligen‹.«

Kuno tat beeindruckt. Auf einmal stutzte er. »Wieso heißen Sie Gabriele?«

»Weil meine Eltern mich so getauft haben«, erklärte Marian. »Mein Großvater heißt so, mein Vater heißt mit zweitem Namen so. Und ich heiße ebenfalls mit zweitem Namen Gabriele.«

»Ja, wie kann es denn angehen, dass italienische Machos Mädchennamen tragen?«, entfuhr es Arne, der dafür ein tadelndes Kopfschütteln seines Chefs erntete. »Ich meine«, fügte er erklärend hinzu, »bekanntlich heißen nur Frauen Gabriele.«

»Schon mal was von Gabriele D'Annunzio gehört, einem der bedeutendsten Autoren der italienischen und damit auch der europäischen Literaturgeschichte?«, fragte Marian aufreizend freundlich. »Ob der ein Macho war, entzieht sich meiner Kenntnis. Aber wenn ich Ihnen eine kleine Lektion in italienischer Namensgebung erteilen darf, Herr Kommissar: Der deutsche Gabriel heißt in Italien Gabriele. Die deutsche Gabriele dagegen nennt sich in Italien Gabriella.«

Kuno staunte nicht schlecht. Valerie hatte also ihren Marian im Telefonspeicher ihres Handys als Gabriele getarnt. Damit hatte sie ihm nicht einmal einen Fantasienamen geben müssen. Claus hätte diesen Namen tausendmal auf dem Display sehen können, er wäre niemals darauf gekommen, dass sich ein italienischer Mann dahinter verbarg, und schon gar nicht, dass es sich um Valeries Liebhaber handelte.

Arnes süffisantes Lächeln erschien Kuno wie ein Jubelschrei: Siehst du, ich hab's doch gleich gesagt. Der Mörder ist ein Mann, und das Motiv ist Eifersucht.

Kuno war der Meinung, er und Arne hätten nun genug Italienischunterricht erhalten. Er sah Arne an, dass er Marian am liebsten gleich mit aufs Revier genommen hätte. Die Beweise reichten jedoch längst nicht aus. Ihm selbst brannte die Frage auf dem Nagel, ob es sich bei diesem Mariano Gabriele Ognissanti tatsächlich um die Gabriele handelte, die laut Claus Wiederkehr mehrmals auf Valeries Handy angerufen hatte. Er musste prüfen, ob es noch eine andere Person dieses Namens gab. Bei der Rückkehr ins Büro würde sicher schon die Liste mit den Anrufen vorliegen, die auf Valeries Handy eingegangen oder damit getätigt worden waren. Er bat Valeries Lover um dessen Handynummer. Als Marian sie notierte, traten ihm Tränen in die Augen.

»Nie wieder werde ich Valeries Nummer anrufen können«, sagte er leise. »Ich kann meine große Liebe nicht mehr erreichen.

Ich kann einfach nicht glauben, dass sie tot sein soll.« Hilflos stand er vor den anderen.

Kuno räusperte sich. »Auch wenn Claus mein Freund ist und ich Ihre Beziehung mit Valerie nicht gutheißen kann, glauben Sie mir: Ich kann verstehen, wie es Ihnen geht.«

Die beiden Polizisten verließen die Wohnung und fuhren zurück zum Polizeirevier nach Westerland.

* * *

»Na, was sagt dir dein Gefühl?«, fragte Kuno seinen Assistenten, als sie die Listlandstraße Richtung Süden fuhren.

»Der Italiener war's«, konstatierte Arne mit tiefster Überzeugung. »Und wenn der's nicht war, dann tippe ich auf Ilona Stubenflieg. Die finde ich verdammt verdächtig. Meine Güte, was hatte die für eine Wut auf ihre angeblich allerbeste Freundin! Die beiden Frauen waren wohl eher liebste Feindinnen.«

»Nicht so schnell mit den Schuldzuweisungen! Dieser Marian …«, Kuno wiegte den Kopf hin und her, »ich weiß nicht recht. Dem Italiener traue ich das nicht zu. Der Mann hat keinerlei Aggressionen gegenüber Valerie gezeigt, und er war sichtlich bemüht, seine Trauer vor uns nicht allzu sehr zu zeigen. Aber du hast recht: Ilona Stubenflieg ist so ganz ohne nicht. Die müssen wir auf jeden Fall im Auge behalten. Doch bevor du dir jetzt schon einen Mörder ausguckst«, ermahnte Kuno seinen Kollegen, »denk bitte daran: Der größte Teil des Klübchens um Claus und Valerie steht uns erst bevor. Bei den Befragungen kann es noch einige Überraschungen geben. Und dann ist da noch der große Unbekannte, den wir ausfindig machen müssen.«

»Warum hast du nicht gleich danach gefragt?«, wollte Arne wissen. »Warum hast du die anonymen Briefsendungen und das Rattengift überhaupt nicht erwähnt?«

Kuno schmunzelte. »Glaubst du, wenn es einer der beiden war, hätte er uns jetzt gesagt: ›Ach ja, das war ich.‹ Nein, da müssen wir den richtigen Moment abpassen.«

Kapitel 11

Für Boy und Nele war die Situation gespenstisch. Um Punkt fünfzehn Uhr hatten sich Karin, Konrad, Armgard, Ilona, Marian und eine ganz in Schwarz gekleidete Marla in der Friesenstube versammelt. Günther war noch mit Bernd, dem Besitzer des Hauses neben der Wenningstedter Ferienwohnung, auf Rømø unterwegs. Er war noch nicht einmal darüber informiert, was geschehen war. Armgard hatte es unterlassen, ihn anzurufen; es reichte, wenn er nach seiner Rückkehr von der Sache erfuhr. Dann würde sie ihm auch von der Kündigung erzählen müssen.

Claus hatte in seinem Haus auf Kuno gewartet, um von ihm, abgeschirmt von den Freunden, die ersten Ergebnisse der gerichtsmedizinischen Untersuchung zu erfahren. Die anderen warteten in Hinnerks Hof darauf, dass Claus, Kuno und dessen Assistent zu ihnen herüberkamen. Sie saßen um den Tisch, an dem sie vor wenigen Tagen noch gefeiert hatten. Die Anspannung, unter der sie standen, war jedem anzusehen.

* * *

»Wir haben nun leider Gewissheit«, begann Kuno das Gespräch mit Claus im Wohnzimmer von dessen Friesenhaus. Arne hielt sich still im Hintergrund und beobachtete den Witwer. »Wie wir vermutet hatten«, fuhr der Hauptkommissar ruhig und sachlich fort, »ist Valerie einem Verbrechen zum Opfer gefallen.«

»Das glaube ich nicht! Wer hat das getan?«

Kuno kannte diese Widersprüche. Die engsten Angehörigen von Gewaltopfern lehnten es in der ersten Zeit nach dem Verbrechen oft ab, die Wahrheit zu akzeptieren; gleichzeitig wussten sie aber, dass es nichts daran zu rütteln gab. In diesen Situationen, die zu den schwierigsten seiner Arbeit gehörten, schwankte er zwischen tiefem Mitgefühl, das Zurückhaltung gebot, und dem Drang, die Fakten auf den Tisch zu legen, um den Fall so schnell wie möglich aufzuklären.

»Claus, ich weiß, wie hohl dieser Satz für dich klingt, aber ich kann dir nichts anderes sagen als dies: Wir arbeiten mit Hochdruck an der Aufklärung des Falles. Du kannst dir sicher vorstellen, wie viel mir persönlich daran liegt, den Täter oder die Täterin so bald wie möglich zu überführen.«

»Wie ist Valerie denn umgekommen?« Verzweiflung und Ungeduld lagen in Claus' Stimme. Er wollte endlich genau wissen, was seiner Frau zugestoßen war.

»Dazu darf ich dir im Moment nichts sagen«, erklärte Kuno. »Ich kann dir lediglich mitteilen, dass ein Fremdverschulden vorliegt und dass es sich um ein Gewaltverbrechen handelt.«

»Verdächtigt ihr am Ende sogar mich, dass ihr mir nichts sagen dürft?«, brachte Claus wütend hervor. Auf diese Frage wollte Kuno nicht antworten. Nicht zu diesem Zeitpunkt. Er wusste nicht, was die Spurensicherung und die bevorstehenden Befragungen an Hinweisen hervorbringen würden. Sosehr er Claus vertraute und sowenig er ihm solch eine Tat zutraute, er durfte die Augen nicht davor verschließen, dass alles möglich war. In einem Fall, den er vor vielen Jahren hatte aufklären müssen, hatte er sogar einen Ehemann erlebt, der seine Frau erwürgt und die Tat derart verdrängt hatte, dass er sich selbst nicht an das zu erinnern vermochte, was er getan hatte.

»Ich war heute bei diesem Marian«, fuhr Kuno fort. »Mit vollem Namen heißt er Mariano Gabriele Ognissanti.« Kuno sprach den Namen betont langsam aus und ließ ihn auf Claus wirken.

»Mariano Gabriele? Ja, kann denn ein Mann Gabriele heißen?«

Arne triumphierte innerlich mit unbewegtem Gesicht, als Claus diese Frage stellte. Kuno erklärte weltmännisch: »Na klar. Denk doch nur an Gabriele D'Annunzio, den berühmten italienischen Schriftsteller. Den kennst du doch?«

Ein bisschen überheblich kam Kuno sich schon vor, als Claus sich unsicher mit der Hand durch die Haare fuhr, die Lider gesenkt, und murmelte: »Ja, ja. Schon mal gehört.« Im nächsten Moment blitzten die Augen des Witwers wütend auf. »Ein Frauenname passt zu diesem Milchgesicht«, stieß er hervor. »Valerie hat also tatsächlich ein Verhältnis mit diesem Jungen gehabt! Eins sag ich dir«, eiferte Claus sich und ging mit erhobenem Zeigefinger auf den Kommissar zu. »Niemals, niemals, nie-nie-niemals im Leben hätte Valerie sich von mir getrennt! Niemals! Und das wusste dieser Grünschnabel. Deshalb hat er sie ermordet. Er wollte sie haben, und sie hat sich ihm verweigert. Das ist doch ein Motiv!«

Arne nickte. Kuno schüttelte den Kopf.

»Claus«, sagte der Hauptkommissar, »wir ermitteln in alle Richtungen. Es ist möglich, dass Valerie den Täter oder die Täterin gekannt hat. Zum jetzigen Zeitpunkt können wir aber nicht ausschließen, dass ein völlig Fremder die Tat begangen hat. Wir werden jeden Einzelnen aus eurer Clique befragen. Danach werden wir vermutlich einen Schritt weiter sein.«

Claus ging zur Terrassentür, umklammerte seinen Tee-becher und blickte über die Heide zum Roten Kliff. An den kleinen ruckartigen Bewegungen der angespannten Schultern seines Freundes erkannte Kuno, wie es in dem Mann rumorte.

»Lass uns jetzt rübergehen zu Hinnerks Hof. Die anderen warten dort auf uns.«

Als Kuno sich umwandte, betrat Stine den Raum. Der Kommissar kannte die Haushälterin seit Jahren, hatte sie aber bisher immer mit den Augen des Gastes der Familie Wieder-kehr betrachtet, nie mit denen des Ermittlers. Dazu hatte es nie einen Anlass gegeben. Zum ersten Mal nahm er den leicht schleppenden Gang von Claus' Haushälterin wahr. Stines Kör-perhaltung und Gesicht zeigten Spuren eines schweren Lebens. Nachdenklich ließ Kuno seine Augen bis zu den Schuhen der alten Frau hinunterwandern. Stine hatte geschwollene Füße. Sie trug breite, bequeme Schuhe mit flacher Sohle.

»Wie geht es Ihnen, Frau Schomaker?«, fragte Kuno freund-lich.

»Wie es so geht in meinem Alter«, antwortete die wortkarge Stine, der es nicht lag, über ihr Leben zu klagen.

Kuno nickte verständnisvoll. »Sie haben Schmerzen in den Füßen?«

»Nicht der Rede wert«, wehrte Stine ab.

»Darf ich fragen, welche Schuhgröße Sie tragen?«

»Wozu willst du das wissen?«, mischte Claus sich ein. Es beunruhigte ihn, dass Kuno sich für solche Details interessierte.

»Bitte beantworten Sie meine Frage, Frau Schomaker«, beharrte Kuno in ruhigem, freundlichem Ton.

»Achtunddreißig. Manchmal neununddreißig«, sagte Stine und sah Kuno misstrauisch an. »Kommt auf die Marke an.«

»Wo waren Sie in der letzten Nacht, Frau Schomaker?«

»Nun reicht es aber, Kuno!«, wetterte Claus, doch Arne legte ihm eine Hand auf den Arm, um ihm anzudeuten, dass er sich zurückhalten solle.

»Ich muss diese Frage stellen, Claus. Also, Frau Schomaker?«

»Wo soll ich schon gewesen sein? Wo hält sich eine alte kranke Frau wie ich bei Nacht wohl auf? Was glauben Sie, Herr Kommissar? Geht sie tanzen?« Ein aggressiver Unterton mischte sich in Stines müde Stimme.

»Meine Kollegen von der Spurensicherung werden gleich zu Ihnen kommen. Bitte halten Sie sich zu unserer Verfügung.«

Claus sah den Kommissar an, als wollte er ihn fragen, ob er noch all seine Sinne beisammenhabe.

»Komm, Claus, lass uns zu den anderen hinübergehen. Alles Weitere erkläre ich dir später. Und Sie, Frau Schomaker, warten bitte hier auf meine Kollegen.«

Stine empfand Kunos Blick wie einen Blitz, der durch ihr Herz schoss. Als die drei Männer das Haus verlassen hatten, ließ sie sich in der Küche auf einen Stuhl fallen und presste sich ein weißes Taschentuch mit gehäkeltem Rand vor den Mund.

* * *

Während Kuno und Arne noch mit Claus und Stine sprachen, hatte sich die angespannte kleine Gesellschaft in der Friesenstube warm geredet. Bisher wusste niemand von ihnen, wie Valerie ums Leben gekommen war. Ein Mord war die letzte Option, die sie in Betracht ziehen wollten.

Karin unterstellte, dass Valerie sich umgebracht habe. Es sei ihr schon immer klar gewesen, betonte sie, dass eine Frau, die das Älterwerden von Grund auf ablehnte, es vorziehen würde zu sterben, bevor die Anzahl ihrer erreichten Lebensjahre für sie unerträglich geworden wäre. »Könnt ihr euch etwa vorstellen, dass sie jemals ihren sechzigsten Geburtstag begangen hätte?«, fragte Karin spöttisch in die Runde. »Die hat doch jedem die Augen ausgekratzt, der sie auf ihr Alter angesprochen hat. Valerie wollte in Jugend und Schönheit sterben.« Karin sah die anderen nach Zustimmung heischend an. »Mit der Jugend, das hat ja nun nicht so ganz geklappt. Da haben auch Claus und seine Kollegen zuletzt nicht mehr allzu viel dran drehen können.«

»Ich finde es geschmacklos«, empörte sich Konrad, »wie du dich über unsere langjährige Freundin und Gastgeberin äußerst. Und wie kannst du ihr Selbstmord unterstellen! Hast du sie jemals deprimiert gesehen? Vermutlich war es ein Unfall. Ein Unglück, wie es immer mal an den Küsten geschieht. Wir alle wissen, wie sehr Valerie das Rote Kliff liebte. Es war wie eine Bühne für sie. Sie ging immer ganz dicht am Rand entlang. Am Abgrund, der ihr eines Tages zum Verhängnis wurde. Vielleicht hat der Sturm letzte Nacht seinen Teil dazu beigetragen.«

»Ach, du scheinst das ja sehr genau zu wissen«, keifte Karin ihren Gatten an. »Hast du beobachtet, wie es geschehen ist? Hattet ihr euch an dem Abend verabredet?«

Konrad überhörte den Einwurf seiner Frau. Als wäre er tatsächlich Zeuge des Unglücks geworden, malte er die Szene aus: »Valerie ist dicht an der Abbruchkante entlanggegangen. Dann ist plötzlich ein Stück unter ihr weggebrochen. Sie ist hinabgestürzt und hat sich das Genick gebrochen. Sie hat einfach unsägliches Pech gehabt.«

»Und ihr letzter Gedanke galt natürlich dir«, stichelte Karin und fing sich tadelnde Blicke von Marian ein, der gleich seine eigene Version zum Besten gab.

»Ich würde nicht ausschließen, dass sie einen Herzinfarkt erlitten hat. Oder ein Kreislaufversagen. Dann ist sie ohnmächtig das Kliff hinabgestürzt, im Sand liegen geblieben und gestorben.«

»So ein Schwachsinn«, gurgelte Ilona, »Valerie ist nie krank gewesen. Schon gar nicht herzkrank. Warum um alles in der

Welt sollte sie jetzt auf einmal einen Herzinfarkt bekommen haben oder einen Kreislaufzusammenbruch? Ihr ganzes Leben lang stand die Frau wie eine Eins. Die kippte nicht um. Schon gar nicht am Roten Kliff!«

Das wollte Marian nicht unwidersprochen hinnehmen. »Das ist nur die Seite, die du von Valerie kennst. Ich kenne eine andere. Sie stand kurz davor, sich von Claus zu trennen.« Von allen Seiten prasselten ungläubige Aufschreie auf Marian ein. Der fuhr erklärend fort: »Claus hat kürzlich erst durch einen dummen Zufall erfahren, was ihr vielleicht alle ahnt: Valerie und ich waren ein Paar. Noch am Abend ihres Todes habe ich mit meiner Geliebten telefoniert. Wir wollten uns heute treffen, um über ihre Trennung von Claus zu sprechen. Und über unser gemeinsames zukünftiges Leben. Wir wollten heiraten. – Vielleicht war all die Aufregung zu viel für sie«, mutmaßte er und machte ein schuldbewusstes Gesicht.

»Du spinnst!«, riefen Ilona und Konrad gleichzeitig. Konrad erhob sich von seinem Stuhl, zündete sich gegen den Protest der anderen eine Zigarette an und lief nervös im Raum auf und ab, während Ilona sprach: »Ich kenne Valerie so lange wie keiner von euch. Wenn ich eins weiß, dann, dass Valerie ihren Mann niemals verlassen hätte. Aber vielleicht«, Ilona sah Marian giftig an, »vielleicht hast du sie ja erpresst. Wer weiß, was du gegen sie in der Hand gehabt hast. Kompromittierende Fotos, gespeicherte SMS mit verfänglichem Inhalt, Liebesbriefe, falls man heute noch so was schreibt, was auch immer. Damit hast du sie erpresst. Dann hat sie vor lauter Sorgen ein Glas Wein zu viel getrunken. Ja, und dann kann sie natürlich bei ihrem Abendspaziergang vom Kliff runtergefallen sein. Wer würde sich dabei nicht das Genick brechen?«

»Vielleicht hat sie ja jemand am Strand vergewaltigt«, gab Armgard zögerlich eine ganz neue Variante zum Besten. »Dann hat er sie erwürgt. Man kennt das ja. Steht doch oft genug in der Zeitung.« Mehr traute sie sich nicht, zum Thema beizusteuern.

Nun mischte Marla sich ein, die die ganze Unterhaltung bisher stumm verfolgt hatte. Sie favorisierte eine dramatischere Version. »Ich wette, da ist Eifersucht im Spiel. Valerie war eine äußerst attraktive und erfolgreiche Frau. Ich sehe einige hier am Tisch, die aus verschiedenen Blickwinkeln Grund zur Eifersucht gehabt hätten.« Marla sah Karin und Konrad scharf an. Dann schwenkte ihr Blick zu Ilona und Marian. »Jemand könnte sie vom Kliff gestoßen haben. Jemand, dem sie ein Dorn im Auge war oder der nicht mehr bereit war, sie mit einem anderen zu teilen.«

»Vielleicht sogar ihr Ehemann?«, fragte Marian.

Marla zog die Augenbrauen hoch und deutete ein Nicken an. »Vielleicht sogar ihr Ehemann.«

Die Gruppe schwieg verschreckt, als Kuno den Raum betrat, gefolgt von Claus und Arne. Jeder am Tisch hoffte inständig, dass die drei Männer auch nicht einen Fetzen ihres Gesprächs mitbekommen hatten.

»Meine Damen und Herren«, begann Kuno mit getragener Stimme, »ich muss Sie leider davon in Kenntnis setzen, dass Ihre Freundin Valerie Wunderlich-Wiederkehr einem Verbrechen zum Opfer gefallen ist. Näheres können wir Ihnen zurzeit aus verständlichen Gründen nicht mitteilen. Mein Kollege, Kriminalkommissar Arne Zander, und ich, Kriminalhauptkommissar Kuno Knudsen, bitten Sie, sich in den nächsten Tagen zu unserer Verfügung zu halten. Wir werden gleich Ihre Personalien aufnehmen, Ihre Telefonnummern und Urlaubsadressen notieren und ein erstes Gespräch mit Ihnen führen. Weitere Gespräche mit jedem Einzelnen von Ihnen werden im Laufe der nächsten Tage folgen. Daher bitte ich Sie alle, die Insel nicht zu verlassen, ohne uns rechtzeitig davon in Kenntnis zu setzen, wann und wohin Sie fahren wollen.«

»Wie darf ich das verstehen«, meldete Konrad sich zu Wort. »Sind wir etwa alle Verdächtige? Werden wir so lange verhört, bis Sie einen von uns einbuchten können?«

Kuno liebte diesen Ton. »Ob jemand von Ihnen als verdächtig gilt«, dozierte er, »werde ich Ihnen aus nachvollziehbaren Gründen gerade jetzt nicht mitteilen. Bitte gedulden Sie sich.«

Karin spitzte die Lippen, amüsiert über die Abfuhr, die der Kommissar ihrem Mann öffentlich erteilt hatte. Im selben Moment fuhr es ihr kalt den Rücken hinunter. Jeder aus diesem Freundeskreis hatte den Streit mitbekommen, den sie mit Valerie am Abend der Silberhochzeitsfeier ausgetragen hatte. Alle wussten, dass es zwischen ihr und dem Opfer gekriselt hatte, weil Konrad so stark auf Valerie abgefahren war. Sie hatte ein Motiv: Eifersucht. Da nützte es vermutlich wenig, dass sie sich inzwischen von Konrad getrennt hatte. Sie musste so bald wie möglich mit Kommissar Knudsen sprechen. Angriff war die beste Verteidigung. Schließlich hatte auch Claus ein Motiv. Dasselbe wie sie: Eifersucht. Denn was zwischen Valerie und diesem Marian gelaufen war, das war ja wohl allen sehr schnell klar gewesen. Karin blickte verstohlen zu dem Witwer hinüber. Ob es stimmte, was Marian gerade behauptet hatte? Hatte Valerie sich tatsächlich von Claus trennen wollen? Mein Gott, was für ein Sumpf, dachte Karin.

Kuno spürte das stumme Entsetzen, das sich plötzlich im Raum breitmachte. Jedem an diesem Tisch im Friesenraum schien auf einmal bewusst geworden zu sein, dass der Täter wohl unter den Anwesenden saß.

Kunos Augen wanderten langsam von einem Augenpaar zum nächsten. Bei jedem blieben sie zwei, drei Sekunden lang hängen und bohrten sich in die Netzhaut. Als er die Runde absolviert hatte, sagte er beschwörend: »Ich bitte Sie, mit niemandem außer meinem Kollegen und mir über diesen Fall zu sprechen. Jede Beobachtung, jeder Hinweis, jede noch so kleine Information geht ausschließlich Herrn Zander und mich etwas an. Bitte informieren Sie keinen Dritten! Schon gar nicht die Presse, die sicherlich bald brennendes Interesse an diesem Fall zeigen wird.«

* * *

»Die haben Angst«, konstatierte Arne, als er Kuno zur Polizeiwache zurückkutschierte. »Alle, wie sie da sitzen, haben Angst.«

»Angst?« Kuno rieb sich die Hände. »Ich würde sagen: Die haben die Hosen voll. Und das ist gut so. Denn wenn in so einem Freundeskreis der Schiss herrscht, geht der Zusammenhalt blitzschnell verloren. Das macht es uns leichter. Ich bin gespannt, wer von denen zuerst einen seiner Freunde verdächtigt.«

»Meinst du, dass derjenige, der sie umgebracht hat, auch der ist, auf dessen Konto die anonymen Briefe, das Rattengift und der Stein gehen?«

Kuno dachte kurz nach. »Ich weiß es nicht. Wirklich nicht. Wir können nicht unbedingt davon ausgehen, dass es so ist. Valerie war auf ihre Weise – sagen wir mal: sehr speziell. Kann gut sein, dass sie es sich mit mehreren Leuten unabhängig voneinander verdorben hat. Wir ermitteln auf jeden Fall in alle Richtungen.«

»Was bleibt uns auch anderes übrig«, stellte Arne fest.

Kapitel 12

Kampen, 6. August

Kuno saß an seinem Schreibtisch und grübelte. Nachdenklich, mit gerunzelter Stirn, betrachtete er den postkartenhaften Himmel, ohne auch nur eins der haarscharf umrissenen Schäfchenwölkchen wahrzunehmen. Von Zeit zu Zeit machte er sich handschriftliche Notizen. Es nervte ihn, dass Arne unaufhörlich mit den Fingerkuppen beider Hände auf die Schreibtischplatte trommelte, dazu irgendeinen blöden alten Schlager pfiff und mit dem Kopf rhythmisch auf und ab wippte.

Kuno mochte alte Schlager. Aber nicht heute. Er hatte einen schweren Brocken im Kopf. In seinem Schädel schwirrte ein Gedanke herum, der wie ein zentnerschwerer Sack Kartoffeln auf seiner Kriminalistenseele lastete. Der Kartoffelsack hatte sich mit einem Ruck auf seine Seele geworfen, als Claus ihm den polizeilich dokumentierten hauchzarten Kuss vorgelegt hatte, den Valerie gerade im rechten Augenblick dem jungen Italiener mit genüsslich geschlossenen Augen auf die Wange gedrückt hatte. Seitdem wehrte Kuno sich mit allen Kräften dagegen, das zu denken, was er als Kriminalist in solchen Fällen zu denken hatte.

Als er merkte, dass Arne ihn ungeniert anstierte, rollte er mit seinem Bürostuhl zur Seite und suchte Zuflucht hinter seinem Bildschirm. Doch Arne ließ sich nicht abschütteln.

»Sag mal, Chef. Spielt Claus Wiederkehr in deinen Überlegungen eine Rolle? Im Klartext: Hältst du den Mann für verdächtig?«

Kuno lugte hinter seinem Bildschirm hervor. Arne hatte in einem Ton gefragt, der nicht nach Frage klang, sondern nach Ermahnung. Nach ›Für dich ist der Witwer doch sicher auch dringend tatverdächtig‹. Damit hatte der Kollege ihn an seinem derzeit wundesten Punkt getroffen, und mit einem Schlag wurde der Kartoffelsack auf Kunos Seele noch einen Zentner schwerer. Kuno schwieg.

»Oder willst du dich in der Sache für befangen erklären?«, hakte Arne nach. »Ich meine, vielleicht war die Tat sehr sorgfältig geplant. Die Sache mit den Briefen, dem Rattengift und dem Steinwurf könnte er fingiert haben, um schon in den Tagen vor dem Mord die Aufmerksamkeit auf ein Phantom zu lenken.«

»Wenn ich mich für befangen erklären sollte, mit wem würdest du den Fall denn dann lösen wollen? Mit dem Kollegen Müller-Brunswick aus Husum? Diesem arroganten Hund, der sich von seinem Assistenten dreimal täglich Kaffee kochen lässt?«

»Ich meine ja nur …«, lenkte Arne ein. »Auch wenn der Mann den fassungslosen Witwer spielt, er hat ein blitzsauberes Motiv. Dieses Foto, auf dem seine Frau ihren Geliebten knutscht, dürfte ihn schwer getroffen haben. Es wäre nicht der erste Mord eines gehörnten Ehemanns an seiner seitenspringenden Gattin. Überhaupt, diese Geschichte gibt doch Stoff für einen Film her: Kommt so ein Typ dahergelaufen, der rund vierzig Jahre jünger ist als man selbst. Zwanzig Jahre jünger als die Frau Gemahlin, die man mit großen Investitionen zu einem ewig jungen Barbiepüppchen aufgepumpt hat. Und dann schnappt der Junge einem das goldene Huhn weg.«

Arne schnippte mit den Fingern beider Hände. »Wenn ich mich in die Situation so eines Mannes versetze: Erst greift der Kerl nach meiner Frau. Dann steuert er auch noch mein Luxusgefährt. Und am Ende darf ich blechen und ein, zwei Punkte in Flensburg kassieren, weil der Bubi meiner Frau beweisen musste, dass er schneller fahren kann, als die Polizei erlaubt. Welcher Mann vom Kaliber eines Doktor Claus Wiederkehr würde da nicht ausrasten? Also, wenn du mich fragst, verstehen könnte ich das schon.«

Kuno hatte Arnes Überlegungen regungslos zugehört. »Claus macht so was nicht. Der wäre niemals fähig gewesen, seine Frau zu töten. Auch nicht im Affekt.«

»Ist das nicht genau der Spruch, den wir von jedem Angehörigen oder engen Freund eines Täters hören?«, feixte Arne und erwischte sich dabei, wie sein rechter Zeigefinger an seine Stirn tippen wollte, was er gerade noch verhindern konnte. »Über so etwas können wir doch nicht mal mehr schmunzeln.«

»Du hast ja recht«, gab Kuno zögerlich zu. Seit drei Minuten hielt er seine Hände über den Papierkorb unter seinem Schreibtisch und spitzte umständlich einen Bleistiftstumpf an, an dem es nichts mehr anzuspitzen gab. »Frag du ihn nach seinem Alibi. Ich kann das nicht.« Kuno ging dazu über, unzählige mikroskopisch feine Holzspäne und Nanopartikel aus Blei von seiner Jeans zu wischen, was ihn schwer beschäftigte. »Aber ich kann dir jetzt schon sagen, dass er keins hat. Der hat zur Tatzeit im Bett gelegen. Wie wir alle.« Nun endlich sah er Arne an. »Hast du etwa einen Zeugen dafür, dass du heute Nacht zu Hause warst?«

»Vielleicht war dein Claus ja nicht allein«, grinste Arne und verließ das Büro, bevor Kunos bitterböser Blick ihn in die hinterste Ecke fegen konnte. Auf dem Weg zur Toilette malte er sich aus, welche Schlagzeilen die Zeitungen brächten, wenn er, Kriminalkommissar Arne Zander, die Inselprominenz Doktor Claus Wiederkehr des Mordes an seiner ehebrecherischen Frau überführen könnte. Die nächste Beförderung würde garantiert nicht mehr lange auf sich warten lassen.

Als er ins Büro zurückkam, legte Kuno gerade den Telefonhörer auf. »Die Spurensicherung«, sagte er in Arnes Richtung, »überall in der Galerie, auch auf den Vasen, in denen die Pfauenfedern gesteckt hatten, wimmelt es nur so von Fingerabdrücken von Claus' Haushälterin.«

»Was wohl niemanden wundern kann«, räumte Arne ein, der sich mittlerweile auf Claus als Täter eingeschossen hatte. »Es lässt höchstens darauf schließen, dass die Frau mit der klinischen Säuberung und Reinhaltung des doktorschen Haushalts überfordert ist.«

»Mag sein oder auch nicht«, wiegelte Kuno ab. »Aber die Schuhe von Stine Schomaker passen wie die Faust aufs Auge zu den Fußabdrücken, die in der Galerie gesichert wurden. Und das nenne ich nun wirklich eine heiße Spur. Da kannst du das Blitzerfoto vergessen. Zu dem Foto kannst du eine Story erfinden, die sich noch so plausibel anhören mag. Sie ist kein Beweis. Das hier, die Fußspuren und die Fingerabdrücke, das sind handfeste Beweise.«

»Ich bleibe dabei: Claus Wiederkehr zählt zum Kreis der Verdächtigen«, beharrte Arne, der sich nicht um seinen möglichen Triumph bringen lassen wollte.

»Komm, wir fahren nach Kampen«, forderte Kuno seinen Assistenten auf. »Wir müssen mit Stine Schomaker sprechen. Und damit du endlich Ruhe gibst, fragen wir auch Claus nach seinem Alibi. Aber nur, damit es dir nicht in den Sinn kommt, mich für befangen erklären zu lassen.«

* * *

Als Arne den Wagen vor dem Grundstück der Wiederkehrs parkte, bat Kuno ihn, schon mal bei Claus anzuklingeln. Er selbst wollte kurz bei Boy und Nele einen Tisch für den Abend reservieren und dann gleich nachkommen. Am Morgen hatte er Bente eingeladen, die in dem Haus neben seiner Wohnung in der Kurhausstraße lebte. In den Wochen, in denen er auf Amrum war, kümmerte sie sich um seine Blumen, lüftete die Wohnung und leerte den Briefkasten. Wenn das kein Dankeschön wert war!

»Ein lauschiges Plätzchen für zwei Personen?«, fragte Arne mit breitem Grinsen.

Claus hatte den Motor des Wagens gehört. Er sah Arne auf die Haustür zukommen und öffnete, bevor der Kripobeamte klingeln konnte.

»Herr Flunder?«, fragte er, verwundert über das völlig unangekündigte Erscheinen des Kriminalpolizisten.

»Zander«, korrigierte Arne ihn leicht verärgert. »Mein Name ist Zander. Arne Zander.«

»Entschuldigung. Ja, Zander. Was führt Sie zu mir, Herr Zander?«

Arne wurde unsicher, als er vor diesem stattlichen Mann mit dem tadellosen Ruf stand, vor dem jeder Respekt hatte. Wie sollte er beginnen? Nun, Arne war nicht der Mann, der lange fackelte.

»Herr Wiederkehr, ich muss Sie leider fragen, wo Sie die vergangene Nacht verbracht haben«, fragte der Kommissar nassforsch, als er eingetreten war.

»Doktor Wiederkehr«, reagierte Claus pikiert. »Mein Name ist Doktor Wiederkehr.«

»Entschuldigung, Herr Doktor Wiederkehr.« Arne wurde eine Spur kleinlauter. »Wenn Sie mir bitte meine Frage beantworten würden.«

In dem Moment klingelte Kuno, der den Tisch bei Nele auf Zuruf reserviert hatte, an der Tür von Claus' Friesenhaus. Stine öffnete ihm und deutete mit der Hand zum Wohnzimmer.

»Kuno, muss ich mir das gefallen lassen?«, protestierte Claus. »Dein Hilfspolizist fragt mich doch tatsächlich, wo ich die letzte Nacht verbracht habe! Meine Frau ist ermordet worden. Ich weiß nicht, wo mir der Kopf steht. Und dann so was!«

Kuno räusperte sich verlegen. »Bitte nimm es uns nicht übel. Es ist eine reine Formsache. Eine Routinefrage, die wir jedem stellen müssen, der auf irgendeine Weise mit dem Opfer in Verbindung stand. Mein Kollege tut nur seine Pflicht.«

»Die kann aber doch nicht darin bestehen, den Mann des Opfers zu verdächtigen. Ich bin ja praktisch selbst zum Opfer geworden!« Claus bekam feuchte Augen, und Kuno wusste vor Verlegenheit nicht, wohin er sich wenden sollte.

»Wenn du möchtest«, sagte er, »können wir auch später darüber sprechen.«

»Meine Herren, ich muss darauf bestehen, dass unsere Arbeit ernst genommen wird«, drängte Arne in dem Bemühen, seine Autorität zu retten, auf eine Antwort. »Herr Doktor Wiederkehr, wie mein Chef schon sagte: Meine Frage ist eine reine Formsache. Wir müssen jeden Zweifel ausräumen. Wirklich jeden. Also bitte.«

Claus verschränkte die Arme und wandte sich dem Kommissar zu. »Wo werde ich wohl gewesen sein, mitten in der Nacht? Notieren Sie bitte: Herr Doktor Wiederkehr hat sich in der fraglichen Nacht zufällig in seinem eigenen Haus aufgehalten. Die ganze Nacht über lag er in seinem Bett, das er zu keinem Zeitpunkt verlassen hat. Auch nicht mit dem Ziel, seine Frau umzubringen. Reicht Ihnen das, Herr Kommissar Zander?«

»Wenn Sie jetzt noch einen Zeugen hätten...«, brachte Arne in seiner ganzen Naivität hervor, die Kuno manchmal zur Verzweiflung brachte.

»Mit wem soll ich denn bitte schön im Bett gewesen sein? Meine Frau war nicht zu Hause, wie Sie wissen. Sie hatte überdies ihr eigenes Zimmer, wie Sie sicher auch inzwischen wissen. Selbst wenn sie hier gewesen wäre, hätte sie nicht bezeugen können, dass ich in meinem Bett gelegen habe. Und so senil«, brüllte Claus, »bin ich noch nicht, dass ich nachts einen Pflegedienst brauche, der mir jetzt meine Anwesenheit zur fraglichen Zeit unter diesem Dach attestieren könnte!«

Kuno gab Arne durch eine Geste zu verstehen, dass es nun reichte. Um nicht so zu wirken, als gäbe er auf einen Wink hin klein bei, holte Arne gleich zum nächsten Schlag aus: »Herr Doktor Wiederkehr, halten Sie Ihre Haushälterin Stine Schomaker für fähig, Ihre Frau umgebracht zu haben?«

Kuno verdrehte die Augen, Claus konnte nur schwer an sich halten, und aus der Küche hörte man das unangenehme Geräusch von Porzellan, das auf dem Fliesenboden zerbarst.

Claus hob entrüstet die Hände und rief aus: »Was für eine schwachsinnige Frage!«

Kuno rannte in die Küche. Das gute Friesengeschirr lag in Scherben auf dem Boden. Stine kauerte auf einem Küchenstuhl, die Hände vors Gesicht geschlagen. Als sie ihn hereinkommen hörte, sah sie ihn entsetzt an.

»Das können Sie mir doch nicht in die Schuhe schieben«, flüsterte sie mit zittriger Stimme.

Bei dieser Redewendung, die unfreiwillig komisch die Spurenlage traf, musste Kuno sich ein Schmunzeln verkneifen. Die Haushälterin, die wie ein Häufchen Elend vor ihm saß, tat ihm unendlich leid. Er wusste so gut, wie schwer sie es in ihrem Leben gehabt hatte. Ihr Mann, ein Fischer, war in jungen Jahren bei einem Sturm auf offener See ums Leben gekommen.

Die Strömung hatte ihn nach Tagen an den Strand von Pellworm gespült. Den Anblick der nur am Ehering identifizierbaren Wasserleiche hatte Stine niemals verwinden können. Ihre Witwenrente reichte kaum zum Leben. Um nicht obdachlos zu werden oder in irgendeinem Loch unterkommen zu müssen, war sie mit ihrer Schwester zusammengezogen, die ebenfalls früh verwitwet war. Zum Glück hielten die beiden alten Damen zusammen wie Pech und Schwefel. Die eine konnte sich immer auf die Hilfe der anderen verlassen. Dennoch war es ein beschwerliches Leben voller Entbehrungen, das Stine führte. Nicht ohne Grund arbeitete sie mit ihren zweiundsiebzig Jahren immer noch Tag für Tag bei Claus, wobei der darauf achtete, dass Stine ihr Auskommen hatte, ohne sich verausgaben zu müssen.

»Ich bring doch die Frau vom Doktor nicht um. Auch nicht, obwohl sie mich rausschmeißen wollte«, flüsterte Stine. Ihre Stimme war kaum hörbar. Doch ihre Worte schlugen bei Kuno ein wie ein Trommelwirbel. Bisher gab es nur Indizien, die die Kollegen von der Spurensicherung gefunden hatten. Sie konnten alles und nichts bedeuten. Immerhin bewegte sich diese Frau seit zwanzig Jahren in allen Räumen, die zum Anwesen der Wiederkehrs gehörten. Dass sie mitten in der Nacht die Galerie betreten hatte, ausgerechnet in der Nacht, in der Valerie Wunderlich-Wiederkehr auf gewaltsame Weise ums Leben gekommen war, war seltsam. Aber dafür mochte es einen Grund geben, den Stine plausibel darlegen konnte. Dass Valerie die Haushälterin hatte entlassen wollen, konnte allerdings ein Motiv darstellen. Denn mit dem Verlust ihrer Anstellung bei den Wiederkehrs wäre für Stine ein Leben unter halbwegs gesicherten finanziellen Umständen kaum mehr möglich gewesen.

Kuno wünschte sich, ihren letzten Satz nicht gehört zu haben. Doch seine Aufgabe als Chef der Mordkommission war es, den Fall zu lösen, und außerdem stand Arne hinter ihm und beobachtete die Szene. Kuno konnte den Satz nicht einfach aus der Welt löschen.

»Frau Schomaker«, sagte Arne und schluckte, »wir müssen Sie bitten, uns aufs Polizeirevier zu begleiten. Wir haben ein paar Fragen an Sie, die wir Ihnen gerne ganz in Ruhe stellen würden. Wir müssen Ihre Aussage zu Protokoll nehmen.«

Kunos Handy klingelte. Er nahm das Gespräch an, ohne Stine aus den Augen zu lassen. Hauke Ingwersen von der Spurensicherung meldete sich.

»Das ist ja interessant!«, hörte Arne seinen Chef sagen. »Gebt es bitte sofort in die DNA-Analyse und gleicht es mit der DNA des Opfers ab. Macht es dringlich!« Arne spitzte die Ohren. Wenn der gemütliche Kuno etwas für dringlich erklärte, wusste jeder, dass es in der betreffenden Angelegenheit gar nicht schnell genug gehen konnte.

Arne versuchte, das Gespräch mitzuhören. Doch Kuno drückte das Handy so fest an sein Ohr, dass sein Assistent nur das sonore Gemurmel einer Männerstimme am anderen Ende der Leitung vernehmen konnte.

»Wir nehmen das sofort auf«, versicherte Kuno seinem Gesprächspartner. »Das ist wirklich eine heiße Spur.« Er beendete das Gespräch und nickte Arne zu. Dann teilte er Stine mit, das Gespräch mit ihr werde auf den kommenden Tag verschoben. Sie solle sich bitte am nächsten Morgen um neun Uhr auf dem Polizeirevier einfinden.

* * *

Als die beiden Kripobeamten zum Wagen gingen, merkte Arne Kuno an, dass er die Luft anhielt. Noch bevor Arne den Motor anließ, stellte Kuno seinem Assistenten die Frage, die jetzt nicht mehr warten konnte: »Wie kannst du Claus eine so dämliche

Frage stellen wie die, ob er seine Haushälterin für fähig hält, seine Frau umgebracht zu haben?«

»Wieso dämlich?«, fragte Arne arglos und drehte den Zündschlüssel um, bis das Getriebe kreischte.

»Wir sind hier nicht bei Derrick«, erklärte Kuno in einem Ton, als hätte er einen Praktikanten vor sich. »Solch bescheuerte Fragen kannst du in einem Fernsehkrimi stellen, der am Freitag um zwanzig Uhr fünfzehn läuft. Aber bitte nicht im Fall eines realen Tötungsdelikts in bester Gesellschaft in Kampen auf Sylt.«

»Warum das denn nicht? Die Frage ist doch berechtigt. Niemand kennt Stine und deren Verhältnis zu seiner Frau besser als Claus Wiederkehr.«

Kuno stöhnte auf. »Kannst du dir vorstellen, dass Claus auf so eine Frage antwortet: ›Aber ja, Herr Kommissar. Ich kenne Frau Schomaker sehr genau. Sie ist seit mehr als fünfzig Jahren für unsere Familie tätig. Ich halte sie durchaus für fähig, meine Frau ermordet zu haben. Sie hatte schon immer diesen Schatten im Blick. Es war nur eine Frage der Zeit.‹«

»Nun übertreib mal nicht so.«

»Noch mal«, beharrte Kuno, »wir sind hier nicht bei Onkel Kunos Krimistunde. Wir recherchieren professionell. Dazu gehört auch, dass wir professionelle Fragen stellen.«

Arne zog den Kopf ein. »Warum bist du bloß immer so pedantisch, wenn es um Claus Wiederkehr geht?«, traute er sich nach einer Weile zu fragen. »Hast du etwa Angst um deinen Ruf, wenn du ihm etwas anhängen musst? Also, für mich kann der Mann Doktor sein, so viel er will. Wenn der die Hosen runterlässt, ist der doch auch nur nackt.«

»Nun lass uns nicht mehr auf Verhörmethoden herumreiten«, meinte Kuno großzügig, nachdem er sich eine gute Weile schweigend erst über Arnes Einwurf geärgert hatte und dann darüber, dass der Autoverkehr zwischen Kampen und

Westerland von Jahr zu Jahr rapide zunahm. »Es gibt eine neue Spur. Vorhin am Telefon, das war Hauke Ingwersen. Er und seine Kollegen haben ein Haar an Valeries Kleid gefunden, das definitiv nicht von ihr stammt. Es ist ein rotes Haar, halblang. Was schließt du daraus?« Kuno lächelte oberlehrerhaft zu Arne hinüber.

»Marla van Daalen«, sagte der und bremste scharf, um einen Radfahrer, der plötzlich auf die Straße gefahren war, am Leben zu lassen. »Jetzt haben wir also drei Tatverdächtige.«

»Wieso drei?«, fragte Kuno.

»Claus Wiederkehr. Stine Schomaker. Marla van Daalen«, zählte Arne ungerührt auf.

»Glaubst du immer noch, der Ehemann ersticht seine eigene Frau in der festen Überzeugung, dass die Kripo ihm schon nicht auf die Schliche kommen wird?«

»Da haben wir wieder die Sache mit dem Glauben. Chef, wir sind nicht bei der Kirche angestellt, wenn ich das mal anmerken darf«, sagte Arne provokant.

Kuno drückte sich unzufrieden in seinen Sitz. Es passte ihm nicht, dass Arne so auf Claus herumritt. Für ihn stand sein Freund ganz weit unten auf der Liste der Verdächtigen. Und er stand überhaupt nur deshalb dort, weil er ihn routinemäßig daraufsetzen musste.

Wenn Arne sich derart auf den Ehemann des Opfers versteifte, vergeudete er zu viel Energie. Dabei brauchte Kuno jetzt die volle Unterstützung seines Kollegen. Er wollte dem Staatsanwalt und der Öffentlichkeit den Täter so schnell wie möglich präsentieren. Er hatte den Eindruck, die Sylter Medien verfolgten diesen Fall aufgeregter, als sie sich damals für die Hintergründe von Prinzessin Dianas Todesfahrt interessiert hatten.

Er seufzte schwer, als sie auf den Parkplatz des Polizeireviers fuhren.

»Was ist los?«, fragte Arne mit einem Anflug von Mitgefühl. »Warum stöhnst du so?«

»Die Zahl der Verdächtigen in diesem kleinen Freundeskreis wird mir zu groß. Noch eine Woche und wir stellen fest, dass jeder von denen infrage kommt.«

»Lieber mehrere Verdächtige als gar keinen«, versuchte Arne, ihn aufzumuntern. »Was passiert denn jetzt mit Marla van Daalen?«

»Im Moment noch nichts. Wir warten ab, was die DNA-Analyse ergibt. Wenn wir wissen, dass das Haar definitiv nicht von Valerie stammt, lassen wir uns eine Haarprobe von Frau van Daalen geben. Im Moment wüsste ich nicht, welches Motiv die schöne Malerin haben sollte. Darüber müssten die Befragungen Aufschluss geben. Ab morgen früh tanzen die lieben Freunde von Claus und Valerie der Reihe nach hier an.«

»Zuallererst aber Stine Schomaker.«

»Zuallererst Stine«, bestätigte Kuno. »Und zuallerletzt Claus.«

Arne kniff die Lippen zusammen.

* * *

Am frühen Abend des 6. August kehrte Günther von seinem Ausflug nach Rømø zurück. Die Stunden mit Bernd auf der dänischen Insel hatten ihm sichtlich gutgetan. Er hatte mit ihm von Mann zu Mann über das berufliche Unheil sprechen können, das ihm mit großer Sicherheit drohte, und über seine Pläne, als Maler noch mal ganz von vorn anzufangen. Bernd hatte ihm zugehört und Mut gemacht, ohne ihm mit diesen üblichen Du-schaffst-das-schon-Sprüchen zu kommen, die Günther nicht mehr hören konnte.

Bei ihrer Radtour über die Insel hatten Bernd und er sich den Wind ordentlich um die Nase wehen lassen. Es waren unbeschwerte Stunden gewesen. Ganz anders als mit Armgard, die immer ängstlich war und Günther all die Energie kostete, die er in dieser unsicheren Zeit für sich selbst brauchte. In den Gesprächen mit seinem Sylter Kumpel hatte er den Kopf wieder freibekommen und Kraft geschöpft. Damit konnte er durchstarten, falls der Ernstfall eintreten sollte und er tatsächlich beruflich neu beginnen musste. Vielleicht hatte Armgard ja in der Zwischenzeit bei Valerie schon etwas erreicht.

Armgard beobachtete durchs Küchenfenster, wie Günther sich vor der Grundstückseinfahrt von Bernd verabschiedete, der dann im Eingang des Nachbarhauses verschwand und Günther noch mal fröhlich zuwinkte, bevor er die Tür schloss.

Wie lange hatte sie ihren Mann nicht mehr so gut gelaunt gesehen! Ihr Herz krampfte sich zusammen. Jetzt musste sie ihm die Wahrheit sagen. Wie sollte sie es anfangen? Welche Hiobsbotschaft sollte sie ihm als Erstes überbringen? Am liebsten wäre sie auf der Stelle tot umgefallen. Ihr wurde das alles zu viel.

Günther klingelte an der Tür, während Armgard noch im Flur stand und nachdachte. Zögerlich öffnete sie ihm.

»Was ist los?«, fragte Günther bei ihrem Anblick, und Armgard fing sofort an zu weinen.

»Es ist alles so furchtbar«, brachte sie mit erstickter Stimme hervor.

Günther führte seine Frau in die Küche. Beide setzten sich an den kleinen Tisch vor dem Fenster. Stockend fing Armgard an zu erzählen. Nach jedem Satz unterbrach sie sich, um zu überlegen, was sie als Nächstes sagen sollte.

»Valerie ist tot. Sie lag am Strand unterm Roten Kliff. Es ist in der Nacht zu gestern passiert. Heute am frühen Morgen hat man sie gefunden.«

Günther brauchte eine Weile, um zu begreifen, was seine Frau ihm gerade eröffnet hatte. »Valerie ist tot?«, fragte er ungläubig. »Wieso ist sie tot? War sie denn krank? Weiß man, woran sie gestorben ist?«

»Jemand ... irgendjemand hat das gemacht. Hat dafür gesorgt ... dass sie tot ist.«

Günther fuhr sich mit einer Hand übers Gesicht, als wollte er eine Fata Morgana wegwischen. »Armgard, was ist los mit dir? Hast du Alkohol getrunken oder Medikamente genommen?«

Armgard sah ihren Mann lange an. »Dazu hätte ich allen Grund. Die Kündigung«, rückte sie jetzt mit der nächsten schlimmen Nachricht heraus. Sie zog den Umschlag mit dem Brief von Günthers Arbeitgeber hervor, den sie zusammengefaltet in ihre Jeanstasche geschoben hatte.

»Sie haben dir die Kündigung geschickt. Heute Morgen ist der Brief hier eingetroffen. Ich musste ihn öffnen. Ich konnte nicht warten, bis du zurück bist. Ich musste doch wissen, woran wir sind. Als ich ihn gelesen hatte, wollte ich dich nicht anrufen. Du solltest doch einen schönen Tag mit Bernd verbringen.«

Armgard sah Günther flehentlich an. »Ich mach alles wieder gut«, sagte sie. »Ich schwöre dir, ich mach alles wieder gut.«

»Schon in Ordnung, Armgard. Aber was willst du denn wiedergutmachen? Dich trifft ja keine Schuld daran, dass mir gekündigt wurde. Wir hatten das Schreiben ja schon lange erwartet. Und was Valerie betrifft, mein Gott, das ist furchtbar. Für Claus ist das sicher ganz schrecklich. – Für uns natürlich auch«, fügte er nachdenklich hinzu. »Jetzt haben wir keine Perspektive mehr«, sagte er leise und stützte das Kinn in die Hand.

»Ich rede mit Claus«, stieß Armgard hervor. »Vielleicht führt er die Galerie ja weiter. Vielleicht stellt er jemanden ein, der das macht. Oder Ilona übernimmt das Geschäft. Die kann das doch auch.« Armgard sah Günther an, als hätte sie gerade den Rettungsanker für Günthers und ihre Zukunft gefunden. »Claus hilft uns bestimmt. Er ist ganz anders als Valerie.«

»Wieso anders als Valerie? Hast du noch mit Valerie sprechen können, bevor sie starb? Hat sie sich geweigert, uns zu helfen? Oder wie kommst du darauf?«

Armgard wurde mit einem Mal ganz heiß. Ihr wurde klar, dass sie in Verdacht geraten könnte, wenn sie von ihrem Gespräch mit Valerie berichtete. Sie durfte nichts sagen. Gar nichts. Nicht einmal ihrem Mann.

»Nein«, sagte sie schroff, »ich habe nicht mit Valerie gesprochen. Aber sie war doch schon immer schwierig. So eitel. Und so eigen. Alles musste sich um sie drehen. Das weißt du doch selbst. Claus ist viel umgänglicher. Der wird uns verstehen. Er wird begreifen, dass wir Hilfe brauchen. Claus lässt uns nicht im Stich.«

Armgard redete so eindringlich auf Günther ein, dass sie bald selbst von ihren eigenen Worten überzeugt war.

»Ich denke, Claus hat in diesen Tagen ganz andere Dinge im Kopf«, tat Günther Armgards Überlegungen ab. »Dem können wir nicht mit unseren Existenzängsten, Hoffnungen und Zukunftsplänen kommen. Aber nun sag, wie ist Valerie ums Leben gekommen?«

»Das sagen sie nicht. Die Polizisten ermitteln. Sie wollen mit uns allen sprechen.«

»Mit uns allen?«

»Na ja, mit allen aus unserem Freundeskreis, die hier auf der Insel waren. Das kennst du doch aus dem Fernsehen. Die wollen wissen, wer zuletzt mit ihr gesprochen hat. Ob irgendjemand was gesehen hat und so.«

»Hast du denn was bemerkt?«

»Ich? Nein. Was hatte ich mit Valerie zu tun?«

Kapitel 13

Kampen – Westerland, 7. August

Schwungvoll betrat Kuno am frühen Morgen den Verhörraum, in den eine Polizistin die Haushälterin der Wiederkehrs geführt hatte. Stine war lange vor der vereinbarten Zeit auf der Polizeiwache eingetroffen. Trotz des Verdachts, unter dem sie stand, tat sie Kuno leid.

»Guten Morgen, Frau Schomaker«, begrüßte der ausgeschlafene Hauptkommissar die schmächtige Frau, der wohl niemand solch ein Verbrechen zutraute, und legte ihr zur Beruhigung kurz die Hand auf die Schulter. Er setzte sich auf den Stuhl an der gegenüberliegenden Seite des Tisches. Beim Anblick der Insulanerin, die über Nacht um Jahre gealtert schien, erschrak der Kommissar.

»Brauchen Sie einen Arzt?«, fragte er vorsichtig. Stine schüttelte den Kopf. Aber Kuno war sich nicht sicher, ob sie seine Frage überhaupt verstanden hatte.

»Mach Frau Schomaker doch bitte einen Tee«, bat Kuno seinen Assistenten.

Arne wollte keine Minute der Befragung der Verdächtigen verpassen. Er rannte über den Flur. An der Tür zur Teeküche prallte er mit Lore zusammen, der Sekretärin, auf die er schon lange ein Auge geworfen hatte. Die hielt einen Kaffeebecher in der Hand, dessen Inhalt überschwappte. Was nicht auf Lores Pulli oder auf Arnes T-Shirt landete, bildete eine schwarze Pfütze auf dem Boden.

»Sorry«, sprudelte es aus Arne hervor, »haben wir was Warmes, was der alten Dame, die gerade bei uns im Verhörraum sitzt, den Herzklabaster nehmen kann?«

»Es steht eine Dose mit Baldriantee im Schrank«, antwortete Lore und betrachtete wenig begeistert den großen braunen Fleck, der sich auf ihrem Pulli breitgemacht hatte. »Eine Hinterlassenschaft von Fiete. Er brauchte den Tee immer, wenn es ihm zu spannend wurde. Als er in Rente ging, meinte er, dass er den Rest seines Lebens ohne Baldrian auskommen wird.«

»Okay«, kommandierte Arne, »du kochst den Tee, und ich sehe in der Mittagspause nach dem Kaffeefleck.«

Bevor Lore etwas erwidern konnte, war Arne in den Verhörraum zurückgerannt.

Kuno hatte mittlerweile Stines Personalien aufgenommen und die ersten Fragen zum Fall Valerie Wunderlich-Wiederkehr gestellt. Nun erzählte Stine geradeheraus, was sie in den letzten Tagen empfunden hatte, und Kunos Menschenkenntnis sagte ihm: Diese ehrliche Seele hat nicht das Zeug, einen Mord oder Totschlag zu begehen und sich dann im Verhör herauszureden.

Stine berichtete von Valeries Unzufriedenheit mit ihrer Arbeit. Einer Unzufriedenheit, die sie nicht verstehen konnte, denn sie erledigte doch sämtliche Arbeiten genauso gewissenhaft und zuverlässig wie all die Jahrzehnte zuvor. Stine gab zu, wie enttäuscht sie gewesen war, als sie Valerie zum ersten Mal davon hatte reden hören, sie entlassen zu wollen. Dass sie sich große Sorgen gemacht habe, wie es mit ihrem Leben weitergehen solle, wenn sie ihre Stelle verlöre. Sie erzählte, wie sich eines Nachmittags auf einem Spaziergang am Roten Kliff ihre Enttäuschung und ihre Angst in Zorn verwandelt hatten.

»Ich hatte eine unbändige Wut auf diese Frau«, gestand Stine. »Und wenn ich mal ganz ehrlich sein darf, Herr Kommissar – es hört ja keiner mit: Ich weine ihr keine Träne nach.«

Kuno merkte auf, als er diese Worte hörte. Er warf Arne einen Blick zu. War das eben die erste Andeutung gewesen, schuld an Valeries Tod zu sein? Würde ein Geständnis folgen?

Es klopfte an der Tür. Lore trat ein, stellte die Teekanne und eine Tasse ab und schenkte der Verdächtigen ein.

»Die Pfütze auf dem Flur habe ich mit drei Papierkörben umstellt, damit niemand ausrutschen kann, bis du die Plörre nachher aufwischst«, rief sie Arne zu.

Der guckte seine Kollegin verwundert an.

»Ich hatte mich eigentlich um den Kaffeefleck auf deinem Pulli kümmern wollen.«

»Der fällt nicht in deine Zuständigkeit«, flötete sie und zwinkerte Arne zu.

Kuno sah das Malheur auf Lores Pulli, kombinierte schnell und schlug mit der Faust auf den Tisch. »Schluss jetzt mit dem Kinderkram!«

Lore zog verschreckt die Tür hinter sich zu.

Stine nahm die Teetasse in beide Hände. Sie trank einen großen Schluck Baldriantee, noch einen und noch einen. Dann stellte sie die Tasse ab und sah die zwei Kriminalbeamten so fest an, wie keiner von beiden es der schüchternen Frau zugetraut hätte.

»Ich habe Valerie Wunderlich-Wiederkehr umgebracht«, sagte sie langsam und mit fester Stimme.

Kuno ließ den Kuli fallen, den er nervös in seiner Hand gedreht hatte.

»Zumindest in gewisser Weise«, fuhr die Haushälterin fort. Sie wirkte fast ein wenig stolz, als sie weitersprach. »Ich habe nämlich den Mord an den Pfauenfedern begangen. Die haben Sie ja gefunden.« Stine zog ihre Stirn fragend in Falten.

Kuno nickte. »Sie meinen die zerbrochenen und zertretenen Federn auf dem Boden der Galerie?«

»Genau die meine ich. Diese Pfauenfedern stehen für Valerie Wunderlich-Wiederkehr. Für ihre Eitelkeit, ihre Überheblichkeit, ihre Künstlichkeit. Für all das, was das Wesen dieser Frau ausgemacht hat.«

»Können Sie uns bitte genauer erklären, was Sie getan haben, Frau Schomaker?«, forderte Kuno die Haushälterin auf. Er hatte ja schon viel gehört, aber ein Pfauenfedernmord, das war mal ganz was Neues. Ein einmaliger Fall in der Geschichte der Kriminalpolizei.

Stine nahm noch ein paar Schlucke Baldriantee.

»In der Nacht, in der Valerie Wunderlich-Wiederkehr gestorben ist, konnte ich nicht schlafen. Am Tag zuvor hatte sie wieder zu ihrem Mann gesagt, sie wolle mich nicht mehr haben. Ich war sicher, sie wird mich sehr bald aus dem Haus jagen, vielleicht schon am nächsten oder übernächsten Tag. Bei so launischen Weibern weiß man doch nie, woran man ist. In der Nacht hab ich mich im Bett hin und her gewälzt. Nach einer Zeit bin ich aufgestanden. Meine Füße taten so weh, aber mein Herz schmerzte noch mehr. So viele Jahrzehnte hab ich für die Wiederkehrs gearbeitet. Ich war immer für sie da. Der Herr Doktor übrigens auch für mich. Wenn es mal knapp wurde mit dem Geld, weil ich einen neuen Herd kaufen musste oder eine Waschmaschine oder weil die Heizkosten gestiegen waren, dann hat er mir immer ausgeholfen. Nie hat er das Geld von mir zurückverlangt. Er ist ein herzensguter Mann.« Stine sah zu den beiden Männern auf, die ihr gegenübersaßen. »Hat der so eine Frau verdient?«

Arne hätte das gern kommentiert. Aber Kuno sagte nichts. Also hielt er ebenfalls den Mund.

»Was geschah in dieser Nacht?«, fragte Kuno mit warmer Stimme. Üblicherweise war er nicht gerade zimperlich, wenn er jemanden in der Zange hatte. Aber dieser Fall lag anders. »Was haben Sie getan, nachdem Sie aufgestanden waren?«

»Ja, was geschah dann? Lassen Sie mich nachdenken. Also, gegen Mitternacht hab ich mich aus dem Haus geschlichen. Meine Schwester kennt das schon. Wenn ich nicht schlafen kann, gehe ich zum Roten Kliff. Meine Füße tun so oder so weh, ob ich laufe oder nicht. Ich bin also den schmalen Weg an der Abbruchkante entlanggegangen. Mit der Taschenlampe in der Hand und dem Schlüssel für die Galerie in der Jackentasche. Denn die Galerie war mein Ziel in dieser Nacht.

Ich wollte gerade den Schlüssel hervorkramen, da hab ich gesehen, dass ein schwaches Licht im Ausstellungsraum brannte. Ich hab mich herangeschlichen und in das Haus hineingesehen. In den hinteren Räumen war es dunkel. Da war also niemand. Im Ausstellungsraum, wo das Licht schien, war aber auch kein Mensch zu sehen. Und die Tür war seltsamerweise nicht abgeschlossen.

Ich bin also hinein. Erst habe ich vorsichtig nach Frau Wunderlich-Wiederkehr gerufen. Wenn sie da gewesen wäre, hätte ich gesagt, ich hätte auf meinem Spaziergang Licht gesehen und nach dem Rechten sehen wollen. Sie war aber nicht da. Ich habe einen Moment gezögert. Hab mich umgesehen, ob sie vielleicht draußen ist und gleich reinkommen kann. Sie war nirgendwo zu sehen. Überhaupt niemand war zu sehen. Weit und breit keine Menschenseele, sag ich Ihnen.

Ich hab dann das Licht ausgeschaltet, damit mich niemand von außen beobachten kann, und hab gewartet, bis meine Augen sich an die Dunkelheit gewöhnt hatten. Als ich wieder sehen konnte, habe ich die Pfauenfedern aus den Vasen genommen und zerbrochen. Eine nach der anderen. Ich hab sie auf den Boden geworfen und zertrampelt. All meine Wut hab ich an den Federn ausgelassen. Dabei konnten sie ja gar nichts dazu. Aber die Federn waren Valerie, und ich habe sie zerstört.

Dann bin ich aus dem Ausstellungsraum raus und nach Hause zurückgegangen.«

Stine lehnte sich erleichtert zurück. Nun war alles heraus.

Ein paar Sekunden lang waren Kuno und Arne sprachlos. Jeder der beiden fragte sich, ob das alles gewesen war. Arne war der Erste, der sich wieder fing.

»Haben Sie die Eingangstür zur Galerie offen stehen lassen?«

Stine dachte nach. »Kann sein. Ich weiß es nicht mehr. Ich glaube, ja.«

»Frau Schomaker, sind Sie sicher, dass Sie Valerie Wunderlich-Wiederkehr in dieser Nacht nicht gesehen haben? Auch nicht irgendwo draußen bei einem nächtlichen Spaziergang am Kliff oder auf der Heide?«

»Ja, da bin ich ganz sicher«, sagte Stine, und beide Männer glaubten ihr aufs Wort.

Die Kripobeamten beendeten die Befragung der Haushälterin. Claus hatte angeboten, Stine vom Polizeirevier abzuholen. Kuno gab ihm telefonisch Bescheid, dass er sich auf den Weg machen konnte.

Als er Claus auf dem Flur der Polizeistation begegnete, raunte er ihm etwas von »keinerlei Anhaltspunkte« zu. »Aber aufgrund der Spuren mussten wir sie befragen. Das verstehst du doch?«

Claus nickte zerstreut und nahm seine treue Stine mit nach Hause.

* * *

Kuno nahm die Liste der weiteren Personen in die Hand, die Arne und er heute und morgen zum Mordfall Valerie Wunderlich-Wiederkehr befragen würden. Anders als Arne wollte er sich nicht zu schnell auf einen kleinen Kreis von Verdächtigen begrenzen. Claus, Stine oder Marla van Daalen – solche

Schnellschüsse aus der Hüfte gingen meist ins Leere. Der Mörder war eben nicht immer der Gärtner.

Als Karin den Raum betrat, roch Kuno gleich die Ehekrise. Er hatte ein Näschen für so was. Nele hatte ihm bereits gestern gesteckt, dass Karin am Morgen nach der Silberhochzeitsfeier um ein separates Zimmer gebeten hatte, weil es zwischen ihr und Konrad wegen dessen allzu großer Sympathie für Valerie zu einem Eklat gekommen war. Doch auch ohne Neles vertrauliche Informationen hätte Kuno schnell erraten, warum Karin heute so guckte, als wäre ihre kostbare Anti-Aging-Creme gerade ins Klo gefallen. Mit Frauen kannte er sich aus.

»Also, eins sage ich Ihnen gleich«, flötete Karin und nestelte an ihrer Handtasche. »Wenn ich hier als Verdächtige – was übrigens eine Unverschämtheit wäre …«

»Beruhigen Sie sich«, dröhnte Kuno. »Sie sind nicht als Verdächtige hierhergebeten worden, sondern als eine der Personen, die uns möglicherweise Hinweise auf das Motiv, den Täter oder die Täterin in einem Tötungsdelikt geben können, das in Ihrem Freundeskreis verübt wurde. Sind Sie damit einverstanden, dass wir das, was Sie uns erzählen werden, aufzeichnen? Das würde uns die Arbeit sehr erleichtern. Unsere Kollegin wird Ihre Aussagen später zu Papier bringen, und wir legen Ihnen das Protokoll zur Unterschrift vor.«

»Wenn die Aufzeichnung nicht gegen mich verwendet wird, meinetwegen.«

»Prima. Bitte setzen Sie sich und nennen Sie uns Ihre Personalien. Anschließend werde ich Ihnen ein paar Fragen stellen, in der Hoffnung, dass Ihre Antworten uns weiterhelfen werden.«

Karin überhörte Kunos Worte. »Sie sagten eingangs, der Täter oder die Täterin. Haben Sie denn tatsächlich eine Frau in Verdacht?«

Kuno schaltete das Aufzeichnungsgerät ein, wies Karin mit einer Handbewegung einen Stuhl zu und bat sie, ihren Namen, ihr Geburtsdatum und ihre Anschrift zu nennen.

Kaum hatte Karin ihre Personalien heruntergerasselt, schoss es nur so aus ihr heraus. Kuno fragte sich, ob das Mikrofon die Worte so schnell schlucken und ob der Rekorder sie so schnell speichern konnte, wie sie aus Karin hervorsprudelten.

»Mein Mann war's. Ich sage Ihnen eins: Seit einer halben Ewigkeit ist er hinter Valerie her. Wir waren noch keine drei Jahre verheiratet, da fing das schon an. Ich bin ja nun wirklich nicht weniger blond, als Valerie es war. Aber ihr Blond war offenbar verlockender als meins. Na ja, Sie wissen ja wie das ist mit Nachbars Kirschen.«

Arne rollte die Augen. Kuno nickte verständnisvoll, hielt sich aber mit einer Äußerung zurück. Auch wenn ihm diese Anschuldigungen zu billig waren, wollte er Karins Redefluss nicht unterbrechen. Wer weiß, was da noch zum Vorschein kommen würde.

Karin diktierte dem Rekorder die Probleme ihrer Ehe mit Konrad, die in den jährlich wiederkehrenden Stielaugen auf Valeries freizügiges Dekolleté ihren Höhepunkt gefunden hatten. Sie berichtete von dem Gespräch zwischen Valerie und Konrad am Silberhochzeitsabend im Garten von Hinnerks Hof. Ein Gespräch, das sie ausdrücklich nicht belauscht, sondern rein zufällig und ungewollt mitbekommen hatte, und das ihr die letzte Gewissheit gegeben hatte, dass zwischen Valerie und Konrad über die Jahre so einiges an Seitensprüngen gelaufen war.

Kuno nahm Karins Bericht gelassen zur Kenntnis. Wenn hier jemand verdächtig ist, dachte er, dann wohl eher die eifersüchtige Gattin des Fremdgängers Konrad, der sich Jahr für Jahr in schöner sommerlicher Regelmäßigkeit mit dem späteren Mordopfer in den heißen Sylter Dünen vergnügt hatte. Mehr als zwanzig Jahre lang, bis ihm die Ehefrau durch einen blöden Zufall auf die Schliche gekommen war.

»Frau Bitterstein«, begann er seine letzte Frage, »haben Sie von dem Verhältnis zwischen Valerie und Marian gewusst?«

Karin lachte spitz auf. »Es war ja nicht zu übersehen, was für amouröse Blicke sich die beiden zugeworfen haben.«

»Wussten Sie schon vor Ihrer diesjährigen Fahrt nach Sylt von der Beziehung?«

»Wie denn das? Ich habe die beiden ja hier zum ersten Mal zusammen gesehen. Marian kannte ich vorher nicht. Wann die Liebschaft angefangen hat, darüber bin ich nicht informiert.«

»Ich danke Ihnen für Ihre Aussage«, schloss Kuno die Befragung. Er lächelte Karin freundlich zu und erhob sich, um ihr zu signalisieren, dass sie nun gehen dürfe.

»Ja, und was machen Sie nun mit meinem Mann?«, fragte Karin, die sich doch etwas mehr von diesem Gespräch erwartet hatte.

»Den hören wir uns morgen an«, antwortete Arne und öffnete Karin mit einer leichten Verbeugung die Tür.

* * *

Karin stieg die Treppen hinab und gab sich mit Günther die Klinke der Eingangstür zum Polizeirevier in die Hand. »Puuuh«, sagte sie und wedelte mit der Hand, »das sind vielleicht zwei schwerfällige Knochen, diese beiden Kommissare. Typisch Beamte. Die bringt nichts aus der Ruhe. Da gibt man denen einen handfesten Hinweis, und was machen sie? Sie lassen sich Zeit. Die reagieren überhaupt nicht darauf.«

Günther betrat unsicher den Raum, in dem Kuno und Arne ihn erwarteten. Er verstand nicht, was sie von ihm wollten. Er hatte nichts zu erzählen. In der Nacht, in der Valerie ums Leben gekommen war, war er auf einer dänischen Insel gewesen.

Nun saß er den Kommissaren gegenüber, breitbeinig und leicht vornübergebeugt, die Hände auf die Knie gestützt, als wollte er gleich wieder aufstehen.

»Was wollen Sie von mir wissen?«, fragte Günther. Er hob die Hände und ließ sie wieder auf seine Oberschenkel sinken. »Ich war nicht auf Sylt, als es passierte.«

»Als was passierte?«, fragte Arne provokant.

Günther zögerte. »Na ja. Das Unglück, um das es hier geht.«

»Sie wissen, dass es sich nicht um ein Unglück im Sinne eines Unfalls handelt«, belehrte Kuno ihn, »sondern um ein Verbrechen. Ein Tötungsdelikt.«

»So genau weiß ich das nicht. Meine Frau war ein wenig, nun ja, sie war ziemlich durch den Wind wegen dieser Geschichte. Wir wollten ein wichtiges Gespräch mit Valerie führen. Eins, bei dem es um meine Malerei gehen sollte. Ich bin nämlich Maler, müssen Sie wissen. Kunstmaler.« Er sah Kuno und Arne stolz an. »Und dieses Gespräch, das für uns von großer Bedeutung gewesen wäre, kann ja nun nicht mehr stattfinden. Das hat meine Frau ziemlich mitgenommen«, entschuldigte Günther seine Uninformiertheit in der fraglichen Angelegenheit.

Die langen, stummen Blicke der Kommissare verunsicherten ihn. Sie gaben ihm das Gefühl, dass er etwas preisgegeben hatte, was er besser zurückgehalten hätte. Aber nun war es raus. Es war seine Sache nicht, groß zu taktieren. Er trug die Dinge vor, wie sie waren. Wie sonst hätte er erklären sollen, dass Armgard zurzeit völlig neben sich stand. Das Problem mit der Kündigung musste er ja nicht gleich ausposaunen. Das hatte mit Valeries Tod nichts zu tun.

»Ihre Frau ist sehr sensibel?«, hakte Kuno nach, und Günther gab ein paar kleine Beispiele zum Besten, die zeigen sollten, dass Armgard in der Tat ein Pflänzchen war, das sich leicht aus der Bahn werfen ließ. Was ja keinen schlechten Menschen aus ihr machte. Im Gegenteil. Sie war sehr einfühlsam und hilfsbereit und tat für ihn, was in ihrer Macht stand.

Kuno und Arne nickten. Solche Konstellationen kannten sie zur Genüge. Oft fragten sie sich dann, ob die Frau wirklich so schwach war, wie der Mann sie empfand. Oder gab sie sich nur so, um dem Mann, der in Wahrheit der Schwächere war, das Gefühl zu geben, der Starke zu sein? Aber hier war jetzt nicht der Ort, diese Frage zu klären.

»Sie waren über Nacht fort und sind gestern erst nach Sylt zurückgekehrt«, stellte Kuno fest. Günther bejahte das und gab Kuno die Adresse und Telefonnummer von Bernd, damit er das Alibi überprüfen konnte.

»Es geht doch hier um ein Alibi?«, fragte Günther.

»Nun«, antwortete Kuno. »Sie sind ja nicht der Tat verdächtig. Aber wenn Sie nachweisen können, wo Sie zur Tatzeit waren, sind Sie natürlich völlig aus dem Schneider.«

Das hörte Günther gern.

»Eine letzte Frage noch, Herr Geier. Was ist Ihnen über das Verhältnis zwischen Valerie Wunderlich-Wiederkehr und Marian Ognissanti bekannt?«

»Gar nix«, sagte Günther spontan. »Ich bin nicht mal sicher, ob die beiden wirklich eins hatten. Ich glaub das einfach nicht.«

* * *

Armgard hatte in einem Bistro in der Friedrichstraße auf Günther gewartet. Gemeinsam wollten sie eine Kleinigkeit zu sich nehmen. Nach der Mittagspause der Beamten sollte Armgard auf dem Polizeirevier erscheinen.

Armgard hatte keinen Appetit. Die ganze Sache war ihr unheimlich. Sie wollte immer noch nicht wahrhaben, dass Valerie tot war. »Und wenn sie nur verletzt ist?«, meinte sie fast hoffnungsvoll und blickte Günther fragend an.

190

»Wer in der Gerichtsmedizin liegt, meine Liebe«, erwiderte Günther kühl, »der ist nicht verletzt. Der ist tot. So tot wie eine ägyptische Mumie. Da gibt es keine Hoffnung.«

Armgard fing an zu weinen. »Ich kann es nicht fassen«, schluchzte sie, merkte aber im selben Moment, dass sie Günther langsam auf die Nerven ging. Männer taten sich nicht so schwer damit, tragische Fakten zu akzeptieren. Armgard bedauerte sich selbst, während sie ungeduldig in ihrer Jackentasche herumkramte.

»Wonach suchst du denn?«, fragte Günther.

»Mein Labello ist weg. Ich weiß genau, dass ich den in diese Tasche gesteckt hatte«, antwortete Armgard weinerlich.

»Guck doch mal in deiner Handtasche nach.«

»Ich hatte ihn kürzlich in die Jacke gesteckt, und jetzt ist er weg.«

»Nun lass gut sein«, sagte Günther. »Wenn du keinen Labello dabeihast, kaufen wir gleich einen neuen in der Drogerie. Diese Anschaffung werden wir uns wohl noch leisten können«, fügte er mit einem bitteren Lachen hinzu.

Bei einem Thunfischbrötchen erzählte Günther seiner Frau, was die Kripo von ihm hatte wissen wollen.

✳ ✳ ✳

Währenddessen ging bei Kuno ein Anruf ein, der ein wenig Licht in den Fall zu bringen versprach: Eine Nachbarin von Claus und Valerie hatte in der Tatnacht, durch ein menschliches Bedürfnis aus dem Bett gescheucht, eine Person am Grundstück der Wiederkehrs vorbeihuschen sehen. Durchs Badezimmerfenster hatte sie in dieser Person im Schein der Laternen eine der Freundinnen der Wiederkehrs erkannt. Den Umrissen des Körpers, der Frisur und dem etwas behäbigen Gang nach hatte es sich mit ziemlich großer Wahrscheinlichkeit um Armgard

Geier gehandelt. Die Nachbarin hatte gezögert, ihre Beobachtung weiterzugeben. Sie wollte niemanden in Verdacht geraten lassen, der mit der Sache womöglich gar nichts zu tun hatte. Ihr Mann hatte sie schließlich dazu gedrängt, sich bei der Polizei zu melden. Die Beobachtung sei zu wichtig, hatte er gemeint, um sie für sich zu behalten.

Langsam wird es spannend, meinten Kuno und Arne und freuten sich auf das Gespräch mit Armgard.

Als diese eine Dreiviertelstunde später den Beamten gegenübersaß, versuchte sie, ihre Wehleidigkeit zu unterdrücken, so gut es ging. Lange hielt das nicht an, denn Kuno kam bald zur Sache.

»In der fraglichen Nacht waren Sie allein«, stellte Kuno fest. »Ihr Mann war vom 5. auf den 6. August mit einem Bekannten, der im Nachbarhaus Ihrer Ferienwohnung lebt, auf Rømø unterwegs.«

Armgard nickte unsicher. Kuno ging ihr zu zielstrebig vor.

»In der Zeit seiner Abwesenheit hatten Sie ein Gespräch mit Valerie Wunderlich-Wiederkehr führen wollen. Ein sehr wichtiges Gespräch, wie Ihr Mann uns mitteilte.«

»Ja. Das stimmt«, bestätigte Armgard verschüchtert. Hoffentlich erwartete der Beamte jetzt keine Einzelheiten.

»Sind Sie aus diesem Grund in der fraglichen Nacht zum Haus der Wiederkehrs gegangen?«

Kunos Blick war unerbittlich.

Es dauerte ein wenig, bis Armgard den Inhalt der Frage geschluckt hatte. Ihr wurde heiß. Ohne dass es ihr bewusst wurde, begannen ihre Finger, mit den sperrigen Griffen ihrer kleinen schwarzen Lederhandtasche zu spielen. Als sie merkte, wie Kunos Augen zu ihren Händen wanderten, hörte sie damit auf, legte die Hände auf den Tisch und verschränkte sie ganz fest. Sie antwortete nicht.

»Sind Sie zum Haus der Wiederkehrs gegangen, um mit Ihrer Freundin Valerie dieses wichtige Gespräch zu führen?«, bohrte Kuno nach.

»Valerie war nicht meine Freundin«, entgegnete Armgard harsch.

Arne ließ die Frau, die ihre Nervosität offensichtlich nicht im Griff hatte, keine Sekunde aus den Augen. Armgard merkte das, was noch mehr Anspannung in ihr erzeugte. Sie fing an zu schwitzen. Ihr Mund wurde trocken. Fahrig fischte sie den pinkfarbenen Labello aus der Jackentasche, den sie vorhin noch schnell gekauft hatte, und fuhr sich damit mehrmals über die Lippen.

»Aber Sie haben sich fünfundzwanzig Jahre lang regelmäßig mit Valerie und deren Mann getroffen. Jeden Sommer, Jahr für Jahr.«

»Das ist zur Gewohnheit geworden«, erklärte Armgard mit schwacher Stimme. »Es war aber keine richtige Freundschaft. Die ersten Jahre war es nett. Dann nicht mehr so sehr. Aber mein Mann und ich, wir wollten nicht aus der Reihe tanzen.«

»Was war es denn, was Sie in der Nacht zum 6. August so Wichtiges mit Valerie besprechen wollten? Und wieso mitten in der Nacht? Da schläft man doch in der Regel.«

Armgard riss sich zusammen. Jetzt musste sie überzeugen. Sonst würde sie in Schwierigkeiten geraten. Dabei konnte sie doch nichts dazu.

»Es ging um Günther«, erklärte sie so sachlich, wie es ihr in dieser unangenehmen Situation möglich war. »Mein Mann will sich beruflich verändern. Er malt seit vielen Jahren. Er malt gut. Seine Bilder sind es wert, gekauft zu werden und in schönen Wohnungen zu hängen. Das war der Grund. Das wollte ich mit Valerie besprechen.« Armgard nickte, um ihre Worte zu bekräftigen. Endlich spürte sie Boden unter den Füßen, und ihre Hände entkrampften sich. Sie erklärte Kuno, dass sie die

Sache für ihren Mann habe in die Hand nehmen wollen, damit Günther nicht so sehr als Bittsteller dastand.

»Und dieses Gespräch haben Sie in der Nacht führen wollen, als Ihr Mann nicht da war?«

»Ja. Das heißt: Nein. Ich hatte es schon geführt. Oder nein: Ich hatte Valerie gegenüber schon einmal angedeutet, worüber ich mit ihr reden wollte. Aber sie hatte gerade nicht den Kopf dafür.« Armgards Miene hellte sich auf. »Ja, so war es. Jetzt erinnere ich mich wieder genau an diesen Abend. Entschuldigen Sie bitte, Herr Kommissar, mich hat das alles so durcheinandergebracht, was da passiert ist. Ich bin ja ganz verwirrt. Also, es war so: Ich wollte einen Zeitpunkt finden, zu dem ich in Ruhe mit Valerie sprechen konnte. Valerie und Claus sitzen manchmal noch bis in die Nacht hinein auf ihrer Terrasse. Das wissen Sie ja sicher. Sie wohnen ja selbst ganz dicht dabei, wenn Sie auf Sylt sind. Ich habe gedacht, ich könnte doch mal vorbeischauen. Am Abend, bei einem Glas Wein, lässt es sich meist besser miteinander reden als tagsüber, wenn man so viel um die Ohren hat und die Gedanken überall und nirgends sind.«

Kuno runzelte die Stirn. »Es war aber schon verdammt spät, als Sie sich auf den Weg zu den Wiederkehrs gemacht haben.«

»Ja.«

»Und? Haben Sie Claus und Valerie angetroffen?«

»Nein.«

»Haben Sie Licht im Haus der Wiederkehrs gesehen?«

Armgard dachte scharf nach. »Ich weiß es nicht.«

»Aber Sie waren doch am Haus?«, hakte Kuno nach. »Wenn Sie die Wiederkehrs besuchen wollten, muss Ihnen doch aufgefallen sein, ob irgendwo Licht brannte.«

»Unten war kein Licht an.«

»Und oben, im ersten Stock?«

194

»Ich glaube, ein Licht brannte. Das war bestimmt im Schlafzimmer. Die beiden lagen sicher schon im Bett.«

»Was haben Sie dann getan?«

»Ich bin zum Auto gegangen und nach Wenningstedt
zurückgefahren.«

»Wo hatten Sie den Wagen geparkt?«

»Irgendwo...«, Armgard schluckte, »auf dem Parkplatz an
der Sturmhaube.«

Kuno und Arne wurden hellwach. »Um wie viel Uhr war
das?«, fragte Arne eine Spur zu scharf.

»So gegen dreiundzwanzig Uhr. Vielleicht auch eine halbe
Stunde früher. So ganz genau kann ich das nicht sagen. Ich habe
nicht auf die Uhr gesehen.«

»Die Nachbarin der Wiederkehrs hat Sie gegen Mitternacht
gesehen.«

»Ja, vielleicht war es auch gegen Mitternacht. Ich sage ja, so
genau weiß ich das nicht mehr.«

»Das ist aber reichlich spät für einen Besuch.«

»Ja. Ich sagte ja schon: Bei den Wiederkehrs wird manchmal die Nacht zum Tag gemacht.«

»Ist Ihnen etwas aufgefallen? Haben Sie auf dem Parkplatz
jemanden gesehen? Haben Sie Stimmen gehört?«

»Nein. Nichts. Niemanden. Keine Stimmen. Gar nichts.«

»Haben Sie Valerie Wunderlich-Wiederkehr und Marian
Ognissanti auf dem Parkplatz oder am Roten Kliff gesehen?«

»Valerie und Marian? Nein! Wieso?«

Kuno atmete schwer aus. »Vielen Dank, Frau Geier. Das
wär's fürs Erste.«

Armgard stand verunsichert auf und ließ sich zur Tür des
Büros geleiten.

* * *

»Meinst du, sie war es?«, fragte Arne seinen Chef, nachdem Armgard das Polizeirevier durchgeschwitzt und mit weichen Knien verlassen hatte.

»Ein bisschen merkwürdig kam sie mir schon vor«, resümierte Kuno. Jetzt brauchte er einen Tee. Trotz all seiner Dienstjahre und seiner Erfahrung wurde ihm manchmal immer noch mulmig zumute, wenn er Befragungen durchführte, um herauszuhören, wer verdächtig war und wo sich eine Spur finden ließ. Ihm war bewusst, dass ganze Schicksale davon abhingen, wenn er sich irrte. Zum Glück war es ihm noch nie passiert, dass er einen Unschuldigen vor den Richter gebracht hatte. Aber auch er konnte sich mal vertun, und auch ein Richter war nur ein Mensch.

Nach dem Gespräch mit Armgard Geier war nun klar, dass diese Frau sich ungefähr zur Tatzeit ganz in der Nähe des Tatorts aufgehalten hatte. Die Gerichtsmedizin hatte den Todeszeitpunkt auf den Zeitraum zwischen dreiundzwanzig Uhr und ein Uhr morgens eingegrenzt. Valerie konnte bereits lebensgefährlich verletzt oder tot am Strand gelegen haben, als Armgard auf dem Parkplatz gewesen war. Das Verbrechen konnte aber auch verübt worden sein, als Armgard wieder in ihre Ferienwohnung zurückfuhr. Allerdings wäre im letzteren Fall die Wahrscheinlichkeit größer gewesen, dass Armgard Valerie noch lebend angetroffen hätte. Als sicher konnte gelten: Valerie musste sich zum Zeitpunkt von Armgards vergeblichem Besuch in der Nähe ihres Hauses aufgehalten haben.

* * *

»Jetzt noch Ilona Stubenflieg«, stöhnte Arne. »Was für ein Name!«

Schon klopfte es an der Tür, und Ilona trat ein.

Wie üblich gab sie sich stolz als beste Freundin und rechte Hand von Valerie aus und als die Person, die der Galeristin um einiges nähergestanden hatte als der Ehemann. Ihren Besitzanspruch auf die Verstorbene begründete sie damit, dass sie Valerie aufgrund der gemeinsam verbrachten Kindheit und Jugendzeit schon viel länger kannte als Claus. Zudem führte sie an, dass sie alles für ihre Freundin getan hatte, was diese verlangte, und dass sie jeden Arbeitstag und so manches Wochenende mit ihr verbracht hatte, während Claus seine Frau vorwiegend nachts zu Gesicht bekommen, dann allerdings naturgemäß die Augen geschlossen hatte.

Arne nippte an seiner Apfelschorle, um sein Lächeln zu verbergen. Kuno rieb sich das Kinn und fragte sich, ob diese engste Freundin nicht einmal wusste, was er selbst im Zuge der Ermittlungen erfahren hatte: nämlich, dass Claus und Valerie getrennte Schlafzimmer hatten.

»Sie sind also im Leben von Valerie Wunderlich-Wiederkehr sozusagen ein und aus gegangen«, stellte Kuno fest.

Er studierte Ilonas Gesichtsausdruck. Diese Frau schien völlig verdrängt zu haben, dass ihre beste Freundin tot war. Oder Valeries Tod berührte sie einfach nicht, was dann allerdings die Qualität der Freundschaft dieser beiden Frauen infrage stellte. Von Trauer oder Verlustgefühlen war jedenfalls nicht mal eine Andeutung zu erkennen.

»Valerie und ich führten eine sehr enge Freundschaft«, strahlte Ilona die beiden Polizisten an. »So eng, dass kein Mann dazwischen passte. Nicht einmal der Ehemann.«

»Wie kam es dann«, warf Kuno lapidar ein, »dass neben dem Ehemann, der ja doch unbestreitbar vorhanden war, ein zweiter Mann als heimlicher Liebhaber in Valeries Leben hatte treten können? Die Partnerin von Mariano Ognissanti sind ja nicht Sie, wie wir alle inzwischen wissen, das war vielmehr Valerie.«

Ilonas Gesicht verfinsterte sich von einem Moment zum anderen.

»Das mit Marian ist eine andere Sache«, entgegnete sie. »Das geht übrigens überhaupt niemanden etwas an.«

»Uns schon«, konterte Arne, »dahinter könnte sich ein Motiv verbergen.«

Ilona schleuderte Arne eine Batterie von Fragezeichen entgegen. »Was denn für ein Motiv?«

Kuno übernahm die Antwort. Er beugte sich zu Ilona vor. Seine Augen fixierten sie provokant.

»Sie könnten Ihre Freundin zum Beispiel erpresst haben. Sie waren die Einzige in Ihrem Freundeskreis, die wusste, dass nicht Sie selbst die Partnerin von Mariano Ognissanti waren, sondern dass Valerie eine Beziehung mit dem hübschen jungen Italiener pflegte. Sie könnten verärgert gewesen sein. Sich benutzt gefühlt haben. Immerhin haben Sie, wie Sie uns ja eingangs geschildert haben, über Jahrzehnte hinweg den Wasserträger für Ihre Freundin gespielt. Sie waren das Mädchen für alles, wie man sich erzählt. Und nun durften Sie sich auch noch eine Ferienwohnung mit dem Mann teilen, der Ihnen Valeries Gegenwart abspenstig machte. Sicher mussten Sie die Wohnung räumen, wenn Valerie mit ihrem Lover mal allein sein wollte. Vielleicht hat Ihnen das nicht gepasst? Vielleicht haben Sie ihr gedroht, Claus von der Beziehung zu erzählen. Dann ist es zum Streit zwischen Ihnen und Valerie gekommen. Was halten Sie von dieser Variante, Frau Stubenflieg?«

Ilona schwieg verdattert.

Kuno hatte Ilona stärker in die Enge getrieben, als er es vorgehabt hatte. Der Kreis um seinen guten alten Nachbarn Claus Wiederkehr war ihm inzwischen äußerst suspekt. Die unterschwelligen Feindseligkeiten innerhalb dieser netten kleinen Gesellschaft widerten ihn an. Zwar mochte Ilona Stubenflieg in gewisser Weise ein bedauernswertes Geschöpf sein, weil sie sich ewig auf die Rolle des Schattens der glamourösen Valerie hatte reduzieren lassen – er war aber kein Psychotherapeut und auch kein Pfarrer. Nein, er war der Kriminalhauptkommissar Kuno Knudsen, und er wollte diesen Fall so schnell wie möglich aufklären. Er sah auf die Uhr. Bald Feierabend.

Kuno holte die Karte mit der Botschaft *Jugendwahn kann tödlich* sein und das Foto mit der auf dem Sand liegenden Valerie hervor und legte beides vor Ilona auf den Tisch.

»Stammen diese Kunstwerke von Ihnen?«, fragte er unumwunden.

»Hä?«, fragte Ilona. »Was ist das denn?«

»Die Fragen stellen wir, Frau Stubenflieg. Stammt das von Ihnen? Haben Sie den Wiederkehrs das zukommen lassen?«

»Der Tod liegt vor der Tür«, las sie laut von dem Foto ab. Dann warf sie sich auf ihrem Stuhl zurück und verschränkte die Arme vor der Brust. »Das soll ich den Wiederkehrs zugesandt haben?« Sie zog die Augenbrauen hoch. »Warum immer ich?«, rief sie. »Warum muss immer ich für alles herhalten? Also wirklich. Jetzt sag ich gar nichts mehr!«

Ilonas Gesicht und ihr spontaner Wutausbruch sagten Kuno, dass diese Frau sich tatsächlich ungerecht behandelt fühlte. Von ihr stammten diese Unterlagen nicht.

»Lassen Sie uns zum letzten Punkt kommen, Frau Stubenflieg. Wo waren Sie zur Tatzeit?«

»Wo ich zur Tatzeit war? Da fragen Sie mal meinen lieben Marian.«

Auch Arne wollte nach Hause. »Nein, wir fragen nicht Ihren lieben Marian, wir fragen Sie. Ihr vermeintlicher Partner ist morgen dran. Also?«

»Nun mal nicht so ruppig«, protestierte Ilona. »Ich war in der Ferienwohnung, die ich mir mit Marian teile. Ganz gegen meinen Willen.«

»Sie waren gegen Ihren Willen in der Wohnung?«

Ilona verdrehte die Augen und atmete tief durch. »Nein. Ich teile mir die Wohnung gegen meinen Willen mit Marian.«

»Haben Sie Zeugen dafür, dass Sie in der Wohnung waren?«

»Nur, wenn Marian nachts heimlich einen Blick auf meine Wenigkeit geworfen haben sollte, während ich im Tiefschlaf in meinem Bett lag. Wir schlafen in getrennten Zimmern, wie Sie sich sicherlich denken können.«

»Also kein Alibi«, stellte Arne kurz und nüchtern fest und tippte mit dem Kugelschreiber ungeduldig auf der Schreibtischplatte herum.

»Lass das«, raunzte Kuno ihn an. »Dieses ständige Klickklack macht mich nervös.«

»Kein Alibi«, grollte Ilona und freute sich heimlich, dass der Hauptkommissar den Hilfssheriff angepfiffen hatte. Dann fiel ihr etwas ein. »Ein kleines Alibi habe ich doch! Die Wände in unserer Ferienwohnung sind ziemlich dünn, müssen Sie wissen. Bevor ich einschlief, habe ich gehört, wie Marian ein Telefonat führte. Sagen wir mal: ein temperamentvolles Telefonat. Das muss so gegen dreiundzwanzig Uhr dreißig gewesen sein. Ich lag im Bett und hatte ein Buch in der Hand. Ich vermute, dass er mit Valerie telefoniert hat. Wen ruft man sonst um diese Tageszeit an, wenn nicht die heimliche Geliebte?«

»Wir werden das nachprüfen«, sagte Arne, und Kuno fragte: »Ein temperamentvolles Telefonat? Wollen Sie damit sagen, die beiden haben sich gestritten?«

»Interpretieren Sie's, wie Sie mögen. Ich habe natürlich nicht gelauscht. Über den Inhalt des Gesprächs kann ich Ihnen nichts sagen.«

Kuno und Arne bedankten sich bei Ilona für die aufschlussreichen Auskünfte und beendeten die Befragung. Endlich Feierabend!

»Ein wirklich guter Freundeskreis«, meinte Arne, als er mit Kuno allein im Raum war.

»Beneidenswert gut«, bestätigte Kuno. »Bessere Kumpel kann man sich kaum wünschen.«

»Apropos Freundeskreis«, bohrte Arne nach, »wie läuft es denn so mit deiner Nachbarin? Wie heißt sie noch... Bente! Alles okay?«

»Wie sieht's denn mit deiner Flamme aus?«

Arne grübelte. »Welche meinst du jetzt?«

»Siehst du! Kein Thema fürs Büro. Schönen Abend!«

Plötzlich riss Ilona nochmals die Bürotür auf.

»Die Stimme«, rief sie aufgeregt. »Die Stimme im Auto!«

»Was für eine Stimme in welchem Auto?«, fragte Arne.

»Als Marian mit mir nach Sylt fuhr, bekam er einen Anruf. Eine Frauenstimme sagte irgendwas von einem wandelnden Silikonlager, zu dem er jetzt fahre. Er forderte sie daraufhin auf, ihn nie wieder anzurufen, und drückte das Gespräch weg.«

»Danke, Frau Stubenflieg«, sagte Kuno, dem es jetzt leidtat, dass er Ilona vorhin so hart befragt hatte. »Das ist vermutlich ein sehr wichtiger Hinweis. Bitte behalten Sie für sich, was Sie uns erzählt haben, und sagen Sie Herrn Ognissanti nicht, dass Sie uns darüber informiert haben.«

»Da werde ich mich gerade noch zurückhalten können«, meinte Ilona, der nicht entging, dass Kunos Stimme jetzt viel weicher war.

∗ ∗ ∗

Als Kuno an diesem Abend in der Kurhausstraße vor dem Haus parkte, in dem seine Sylter Wohnung lag, stand Bente vor der Tür.

»Überraschung!«, rief sie ihm zu. »Komm doch mal kurz rüber. Ich muss dir was zeigen.«

Kuno folgte ihr verwundert ins Haus. Bente dirigierte ihn ins Wohnzimmer. Auf dem kleinen Esstisch hatte sie ihr Notebook hochgefahren. Auf dem Display war ein Mediaplayer aktiviert, in dem ein Video, das sie am Abend des 5. August aufgenommen hatte, darauf wartete, abgespielt zu werden.

Als sie von ihrem Balkon aus den Sonnenuntergang am Roten Kliff gefilmt hatte, waren ihr zwei Gestalten auf der Aussichtsplattform vor die Linse geraten, die ungewöhnlich lebhaft gestikulierten. Bente hatte die Kamera einen Augenblick bei den Personen verweilen lassen, weil die Szenerie so bedrohlich gewirkt hatte. Dann war sie sich wie ein Voyeur vorgekommen und hatte die Kamera schnell weitergeschwenkt.

Als sie von dem Mord erfuhr, erinnerte sie sich an diese Szene, die sie Kuno nun vorführte. Sie stoppte das Video an der Stelle, an der man die Umrisse der Personen am besten erkennen konnte.

»Sieh dir diese beiden Frauen an. Die bodenlangen Kleider mit den weiten Ärmeln und den großen Kapuzen. Das sind garantiert Valerie und die Malerin. Und nun sieh dir an, wie die beiden aufeinander einreden. Wenn du mich fragst: Die stecken gerade mitten in einem heftigen Disput.«

Bente spulte die kleine Szene mehrmals zurück, um sie wiederholt ablaufen zu lassen.

Kuno wurde nachdenklich. Bente hatte recht. Auch wenn man die Gesichter nicht erkennen konnte und die Figuren nur im Kleinformat zu sehen waren, so waren die Umrisse eindeutig. Anhand des Videos würde sich zwar kaum mit absoluter Sicherheit sagen lassen, um wen es sich bei diesen Personen handelte, aber die Aufnahmen waren ein wichtiger Anhaltspunkt. Morgen würde er Marla dazu befragen.

Wie immer, dachte Kuno, erst stochert man im Trüben herum und bekommt keinen einzigen Fisch an die Angel, und dann auf einmal kommen die Hinweise aus allen Ecken angeflogen und man hat gleich eine Handvoll heißer Spuren.

Kapitel 14

Westerland, 8. August

Für Kuno und Arne begann dieser Tag mit einer Überraschung, auf die sie herzlich gern verzichtet hätten. In der Zeitung stand ein großer Artikel über den Mord an der Galeristin und Arztgattin Valerie W.-W. Dass sich eine Veröffentlichung dieser Art nicht würde verhindern lassen, war den Kripobeamten klar gewesen. Die Leserschaft über aufsehenerregende Fälle wie diesen zu informieren, war eine Pflicht der Medien. Der Redakteur verfügte jedoch über pikantes Insiderwissen, und in seinem Artikel hatte er damit nicht hinterm Berg gehalten. Auf irgendeinem Weg hatte er spitzgekriegt, dass dem Mordopfer ein Verhältnis mit einem gewissen Marian O. nachgesagt wurde. Daraus hatte der Redakteur seine ganz persönlichen Schlüsse gezogen. Es sei naheliegend, ließ er zwischen den Zeilen durchblicken, dass der Täter im allerengsten Kreis um das Opfer zu suchen sei. Und diesen Kreis hatte der Redakteur, anscheinend im Nebenberuf eine männliche Miss Marple, nach einigen Überlegungen auf eine Person reduziert: den gehörnten Ehemann. Was lag näher als dieser Schluss? Das waren eben die Geschichten, die das Leben schrieb, so der Tenor des Berichts.

Als Kuno den Artikel zu Ende gelesen hatte, war seine Laune restlos verhagelt. Woher wusste der Redakteur von Marian?

Hatten Arne und er nicht vorgestern in der Friesenstube von Hinnerks Hof die versammelte Mannschaft ausdrücklich darum gebeten, keinerlei Informationen nach außen zu geben? Kuno biss auf seiner Unterlippe herum und fluchte in sich hinein.

* * *

Ilona betrachtete die Sache aus einer anderen Perspektive.

Sie hatte tief und ruhig geschlafen, heiß geduscht und die Zeitung – ein Service des Vermieters – aus dem Briefschlitz am Fuß der Eingangstür der Ferienwohnung gezogen. Bei einem exzellenten Frühstück hatte sie den Artikel entdeckt, der auf der Titelseite angerissen war. Er hatte sie auf eine Idee gebracht. Nun saß sie mit heißen Ohren im Schneidersitz auf dem Bett ihres Zimmers in der Ferienwohnung, das Notebook vor sich, die kurzen dicken Ärmchen ausgestreckt, und hämmerte auf die Tastatur ein. Sie hatte sich alles ganz genau überlegt. Jedes Detail dieser Aktion hatte sie durchdacht. Schließlich war sie eine Perfektionistin. Wenn sie einen Plan schmiedete, dann gründlich. Valerie hätte das bezeugen können, wenn sie denn noch am Leben gewesen wäre.

Ilona suchte nach einer passenden Datei aus ihrem Verzeichnis mit kunstgeschichtlichen Abhandlungen. Im Laufe der Jahre hatte sie eine Menge solcher Aufsätze gesammelt, um sich Inspiration für die Pressemeldungen zu holen, die sie für die Ausstellungen der zahlreichen Künstler schrieb, die Valerie vertrat.

Sie wählte eine Datei von gut zwanzig Seiten Umfang, die etliche farbige Abbildungen enthielt. Sie kopierte den Aufsatz unter einem anderen Dateinamen auf einen USB-Stick. Besser war es, wenn die Datei, die sie nun bearbeiten wollte, nicht auf der Festplatte gespeichert würde. Sie hatte in ihrem Leben genügend Krimis gesehen, um zu wissen, wie man digitale Spuren erst gar nicht legt.

Am Ende von Seite 14 erzeugte sie einen Seitenumbruch. Dann fügte sie sechs Leerzeilen auf der so entstandenen neuen Seite ein. Die nächsten Zeilen füllte sie mit dem Namen und der Kampener Anschrift von Claus. Säuberlich gab sie nach einer weiteren Leerzeile das Datum des heutigen Tages an. Die Ortsangabe ließ sie besser weg. Dann begann sie ihren Text: *Sehr geehrter Herr Doktor Wiederkehr.*

So ein Quatsch, dachte sie, und löschte die Anrede wieder. Sie kam gleich zur Sache. Ihre Forderung sollte nicht unverschämt klingen. Nur einen vergleichsweise bescheidenen Obolus für die unzähligen Extras wollte sie haben, die sie all die Jahre – ach was: Jahrzehnte – für Valerie erbracht hatte und die weit über das hinausgingen, was mit dem nicht üppig zu nennenden Gehalt abgegolten war. Zuletzt diese Komödienrolle als angebliche Partnerin von Marian. Für diese Nummer hatte sie wirklich ein Schmerzensgeld verdient.

Die Argumente für ihre Forderung musste sie natürlich weglassen. Sonst hätte sie ja gleich mit ihrem Namen unterschreiben können. Es war wirklich nicht viel, was sie verlangte, wenn man bedachte, wie beträchtlich das Vermögen von Claus und seiner Vergangenen war. Fünfzigtausend Euro wollte Ilona haben. In kleinen, nicht durchgängig nummerierten Scheinen.

Wenn das Geld nicht gezahlt würde, würden pikante Details über die Beziehung der Valerie Wunderlich-Wiederkehr zu diversen Herren publik werden, darunter ein Hochschullehrer aus Bremen, der Intendant einer großen deutschen Theaterbühne, ein hipper Straßenkünstler aus New York mit Auslandsstipendium in Hamburg sowie ein Ehetherapeut aus dem Kreise der Wiederkehrs. Nicht zu vergessen ein verdammt junger, in Hamburg lebender, italienischer Kunsteventmanager. Um nur einige zu nennen.

Seit Ilona beschlossen hatte, dieses Schreiben aufzusetzen, ging es ihr richtig gut. Seit sie beschlossen hatte, das Schreiben auch abzusenden, ging es ihr noch besser. Eine Zeit lang hatte sie gezögert und sich nur für den ersten Schritt, das Verfassen des Briefes, entschieden, um anschließend darüber nachdenken zu können, was sie damit tun sollte. Aber wer A sagt, muss auch B sagen. Kneifen gilt nicht, hatte sie sich zugeredet. Außerdem: Wo ein Mord geschehen ist, da ist auch noch Platz für ein weiteres Delikt. Darauf kam es jetzt nicht mehr an. Es traf ja wirklich keinen Armen, und ihr blieb nichts anderes übrig, als irgendetwas für sich selbst zu unternehmen.

Durch Valeries Tod hing sie in der Luft. Interessante Stellen in Kunstgalerien, im Kunstmarkt überhaupt, waren spärlich gesät. Sie hatte so gut wie nichts anderes gelernt als das, was sie fünfundzwanzig Jahre lang für Valerie getan hatte. Wie es aber mit Valeries Lebenswerk weitergehen würde, das wusste niemand, und Claus konnte sie im Moment nicht danach fragen. Also musste sie nachhelfen, um ihre Existenz zu sichern. Zumindest für die nächsten Monate. Dann würde sie weitersehen.

Sie schloss die Datei, nahm den Stick heraus, steckte ihn in eine Seitentasche ihrer Handtasche und fuhr das Notebook herunter. Unschlüssig stand sie vor dem Kleiderschrank. Nach kurzer Überlegung wählte sie möglichst unauffällige Kleidungsstücke aus: die hellblaue Jeans, das weiße T-Shirt und die weißen Sneaker. Sie blieb ungeschminkt. Die halblangen Haare fasste sie mit einem Haargummi zu einem lächerlich winzigen Pferdeschwanz zusammen, eher zu einem angedeuteten Stummel eines Pferdeschwanzes. Die Strähnen an den Seiten, die nicht lang genug waren, klemmte sie mit schmalen rosafarbenen Haarspangen fest. Sonnenbrille auf, und los.

Mit dem Stick in der Tasche fuhr sie nach Westerland. Sie parkte bei der St. Christophorus-Kirche in der Käpt'n-Christiansen-Straße. Von dort aus ging sie zu Fuß zu einem Copyshop im Industrieweg. Im Eingang des Ladens blieb sie stehen und sah sich um. So früh am Morgen war sie die einzige

Kundin hier. Eine der Mitarbeiterinnen, die gerade einen Kopierer mit Papier füllte, kam auf sie zu und fragte nach ihrem Anliegen. Ilona kramte den USB-Stick hervor und bat darum, die Datei, die sich auf dem Stick befand, auf dem Farbkopierer auszudrucken.

»Ist nur eine Datei hier drauf?«, fragte die Copyshop-Mitarbeiterin sicherheitshalber, als sie zu einem Computer ging.

»Ja, nur eine einzige«, versicherte Ilona, die der Dame folgte.

Wenige Minuten später ging Ilona mit einem Umschlag, in dem die ausgedruckten Seiten steckten, zum Auto zurück. Sie fischte die Seite 15 heraus, faltete das Blatt sorgfältig und steckte es in einen Fensterumschlag, den sie bereits in der Ferienwohnung frankiert hatte. Nun noch zum Briefkasten in der Friedrichstraße.

Als sie den Umschlag durch den Schlitz steckte, klopfte ihr Herz bis zum Hals. Sie zögerte dabei, das Schreiben loszulassen. Noch konnte sie ihre Meinung ändern. Feigling, rief eine Stimme in ihr, und sie ließ den Brief fallen. Sie hörte ein leichtes dumpfes Geräusch, als er auf dem Boden des Briefkastens landete. Ein Blick auf die Tabelle mit den Zeitangaben für die Leerungen informierte sie darüber, dass der Brief heute Abend von hier abgeholt werden würde, um seine Reise ans Ziel anzutreten.

* * *

»Was gibt's denn Neues im Mordfall Wiederkehr, außer dem Artikel von diesem dämlichen Schreiberling?«, fragte Arne seinen Chef zu Dienstbeginn. »Haben wir schon das Ergebnis der DNA-Analyse bekommen?« Er lugte auf die noch unbearbeiteten Papiere, die auf Kunos Schreibtisch lagen.

Kuno blätterte die Schreiben kurz durch. »Noch nichts dabei«, antwortete er. »Ich rechne aber im Laufe des Tages damit.« Er rieb sich die Hände. »Meine Nachbarin Bente hat übrigens eine interessante Beobachtung gemacht. Das Schönste daran ist: Sie hat sie digital aufgezeichnet und gespeichert. Mit Zoomfunktion.«

Arne hörte gebannt zu, als Kuno ihm die Einzelheiten erzählte. Dann grinste er breit: »Ich hab doch gleich geahnt, dass deine Nachbarin vielseitig einsetzbar ist.«

Kuno wollte ihm gerade eine passende Antwort geben, da betrat Konrad das Büro, der Erste in der Reihe derer, die sie heute befragen wollten. Ganz anders als üblich wirkte er unausgeschlafen und ungekämmt.

»Ich halte meine Frau für dringend tatverdächtig«, dröhnte der frisch Verlassene den Beamten entgegen. Ohne die beiden Kommissare zu begrüßen, hatte er sich vor ihnen hingepflanzt. Breitbeinig, lässig zurückgelehnt, die Fingerspitzen in die Taschen seiner knackig engen Jeans geschoben und den Kopf zur Seite geneigt. Kuno wartete nur darauf, dass Konrad eine Kaugummiblase erzeugte. Die hätte er ihm gern mit der flachen Hand ins Gesicht gedrückt.

»Könnten Sie und Ihre Frau sich bitte untereinander einigen, wer von Ihnen beiden die Tat begangen hat?«, bat Kuno den Zeugen in seiner unnachahmlich ruhigen Art, um die Arne ihn manchmal beneidete.

»Jetzt sagen Sie mir bitte nicht, dass meine Frau mir die Sache in die Schuhe schieben wollte.«

»Warum sollte Ihre Frau etwas anderes tun als Sie?«, fragte der Hauptkommissar genervt zurück. Der heutige Tag schien einer von der Sorte zu werden, auf die er keine Lust hatte. Nur Kinderkram, nichts Greifbares. Erst der Redakteur, der mehr zu wissen glaubte als die Polizei. Dann der Zeuge Konrad Bitterstein, der seinen Ehestreit ins Polizeirevier trug. Worauf durfte er sich wohl als Nächstes freuen?

»Meine Frau hat mir schon die Augen ausgekratzt, bevor wir uns überhaupt auf den Weg nach Sylt gemacht haben«, versuchte sich Konrad zu verteidigen. »Die ist eifersüchtig wie eine Siebzehnjährige. Sie kann es bis heute nicht verknusen, dass es Frauen gibt, die blonder und hübscher sind als sie. Und griffiger obendrein, wenn Sie wissen, was ich meine«, fügte er selbstgefällig schmunzelnd hinzu und machte mit der Hand eine Bewegung, als streichele er einer Frau über eine unwiderstehliche Körperrundung.

»Frau Wunderlich-Wiederkehr war Ihnen aber in diesem Sommer nicht mehr so zugetan, wie Sie sich das erhofft hatten«, gab Kuno zu bedenken. »Oder um mal Ihre Tonart zu gebrauchen: Es lief nicht mehr ganz so rund zwischen Ihnen beiden.«

Konrad schoss nach vorn wie ein von Winnetou persönlich abgefeuerter Pfeil. Doch Kuno kam mit der nächsten Frage schneller heraus, als Konrad seine Gedanken sortieren konnte.

»Ist es zu einem Streit zwischen Ihnen und Valerie gekommen an dem Abend, an dem Valerie Sie hat abblitzen lassen?«, provozierte Kuno seinen Besucher.

»Was heißt hier: ›abblitzen lassen‹! Valerie und ich …«

»Ist es zu einem Streit zwischen Ihnen gekommen?«

»Nein«, gab Konrad klein bei, »nach der kleinen Auseinandersetzung, von der meine liebe Ehefrau Ihnen sicher berichtet hat, haben wir uns nicht mehr gesehen. Valerie hatte sich ja neuerdings diesen eifersüchtigen kleinen Beschützer zugelegt.«

»Wenn Sie uns jetzt noch verraten würden, wo Sie zur Tatzeit waren und wer das bezeugen kann.«

»Wenn Sie mir freundlicherweise verraten würden, wann die Tat begangen wurde?« Konrad lehnte sich frech grinsend zurück.

Schade, Kuno hatte gehofft, Konrad fiele auf diesen Trick herein. Dann hätten sie sich drei weitere Befragungen ersparen können. Konrad war der Mann, den Kuno gern verhaftet hätte. Er war der Einzige, bei dem es ihm nicht leidgetan hätte, ihn als Täter zu überführen. Jedem anderen aus dem Freundeskreis würde er ein gewisses Mitgefühl entgegenbringen. Bis auf Marla, vielleicht. Und Marian. Allerdings lag sein Unbehagen gegenüber diesen beiden möglicherweise nur darin begründet, dass er mit ihnen nicht vertraut war, während ihm alle anderen Personen aus dem Kreis um die Wiederkehrs im Laufe der Jahre des Öfteren begegnet waren.

Kuno nannte Konrad den Zeitraum, in dem die Tat nach der Schätzung des Gerichtsmediziners begangen worden war. Konrad hatte sich zu dieser Zeit in seinem Zimmer in Hinnerks Hof aufgehalten. Er hatte sogar eine Zeugin: eine Urlauberin aus Düsseldorf. Einen Meter achtundsechzig groß, platinblond und bestens proportioniert, wie Konrad betonte. Sie bewohnte das Zimmer neben seinem und war selbstverständlich bereit zu bezeugen, dass er an dem Abend keine Sekunde von ihrer Seite gewichen war. Die ganze Nacht über hatte sie ihm Gesellschaft geleistet, bis zum Frühstück am nächsten Morgen.

»Und ich tippe doch auf meine Frau«, beharrte Konrad, als er sich von Kuno und Arne verabschiedete.

»Vielleicht sollten Sie und Ihre Frau mal zu einer Paarberatung gehen«, empfahl Kuno ihm.

»Meine Frau und ich sind Paartherapeuten«, erwiderte Konrad etwas hochnäsig.

»Eben drum.«

Konrad sah Kuno abschätzig von oben bis unten an. Genauso grußlos, wie er gekommen war, wandte er sich zur Tür.

»Eine Frage noch«, hielt Arne ihn zurück. »Dieser Artikel hier«, er hob die Zeitung in Augenhöhe und zeigte auf den Beitrag. »Waren Sie der Informant? Wollten Sie sich posthum an Valerie rächen, indem Sie sie als notorische Ehebrecherin dastehen ließen?«

Konrad grinste breit. Dann sagte er scheinheilig: »Ich glaube immer noch, meine Frau ist die Mörderin.« Er warf seinen Autoschlüssel in die Luft, fing ihn wieder auf, drehte den beiden Kripobeamten den Rücken zu und verschwand, ohne die Tür hinter sich zu schließen.

Arne ließ die Stirn auf die Schreibtischplatte fallen und trommelte mit den Fäusten herum. Dann hob er den Kopf und fragte mit gespielter Verzweiflung: »Womit haben wir das verdient?«

»Kopf hoch, mein Junge, und reiß dich zusammen. Der nächste Zeuge ist gleich da.«

∗ ∗ ∗

Marian platzte förmlich in das Büro der Beamten. Er trug Trauer. Und einen Sack voll Wut im Bauch.

Was die Trauer betraf, so war er neben Marla der Einzige unter all den Freunden von Claus und Valerie, der dieses Gefühl zum Ausdruck brachte. Es mutete merkwürdig an, denn sein Dresscode – schwarze Hose, schwarze Schuhe, schwarzes Hemd und Trauermiene – stellte ihn optisch auf die gleiche Stufe wie den Witwer.

Seine Wut dagegen zeigte sich in einer einzigen Geste: Marian knallte den Kripobeamten die Tageszeitung auf den Tisch. Aufgeschlagen auf Seite 3. Dort war der Artikel über Valerie und die beiden um die Gunst des Opfers konkurrierenden Herren abgedruckt.

»Die Informanten der Presse waren nicht wir, Herr Ognissanti«, startete Kuno seinen Gegenangriff. »Aber wir haben eine andere Information, die für Sie nicht ohne Bedeutung sein dürfte. Wir haben herausgefunden, dass Sie der Letzte waren, der mit Valerie telefoniert hat, bevor sie ums Leben kam.

Was sagen Sie dazu? Haben Sie sich mit ihr auf der Plattform verabredet, und dann kam es zum tödlichen Streit?«

Marian guckte irritiert. »Ohne Anwalt sage ich hier gar nichts.«

»Beruhigen Sie sich«, ruderte Kuno zurück, der einsah, dass er das Gespräch zu forsch begonnen hatte. »Sie sitzen hier nicht als Beschuldigter. Wir wollen uns ein Bild von den letzten Tagen und Stunden im Leben des Opfers machen. Sie können uns sicher weiterhelfen.« Kuno beugte sich leicht zu Marian vor, senkte den Kopf und sah ihm ins Gesicht. »Auf der Fahrt nach Sylt haben Sie einen Anruf von einer Frau erhalten, die nicht erfreut darüber zu sein schien, dass Sie Valerie hier besuchen. Sie haben das Gespräch sehr schnell beendet. Wer war diese Frau?«

»Dazu sage ich nichts«, antwortete Marian aufgebracht.

Kuno legte ihm die anonymen Sendungen vor, die Valerie erhalten hatte.

»Wir haben Grund zu der Annahme, dass diese nette Post an Valerie und Claus Wiederkehr von der Dame stammt, die Sie angerufen hat. Wenn Sie nicht in bitterböse Schwierigkeiten geraten möchten ...«

Marian wurde nervös. »Es war Melanie. Melanie Hartmann. Meine Exfreundin.«

»Ich nehme an, sie war Ihre Freundin bis zu dem Tag, an dem Sie Valerie kennengelernt haben«, schloss Arne. »Anders ausgedrückt: Sie haben diese Frau wegen Valerie verlassen.«

Marian nickte. »Sie kann nicht akzeptieren, dass ich mich für Valerie entschieden habe. Sie ruft mich jeden Tag an. Sie wartet zum Feierabend vor dem Büro auf mich. Sie steht sonntags bei mir zu Hause vor der Tür. – Sie verfolgt mich.«

»Hm, hört sich nach Stalking an«, überlegte Kuno. »Wer dazu fähig ist, dem ist einiges zuzutrauen.«

»Die Anschrift der Dame, die Handynummer? Ich notiere …« Arne sah Marian erwartungsvoll an, und der Befragte fing an zu diktieren.

»Ich gehe mal eben nach nebenan und nehme Kontakt mit den Kollegen in Hamburg auf«, erklärte Arne und verließ das Büro.

»Ich kann mir nicht vorstellen, dass meine Exfreundin mit Valeries Tod zu tun hat.«

»Die Botschaften, die sie ihr hat zukommen lassen, waren aber nicht gerade freundschaftlicher Natur«, wandte Kuno ein.

»Egal, was Melanie gemacht hat«, beeilte Marian sich zu sagen, »ich habe damit nichts zu tun!«

»Das glaube ich Ihnen. Aber es bleibt dabei: Sie waren der Letzte, der mit Valerie telefoniert hat.«

Marian senkte den Blick.

»Einer muss ja der letzte Anrufer auf Valeries Handy gewesen sein.«

»Klar«, bestätigte Kuno, »einer ist immer der Letzte. Allerdings sind wir beim letzten Anrufer unmittelbar vor einem Mord natürlich besonders neugierig, worum es bei dem Gespräch ging.«

»Es ging um eine Verabredung, worum denn sonst? Wir wollten uns am nächsten Tag treffen.«

»So spät am Abend fiel Ihnen ein, dass Sie sich mit Valerie verabreden wollten?«

Endlich zeigte Marian ein Lächeln. »Wir haben sehr oft spätabends telefoniert. Valerie war ja nachts allein. Sie schlief nicht mit Claus im selben Zimmer.«

»Sie streiten also nicht ab, ein Verhältnis mit ihr gehabt zu haben.«

»Ist das ein Verbrechen? Ist es strafbar, einen Menschen zu lieben, der verheiratet, aber in seiner Ehe nicht mehr glücklich ist?«

»Aber während dieses letzten Telefonats haben Sie sich gestritten«, machte Kuno einen letzten Versuch.

»Worüber hätten wir denn streiten sollen?«, fragte Marian.

»Wollte Valerie sich von Ihnen trennen?«

Marian sprang auf und zeigte wütend auf Kuno. »Ohne Anwalt rede ich kein Wort mehr mit Ihnen!«

»Sie können gehen«, sagte Kuno. »Aber Sie brauchen keinen Anwalt. Falls sich das ändern sollte, werden wir es Sie rechtzeitig wissen lassen.«

Kuno stützte sein Kinn auf den rechten Daumen und hielt den Zeigefinger an die Nase. »Der war es nicht«, überlegte er laut. »Der war es nicht. Der war es genauso wenig wie Claus. Es wäre zu einfach.«

Während Kuno Selbstgespräche führte, kehrte Arne zurück. »Die Hamburger Kollegen werden die Dame besuchen«, sagte er und setzte sich Kuno gegenüber. »Dieser Italiener ist wohl nicht zu packen, was? Du siehst so ratlos aus.«

Kuno wiegte den Kopf hin und her, als die Tür aufsprang. Hauke Ingwersen stürzte mit einer Nachricht in den Raum, die Kuno davor bewahrte, noch tiefer in Ratlosigkeit zu versinken.

»Die DNA des roten Haars von dem Kleid, das Valerie Wiederkehr getragen hat, stimmt nicht mit der DNA des Opfers überein. Sie ist ihr aber merkwürdig ähnlich.«

»Wenn das keine spannende Nachricht ist!«, jubilierte Kuno, der einen Lichtblick in diesem vertrackten Fall zu erkennen hoffte. »Ich wette, das Haar stammt von Marla van Daalen. Wir werden das prüfen lassen.«

Arne klatschte in die Hände. »Hausdurchsuchung?«, rief er Kuno zu.

»Dazu ist es noch zu früh. Ein Haar allein rechtfertigt solch eine Aktion nicht. Lass uns abwarten, was die Befragung ergibt.«

∗ ∗ ∗

Bis zu Marlas Eintreffen blieben noch ein paar Minuten. Doch eine Verschnaufpause war Kuno nicht vergönnt. Von der Zentrale des Polizeireviers wurde ihm ein Anruf durchgestellt. Eine gewisse Berta Wittmaker meldete sich. Sie wohne gegenüber der Pension, in der die Malerin übernachte, diese Frau van Daalen, berichtete Frau Wittmaker. Sie kenne die Geschichte aus der Zeitung, die ja heute Morgen ausführlich berichtet habe.

Valerie Wunderlich-Wiederkehr, die ihr seit Jahren von gelegentlichen Begegnungen bei Feinkost Meyer in Wenningstedt bekannt sei, habe Frau van Daalen am fraglichen Abend, also nur wenige Stunden vor dem Mord, in die Pension begleitet. Zwar sei der Vorhang des Zimmers der Malerin zugezogen worden, nachdem die Frauen das Licht eingeschaltet hatten – und es sei übrigens weiß Gott nicht so, dass sie, Berta Wittmaker, ein neugieriger Mensch sei –, aber die Vorhänge vor den Fenstern der Pension seien durchscheinend, und es sei unschwer zu erkennen gewesen, dass es zwischen den beiden Damen zu einem lebhaften Gespräch gekommen sei. Der ausladenden Gestik nach könne man durchaus auch von einem handfesten Streit sprechen, ohne dass sie gehört habe, worum es dabei ging; dafür sei die Distanz zwischen den beiden Häusern selbstverständlich zu groß.

Dass es sich zweifelsfrei um die Malerin und das Opfer gehandelt habe, sei an den außergewöhnlichen Kleidern zu erkennen gewesen, die beide Damen getragen hätten. Diese extravaganten Gewänder, bedruckt mit Motiven der Frau van Daalen, hatte die Zeitung in ihrem Bericht über den Todesfall ja ausführlich erwähnt.

Kuno sog den Redeschwall der Anruferin in sich auf. Er machte sich Notizen und deutete Arne, der vor Neugier platzte, mit hochgezogenen Augenbrauen an, dass er gerade brennend heiße Informationen erhielt.

Noch während Kuno sich von Frau Wittmaker erzählen ließ, was sie beobachtet hatte, öffnete Marla die Tür zu seinem und Arnes Büro. Arne sprang auf und lief mit wedelnden Armen auf Marla zu. Er zog sie hinaus, flüsterte ihr zu: »Einen Moment noch. Wir rufen Sie gleich herein«, und sprang wieder ins Büro zurück.

Als er Marla wenig später hereinließ, würdigte sie ihn keines Blickes. Sie schätzte es nicht, von einem Handlanger, der sich aufführte wie ein wild gewordener Affe, aus einem Raum herausgewedelt zu werden.

Marla spürte von der ersten Sekunde an, dass sich etwas in diesem Büro gegen sie richtete. Sie fühlte unsichtbare Stacheln, die in ihre Haut eindrangen. Sieh dich vor!, warnte sie sich selbst. Gib nichts von dir preis!

Marla wusste, dass sie die Letzte von Valeries Freunden war, die zum Gespräch hierhergebeten worden war. Nach ihr kam nur noch Claus. Aber als trauernder Witwer zählte der nicht. Angeblich ging es um erste Informationsgespräche, um eine Art Bestandsaufnahme dessen, was sich vor der Tat zugetragen hatte. Von einem Verhör war nicht die Rede gewesen. Noch nicht. Das konnte sich schnell ändern.

Zu gern hätte sie gewusst, was gerade in den Köpfen der beiden Kommissare vor sich ging. Dem Zeitungsbericht nach zu urteilen, gab es keinerlei Anhaltspunkte dafür, dass jemand anderes das Verbrechen begangen haben könnte als eine Person aus dem engsten Umfeld des Opfers. Es wurde kein Vergewaltiger oder Raubmörder gejagt. Kein anderer Urlauber wurde befragt, kein Bewohner der Insel. Nur die Mitglieder der Clique. Ob die Kommissare schon eine Spur gefunden hatten?

Ganz sicher hatte sie selbst einige Spuren hinterlassen. Sie war mit Valerie in der Galerie gewesen, in deren Auto, in der Pension, auf der Aussichtsplattform. Die Frage war nur, was die Kommissare daraus schlossen.

Marla sah auf die Uhr. Wie lange saß sie jetzt mit diesen beiden Polizisten zusammen, ohne dass einer von ihnen etwas sagte? Sie empfand diese Stille als Provokation. Erwarteten die Kommissare, dass sie nervös wurde? Dass sie anfing, sich zu verteidigen?

Kuno schlürfte seinen Tee. Sein Blick versank in Marlas türkisfarbenen Augen. Sie erinnerten ihn an eine Sommerliebe von vor sieben Jahren, eine katzenäugige Hessin mit tiefgrüner Iris. Es war ein kurzer, heftiger Flirt gewesen. Bis zu dem Tag, als sie gemeinsam gegen den Wind über Amrum radelten und seine Begleiterin eine Kontaktlinse verlor. Bis heute musste er schmunzeln, wenn er an das eine graue Auge dachte, das ihn wütend anblinzelte. Die Frau hatte vergeblich nach der verlorenen Linse gesucht, die der Wind längst auf die weiten Wiesen geweht hatte, durch die der Radweg führte. Dann war sie wütend davongeradelt, und er hatte sie nie wieder gesehen.

Kuno beobachtete Marla genau. Er sah ihr an, wie es in ihrem Hirn arbeitete.

»Wo waren Sie zur Tatzeit, Frau van Daalen?«, fing er endlich mit der Befragung an.

»Zur Tatzeit werde ich wohl in meinem Zimmer in der Pension gewesen sein und geschlafen haben«, antwortete Marla souverän. »Soweit ich weiß, ist Valerie mitten in der Nacht ums Leben gekommen. Nachts pflege ich zu schlafen.«

»Haben Sie Valerie Wunderlich-Wiederkehr am Abend vor ihrem Tod gesehen?«

»Ich vermute, dafür gibt es Zeugen. Sonst würden Sie diese Frage nicht stellen, oder?«

»Die Fragen stellen wir«, wies Arne sie zurecht. »Wenn Sie sich bitte darauf beschränken würden, uns die Antworten zu geben.«

»Ich bestätige Ihnen gern, was Sie längst wissen«, sagte Marla in gelangweiltem Ton. Sie sah nur Kuno an. »Valerie und ich haben am Abend des 5. August in der Sturmhaube zusammen gegessen. Zeugen werden sich reichlich dafür finden. Wir waren ja nicht zu übersehen.«

»Nach dem Essen war Ihr gemeinsames Programm aber noch nicht beendet.«

»Richtig. Wir sind zu der kleinen Aussichtsplattform gegangen, die hinter der Sturmhaube liegt.«

»Was haben Sie dort getan?«

»Ich habe die Abendstimmung aufgenommen. Es dürfte Ihnen bekannt sein, dass ich Malerin bin. Anblicke, wie sie sich mir in der Abendstimmung von solch einem Punkt aus bieten, sind Futter für meine Seele. Daraus erwachsen meine schönsten Bilder.«

»Sie haben sich nicht zufällig gestritten?«

»Die Inhalte unseres Gesprächs auf der Plattform habe ich nicht protokolliert.«

»Frau van Daalen«, wurde Kuno förmlich, »wir veranstalten hier kein Unterhaltungsquiz. Ich darf Sie darauf aufmerksam machen, dass Sie nach dem Essen in der Sturmhaube mit Frau Wunderlich-Wiederkehr auf genau der Plattform gestanden haben, auf der Ihre Freundin wenige Stunden später umgebracht wurde.«

»Ich kann sie dort schlecht umgebracht haben«, konterte Marla, die nun die Geduld verlor. »Frau Wunderlich-Wiederkehr hat mich nämlich noch mit ihrem Auto in die Pension gefahren, in der ich wohne. Das wird sie kaum in verstorbenem Zustand getan haben. Oder glauben Sie etwa«, fragte Marla an Arne gewandt, »eine Tote kutschiert mich in die Pension, fährt wieder zurück und legt sich an den Strand?«

»Sie sind dabei beobachtet worden, wie Sie sich mit Valerie in der Pension gestritten haben«, erklärte Arne.

»Ach, beobachtet worden sind wir. Durch den geschlossenen Vorhang?«

»Sie streiten also nicht ab, dass Sie sich gestritten haben?«

»Nun, Streit würde ich das nicht nennen. Wir hatten eine Meinungsverschiedenheit, und die haben wir ausdiskutiert.« Marla kramte in ihrer Handtasche nach einem Spiegel und entfernte vorsichtig eine Wimper aus dem rechten Auge. »Wenn wir dabei beobachtet wurden, dann sicher von der alten Schachtel aus dem Haus gegenüber, die sich Tag und Nacht die Nase an der Fensterscheibe platt drückt. Ich bin sicher, die notiert sich sogar, zu welcher Uhrzeit eine Möwe ihre Hinterlassenschaft auf ein geparktes Auto fallen lässt.« Marla stieß ein bitteres Lachen aus.

Kuno atmete tief ein, um endlich mit der Frage herauszurücken, um die seine Gedanken seit ein paar Minuten kreisten.

»Frau van Daalen, wie erklären Sie sich, dass ein Haar von Ihnen an dem Kleid des Opfers haftete?«

»Woher wollen Sie wissen, dass es ein Haar von mir ist?«

»Wir gehen nach dem Ausschlussverfahren vor. Wir wissen mit Sicherheit, dass es kein Haar von Valerie ist. Das haben wir geprüft. Es handelt sich um ein rotes, halblanges Haar. Wir kennen nur eine Person im Umfeld der Wiederkehrs, die solche Haare hat. Das sind Sie.«

»Es kann durchaus von mir stammen«, gab Marla unumwunden zu. »Ich kann Ihnen auch erklären, wie das Haar aller Wahrscheinlichkeit nach auf Valeries Kleid gekommen ist.« Auch wenn die Kommissare so gelassen vor ihr saßen – Marla wusste, dass sie durch dieses Haar in Verdacht geraten war, und sie ahnte, dass der Blutdruck der Beamten mittlerweile auf Hochtouren lief. Ihre Erklärung musste jetzt sehr plausibel klingen.

»Am Vormittag des 5. August wurde in Valeries Galerie ein Bild von mir enthüllt«, erklärte sie geduldig. »Wir waren eine kleine Runde, nur die Damen aus dem Freundeskreis von Valerie waren anwesend. Ich hatte einen Kleidersack mit

Unikaten aus einer Kollektion dabei, die ich gemeinsam mit einem Modedesigner herausbringe. Karin Bitterstein interessierte sich für eins der Modelle. Außerdem hatte ich ein Kleid für Valerie mitgebracht. Es war mit dem Motiv des Bildes bedruckt, das wir an dem Tag enthüllt haben.

Nach der kleinen Zeremonie hat Valerie das Kleid anprobiert. Anschließend bat sie mich, es auch einmal überzuziehen. Sie wollte mein Bild an meinem Körper sehen. Dabei dürfte das Haar an dem Stoff haften geblieben sein. Eine andere Möglichkeit wäre diese: Wir hatten die Angewohnheit, uns bei der Begrüßung herzlich zu umarmen. Das haben wir auch getan, als wir uns an dem Abend, an dem Valerie ums Leben kam, zum Essen getroffen haben.«

Kuno musste sich eingestehen, dass Marla überzeugend argumentierte.

»Wie gesagt«, lenkte er ein, »uns ist nur eine Person im Umfeld des Opfers bekannt, deren Haare dem gefundenen ähneln. Wenn das Haar von einer anderen Person stammen sollte, könnte es sich dabei um den Täter oder, besser gesagt, die Täterin handeln; es ist ja mit hoher Wahrscheinlichkeit ein Frauenhaar. In dem Fall müssten wir nach einer weiblichen Person mit halblangen roten Haaren suchen, die nicht mit Ihnen identisch ist. Würden Sie uns freundlicherweise ein Haar überlassen, damit wir einen DNA-Vergleich veranlassen können?«

»Aber selbstverständlich«, sagte Marla und riss sich unverzüglich ein Haar aus. Demonstrativ hielt sie es Kuno hin, obwohl Arne ihr ein Papiertütchen dafür entgegenstreckte. Kuno langte nach dem Tütchen und ließ Marlas Haar hineinfallen.

Als die Kommissare Marla verabschiedet hatten, stöhnte Kuno: »Entweder ist sie eine exzellente Schauspielerin oder sie ist unschuldig.«

»Ich tippe auf Schauspielerin«, erwiderte Arne.

»Du magst recht haben«, dachte Kuno laut nach. »Bentes Beobachtung, die sie auf dem Video festgehalten hat, und die Bespitzelungsaktion der Zeugin Berta Wittmaker geben ein stimmiges Bild ab. Hör dich doch mal in der Pension um, ob die Besitzer oder die Bewohner der anderen Zimmer an dem Abend etwas von einem Streit mitbekommen haben.«

»Nichts lieber als das«, freute sich Arne. »Das mache ich noch heute.«

Die subtilen Feindseligkeiten, die sich zwischen Marla und Arne abgespielt hatten, waren Kuno nicht verborgen geblieben. Er war sicher: Sein Kollege würde besonders gründlich nachforschen.

»Wir hätten Marian übrigens nach der Haarfarbe seiner Melanie fragen sollen«, fiel Kuno ein.

»Das läuft uns ja nicht weg«, tröstete Arne ihn. »Warten wir erst mal ab, was die Kollegen in Hamburg herausfinden. Die kann ich auch nach der Frisur fragen, wenn sie mit der Dame gesprochen haben.«

* * *

Die Befragungsrunde endete mit Claus Wiederkehr. Es hatte Kuno von Grund auf widerstrebt, den Witwer herbeizuzitieren. Doch um nicht als befangen zu gelten, durfte er seinen Nachbarn und Freund nicht von dieser Prozedur ausschließen. Claus zeigte mittlerweile Verständnis dafür. Es war ihm im Grunde genommen egal, so wie ihm alles egal war seit Valeries Tod.

»Ist dir irgendetwas eingefallen, das uns bei der Suche nach dem Täter weiterhelfen könnte?«, fing Kuno vorsichtig an.

Die Frage war sinnlos, so wie jede weitere Frage an den Witwer. Der Mann stand völlig neben sich. Auch er hatte heute Morgen den Zeitungsartikel gelesen, in dem das Verhältnis seiner Frau mit Marian breitgetreten wurde.

»Alles wird in den Schmutz gezogen«, klagte Claus. Resigniert sah er Kuno an. »Sag mir: Welchem meiner Freunde kann ich noch trauen? War ich der Einzige, der nicht bemerkt hat, dass Valerie ein Verhältnis mit Marian hatte? Wussten alle anderen, dass Konrad sich jahrelang in jedem Sommer mit Valerie in den Dünen vergnügte? Habe ich etwa Jahr für Jahr den späteren Mörder meiner Frau an meinem Tisch bewirtet?«

* * *

Kuno und Arne atmeten auf, als die Befragungen abgeschlossen waren.

»Und?«, fragte Arne erwartungsvoll. »Wer kommt bei dir in die engere Wahl? Wer ist dein Kandidat für den Hauptgewinn?«

»Du meinst, wer meiner Meinung nach den Gutschein für ein paar Jahre Urlaub auf Staatskosten im Einzelzimmer überreicht bekommt?«, witzelte Kuno, obwohl ihm im Moment nicht nach Scherzen zumute war. »Lass mich eine Nacht drüber schlafen.«

»Nu komm, rück schon raus«, drängte Arne ihn. »Du hast doch sonst immer so ein gutes Gespür.«

»Mein Bauchgefühl lässt mich diesmal im Stich. Ich glaube, ich hänge persönlich zu tief drin in dem Fall. Das macht mich blind. Aber wenn du unbedingt eine erste Einschätzung haben willst...« Kuno ging zum Samowar und brühte sich einen Earl Grey auf. Während der Tee zog, setzte er sich auf den Besprechungstisch in der vorderen Hälfte des Raums, ließ die Beine baumeln und sah in den Himmel.

»Marla ist meine Hauptverdächtige. Ich glaube nicht, dass das Haar auf Valeries Kleid von jemand anderem stammt. Das wäre ein zu großer Zufall. Die Haarfarbe, die Haarlänge. Alles passt. Ob das Haar wirklich bei einem Kleidertausch oder bei einer herzlichen Begrüßungsaktion auf dem Kleid gelandet ist, wer weiß. In Sachen Streit zwischen den beiden extravaganten Ladys recherchierst du ja nachher noch in der Pension.«

Arne nickte.

»Ilona Stubenflieg kommt bei mir allerdings auch in die engere Wahl«, setzte Kuno seine Überlegungen fort. »Sie hat fast ihr Leben lang enorm hinter Valerie zurückstecken müssen. Da kann sich im Laufe der Jahre einiges aufstauen, bis schließlich eine winzige Flamme eine Explosion erzeugt. Mariano Gabriele Ognissanti – mein Gott, was für ein Name! Der Mann fällt als Geliebter des Opfers automatisch in den Kreis der Verdächtigen. Er könnte tatsächlich von Valerie die Trennung von Claus gefordert haben. Ich bin sicher, dass Valerie niemals dazu bereit gewesen wäre, sich von Claus scheiden zu lassen. Marian war gekränkt, zutiefst enttäuscht. Es kam zum Streit. Der Rest ist Geschichte.«

»Genauso verdächtig wie der Geliebte ist der Ehemann, der feststellt, dass er betrogen worden ist!«, warf Arne vehement ein.

»Nee, komm. Also bitte. Lass Claus da raus! Du hast doch gesehen, wie es ihm geht. Das erkennt jeder Vorgartenpsychologe, dass der Mann es nicht war. Claus hätte genug Größe gehabt, sich in aller Stille von seiner Frau scheiden zu lassen. Der hätte sich nicht auf diese Weise von ihr getrennt. Außerdem ist er intelligent genug, um zu wissen, dass eine zwanzig Jahre jüngere Ehefrau sich eventuell auch mal woanders umsieht. Valerie war nie so ganz ohne…«

»Trotzdem. Es ist ein Unterschied, ob ein Mann insgeheim damit rechnet, dass seine Frau ihn mal hintergeht, oder ob er vor vollendeten Tatsachen steht und vor seinen Freunden blamiert wird.«

»Wenn du mir Beweise bringst, okay«, gab Kuno nach. »Aber solange du mir nur ein Motiv konstruierst und keinen einzigen Beweis vorlegen kannst, ist Claus in meinen Augen unschuldig. In denen der Justiz übrigens auch«, schob er sicherheitshalber hinterher. »Nach derzeitiger Beweislage brauchen wir ihn der Staatsanwaltschaft erst gar nicht zu präsentieren.«

»Was ist mit Karin und Konrad Bitterstein?«

»Halt mir die Bittersteins da raus. Die bringen sich höchstens gegenseitig um. Die sind viel zu sehr mit sich selbst beschäftigt, als dass sie sich zu einem Mord hinreißen ließen.«

»Bleiben also noch die Geiers. Der Mann hat ein tolles Alibi. Die Frau dagegen – wie heißt sie noch? – steht ziemlich armselig da«, urteilte Arne.

»Stimmt, Armgard gibt's ja auch noch. Die Frau hatte ich schon gar nicht mehr auf dem Zettel. So unbedarft und unscheinbar... Hm, ich weiß nicht. Aber nun lass uns Feierabend machen. Das heißt: Du fährst noch zur Pension, führst deine Recherchen durch. Und ich gehe mit unserer Zeugin Bente ein Bier trinken. Als Dankeschön für ihre Detektivarbeit in diesem Fall.«

»Sehr kollegiale Arbeitsteilung! Das schätze ich so an dir«, feixte Arne.

* * *

Anders als in der vorherigen Nacht schlief Ilona in der vom 8. auf den 9. August überhaupt nicht gut. Um Punkt zwei Uhr dreiundzwanzig wachte sie auf. Das Erpresserschreiben, das sie am Tag zuvor verfasst hatte, schob sich vor ihr geistiges Auge. Zeile für Zeile sah sie es vor sich. Ein Buchstabe nach dem anderen tanzte an ihr vorbei.

Plötzlich saß Ilona kerzengerade im Bett und schlug sich mit der Hand vor die Stirn. Siedend heiß fiel es ihr ein: Sie hatte vergessen, dem Empfänger des Schreibens mitzuteilen, zu welchem Zeitpunkt und an welchem Ort er denn bitte schön die Kleinigkeit von fünfzigtausend Euro deponieren sollte.

Na, dann ein schönes Wochenende, sagte sie zu sich selbst, legte sich wieder hin und verkroch sich unter der Bettdecke.

* * *

Anders als Ilona schlief Arne in dieser Nacht prächtig. Noch am Abend hatte er Kuno telefonisch die Nachricht überbracht, dass der Streit zwischen Marla und Valerie, den Berta Wittmaker durch den durchscheinenden Vorhang beobachtet hatte, in der Pension nicht zu überhören gewesen war. Ein paar Minuten lang hatten es die beiden Frauen mit der Lautstärke derart übertrieben, dass die Rezeptionistin von den aufgebrachten Zimmernachbarn gebeten worden war, für Ruhe zu sorgen. Das hatte sie umgehend getan.

Die konsternierte Marla hatte wenig später überfreundlich darum gebeten, dass man einen Korkenzieher aufs Zimmer bringen möge. Als eine Mitarbeiterin der Pension ihr den kurz darauf brachte, habe akustischer Frieden im Raum geherrscht. Doch sei ein Knistern in der Luft spürbar gewesen.

Arne fieberte an diesem Freitagabend der nächsten Woche entgegen. Er war sicher, sie würden den Fall bald lösen können.

Kapitel 15

Die Woche fing gut an. Kuno legte das Schreiben mit dem Ergebnis des DNA-Vergleichs von Marlas Haar mit dem, das auf Valeries Kleid gefunden worden war, zur Seite und lächelte zufrieden.

»Na, dann werden wir Marla van Daalen noch einmal auf ein gemütliches Tässchen Tee zu uns einladen«, beschloss er. »Es sieht ganz danach aus, als wäre sie stärker in den Fall verwickelt, als sie zuzugeben bereit ist. Ich werde gleich einen Durchsuchungsbeschluss für das Zimmer beantragen, um nach der Tatwaffe und weiteren Spuren forschen zu lassen.«

»Dann lass uns mal rekonstruieren, wie die Tat abgelaufen sein könnte«, sagte Arne und hoffte auf die Kombinationsgabe seines Chefs. Der legte gleich los.

»Fakt ist: Die beiden haben am letzten Tag von Valeries Leben viel Zeit miteinander verbracht, und sie haben sich mindestens zweimal gestritten. Erst auf der Aussichtsplattform; so dürfen wir das wilde Gestikulieren, das auf Bentes Video zu sehen ist, wohl interpretieren. Dann in der Pension. Vielleicht hat Marla Valerie nach dem Streit in ihrem Zimmer noch einmal zum Roten Kliff begleitet, und sie haben sich ein drittes Mal gestritten. Oder sie ist ihr unauffällig gefolgt und hat sie

226

dort überrascht. Es kam in der Tat nicht selten vor, dass Valerie spätabends noch einen Spaziergang machte. Sie fühlte sich sehr sicher in Kampen. Sie liebte den Blick vom Kliff auf die See. Manchmal saß sie im Stockdunkeln da und lauschte dem Meer. Marla kann sie durchaus dort angetroffen haben.«

»So könnte es gewesen sein.« Arne stand auf, ging zum Fenster und stützte sich mit beiden Händen auf der Fensterbank ab. Er guckte in den Himmel, als erhoffte er sich in diesem verzwickten Fall Beistand von dort oben.

Da stürmte Claus ins Büro der Kommissare. In der Hand hielt er einen Briefumschlag, den er demonstrativ hochhielt.

»Na, Herr Wiederkehr, doch ein Geständnis ablegen?« Arne hatte den Doktortitel mit Absicht vergessen. In seinem Büro war er derjenige, der die Titel vergab. Aber nur an die, die seiner Meinung nach einen verdienten. Der feine Schönheitschirurg, den er immer noch für schwer verdächtig hielt, musste sich seinen Doktor in diesen Räumlichkeiten erst erarbeiten.

Claus sah Arne eine Sekunde lang konsterniert an, als hätte er nicht richtig gehört. Dann brüllte er: »Große Klappe, nichts dahinter, was, Herr Flunder?«

»Mein Name ist Z…« Mehr brachte Arne nicht heraus, denn Kunos spitzer rechter Ellenbogen traf ihn so heftig in die Rippen, dass man es krachen hörte. Arne riss den Mund erschrocken auf und krümmte sich vor Schmerz.

»Du wolltest doch um halb zehn beim Zahnarzt sein, Arne«, stellte Kuno mit einem Blick auf seine Armbanduhr fest. »Wenn du das noch schaffen willst, musst du dich beeilen.«

»Beim Zahnarzt?« Arne sah seinen Chef an, als wäre der nun völlig durchgeknallt. Er hatte weder einen Termin beim Zahnarzt noch sonst irgendeinen Termin außer Haus. Doch Kuno machte ihm stille Zeichen mit den Augenbrauen, hielt ihm die Tür auf und komplimentierte ihn kollegial hinaus:

»Lass dir ruhig Zeit bis nach dem Mittagessen. Es dauert ja bekanntlich, bis die Wirkung der Spritze nachlässt.«

Arne begann zu verstehen. Er übersah Claus Wiederkehrs süffisantes Lächeln, verließ das Büro und verfluchte seinen Chef.

Kuno las sich das Schreiben durch, das Claus ihm überreicht hatte. Er las es einmal, zweimal und ein drittes Mal. Dann brach er in lautes Lachen aus. Claus sah ihn irritiert an.

»Entschuldige bitte, Claus«, sagte Kuno und fuhr sich mit der Hand über den Mund. Er bot seinem Besucher einen Stuhl am Besprechungstisch und einen Becher Tee an. »Das ist wirklich ein bisschen komisch. Sieh dir das doch an. Der Erpresser hat vergessen, dir mitzuteilen, wann und wo er das Geld serviert bekommen möchte. Ich sage dir, da war ein Laie am Werk, ein Banause. Warte ab, vermutlich bekommst du morgen ein Schreiben, in dem er dir seinen Namen und seine Kontonummer mitteilt. Vielleicht steht dann auch noch die genaue Wohnungsanschrift samt Telefon- und Handynummer im Brieffuß. Für den Fall, dass du Rückfragen hast.«

Bei dem Gedanken konnte Kuno ein Prusten nur schwer unterdrücken, während Claus mit einem Gesicht dasaß, als wäre ihm mitten in einer Schönheits-OP das Silikon ausgegangen. »Was ist, wenn ich einen Anruf erhalte und man mir mündlich mitteilt, wo ich das Geld hinbringen soll?«

Kuno überlegte keine drei Sekunden. »Das könnte natürlich passieren. Aber daran glaube ich nicht, denn dieser Möchtegernerpresser hätte dir zumindest mitgeteilt, bis wann das Geld bereitliegen soll und dass er dir mit weiteren Instruktionen kommen wird. Und der Standardspruch ›Keine Polizei einschalten‹ hätte auch noch darunter gestanden.«

Kuno hielt Claus das Schreiben vor die Nase. »So wie das hier«, er wies mit dem Zeigefinger auf das Blatt Papier, »so sehen Erpresserschreiben für gewöhnlich nicht aus. Ich bin sicher, da war ein Trittbrettfahrer am Werk. Jemand, der gestern diesen

Zeitungsartikel gelesen hat und sich dachte, dass er heute mal locker ein paar schnelle Euro daraus machen kann. Vor lauter Eifer hat er dabei die wichtigsten Eckdaten vergessen.«

Claus sah Kuno skeptisch an. »Was mache ich, wenn er sich doch meldet?«

»Ganz einfach: Dann spielst du mit. Du gehst zum Schein auf die Forderung ein und meldest dich umgehend bei uns. Meinetwegen verabrede dich sogar mit dem Erpresser. Aber nicht, ohne uns einzuschalten. Im Übrigen glaube ich, dass der Autor dieses Pamphlets Insiderwissen hat. Womöglich kommt er sogar aus eurem erlauchten Freundeskreis. Würde mich zumindest nicht wundern.«

»Wie kommst du darauf?«

»Es tut mir leid, dir das so offen sagen zu müssen, aber nach der Geschichte mit Mariano Ognissanti halte ich es für nicht ausgeschlossen, dass die anderen Herren, von denen in diesem Witz von einem Erpresserbrief die Rede ist, tatsächlich im Leben deiner Frau eine galante Rolle gespielt haben. Wenn wir tiefer in Valeries Leben recherchieren würden, wenn wir zum Beispiel ihre Terminkalender der letzten Jahre durchforsten würden, käme wohl einiges zum Vorschein, was diese These bestätigen dürfte.«

Claus runzelte die Stirn. »Ich will auf keinen Fall riskieren, dass Valeries Ruf posthum noch mehr geschädigt wird, als das schon bisher der Fall war.«

»Also geh zum Schein auf die Forderungen ein, wenn der Erpresser sich meldet. Es handelt sich mit großer Sicherheit um jemanden, der genau weiß, mit wem Valerie sich in den letzten Jahren privat getroffen hat. Wer könnte das sein?«

»Ilona«, entfuhr es Claus prompt. »Sonst niemand.« Im nächsten Augenblick wurde ihm klar, dass er mit diesen Worten die beste Freundin seiner ermordeten Frau der Erpressung beschuldigt hatte.

229

»Ilona«, wiederholte Kuno und schluckte. »Keiner eurer Freunde dürfte einen Drucker im Gepäck haben, wenn er in den Urlaub fährt«, kombinierte er weiter. »Wenn es jemand aus eurem Kreis war, hat er das Schreiben vermutlich in einem Copyshop ausdrucken lassen. So blöd, das Sekretariat seines Hotels oder Ferienwohnungsvermieters zu nutzen, dürfte keiner sein. Wir werden also ein paar der Fotos, die Boy auf der Silberhochzeitsfeier von euch gemacht hat, nehmen und den Mitarbeitern der drei, vier Copyshops vorlegen, die es auf Sylt gibt. Es würde mich wundern, wenn wir nicht ganz schnell in Erfahrung brächten, wer der fantasievolle Autor dieses netten Briefchens ist.«

Kuno sah sich das Schreiben noch einmal an. »Eine merkwürdige Forderung ist das, die der Erpresser hat. Fünfzigtausend Euro. Das ist zwar eine hübsche Summe, aber keine, mit der man sich nach Südamerika abseilen kann, um dort auf ewig ein sonniges Leben zu führen. Profis, richtige Kriminelle, fordern mehr. Die geben sich nicht mit einer fünfstelligen Summe zufrieden. Da derjenige, der das hier fabriziert hat, sich in Valeries Leben auskennt wie in seinem eigenen Wohnzimmer, dürfte er auch wissen, dass bei euch mehr zu holen wäre.«

Claus versuchte zu protestieren, aber Kuno winkte ab. »Man muss sich doch nur euer Häuschen auf Sylt ansehen. Dann die beiden Galerien. Deine Klinik in Hamburg und das Haus in Blankenese. Wer über Valeries Liebesleben Bescheid weiß, der ist auch über diese Immobilien informiert. Wenn es ein Profi wäre, hätte er mindestens eine Million gefordert. Ich unterstelle, dass dein Erpresser jemand ist, der eine überschaubare finanzielle Lücke stopfen will. Wir werden Auskünfte über die finanzielle Situation deiner lieben Freunde einholen. Damit können wir den Kreis der potenziellen Täter bestimmt gut eingrenzen.«

»Ich hoffe, ihr habt Glück bei der Suche«, sagte Claus resigniert.

∗ ∗ ∗

Claus und Marla gaben sich die Klinke in die Hand. Claus sah der Malerin unverwandt in die unergründlichen türkisfarbenen Augen, die an ihm vorbeiblickten.

»Bitte, nehmen Sie Platz, Frau van Daalen. Sie sind ja hier schon fast zu Hause.«

Marla versuchte, sich so gefasst wie möglich zu geben. »Was verschafft mir die Ehre dieser zweiten Befragung?«

»Zum Beispiel die Tatsache, dass Sie uns angelogen haben«, kam Kuno geradeheraus zum Punkt. »Sie haben sich sehr wohl in Ihrem Pensionszimmer mit Valerie gestritten. So laut, dass die Wände wackelten und die Zimmernachbarn dagegenhalten mussten.«

»Wollen Sie daraus etwa schließen, dass ich Valerie umgebracht habe? Wenn aus jedem Streit ein Toter hervorgehen würde, wissen Sie, wie wenige Menschen es dann noch auf der Erde gäbe?« Marla sah Kuno kopfschüttelnd an. Sie schien sich ihrer Unschuld sehr sicher zu sein.

»Unser Verdacht basiert nicht auf dem Streit, sondern auf der Tatsache, dass Sie ihn geleugnet haben.«

»Es ist nicht meine Art, anderen Menschen über eine ganz private Auseinandersetzung mit einer anderen Frau Auskunft zu erteilen. Auch der Polizei nicht. Wie soll ich Valerie denn umgebracht haben?«, fragte Marla. »Ich besitze keine Waffe, mit der ich sie hätte erschießen können. Ich habe ja nicht mal einen Waffenschein.«

»Wie kommen Sie darauf, dass Valerie erschossen wurde?«

»Ja, wie bringt man einen Menschen denn um? Man erschlägt ihn oder man erschießt ihn.« Marla legte den Kopf schief. »Glauben Sie, ich könnte einen Menschen erschlagen?«

»Und wie steht's mit vergiften?«, fragte Kuno.

Marla richtete sich auf und sah ihn ungläubig an. »Ist Valerie denn vergiftet worden? Da draußen am Strand?«

»Wir suchen die Tatwaffe gerade in Ihrem Pensionszimmer, Frau van Daalen«, lenkte Kuno ab. »Die Tatwaffe war keine Pistole, wie Sie möglicherweise wissen.«

»Haben Sie denn einen Durchsuchungsbeschluss?«

»Würden unsere Kollegen sonst Ihr Zimmer durchflöhen?«

»Darf ich wenigstens erfahren, wonach Sie suchen?«, wandte Marla sich an Kuno.

»Sind Sie Jägerin oder Anglerin?«, fragte Kuno zurück.

»Nein. Ich bringe weder Menschen um noch Tiere. Auch keine Fische.«

Kuno überlegte, wie er mehr aus Marla herausbekommen könnte.

»Dürfen Sie mich überhaupt hierbehalten?«, fragte sie erzürnt in die Gesprächspause hinein. »Jetzt sitze ich doch als Verdächtige hier. Ich habe das Recht auf einen Anwalt.«

»Sagen wir so, Frau van Daalen: Wir verfolgen eine kleine Spur, die heiß werden könnte. Wir fischen in einem See mit tiefgrünem Wasser. Erst wenn wir Grund sehen, können wir einen konkreten Verdacht äußern. Oder auch nicht.«

Marla lehnte sich zurück und lächelte überlegen. »Wissen Sie, meinetwegen können Sie mein Zimmer durchsuchen, solange Ihnen danach ist. Auch wenn ich nicht weiß, wonach Sie fahnden, so weiß ich doch, dass Sie es nicht finden werden. Nicht bei mir.«

»Wo denn dann, Frau van Daalen?«

»Das müssen Sie bitte denjenigen fragen, der die Tat begangen hat.«

Diese Frau war einfach nicht aus der Reserve zu locken. War Marla so eiskalt, fragte Kuno sich, oder war sie wirklich nicht die Person, die sie suchten?

* * *

Noch während Marla bei ihm saß, erhielt Kuno einen Anruf von Hauke Ingwersen. Seine Leute hatten das Pensionszimmer auf den Kopf gestellt. Viel Zeit hatten sie dafür nicht gebraucht; das Zimmer war klein und überschaubar. Die Ausbeute war im Prinzip mager: Von einer Tatwaffe war weit und breit keine Spur. Dennoch hatte sich die Durchsuchung gelohnt. Sie hatten die abgebrochene Spitze eines langen, blutrot lackierten Fingernagels gefunden. Die hatte sich unter dem schmalen Schreibtisch neben dem Fenster im Teppichboden versteckt und dem Staubsauger bei der täglichen Zimmerreinigung erfolgreich Widerstand geleistet.

Das konnte die Nagelspitze sein, die der Leiche am rechten Zeigefinger gefehlt hatte und die, wie die Untersuchung des verbliebenen Nagels gezeigt hatte, erst kurz vor Valeries Tod abgebrochen war. Im Zusammenhang mit dem Wissen um einen lautstarken Streit in Marlas Pensionszimmer war dieser Fund besonders interessant.

»Gebt das Ding bitte ins Labor. Wir brauchen eine DNA-Analyse.«

»Okay«, sagte Hauke Ingwersen kurz.

Kuno entließ Marla aus der Befragung, nicht ohne sie zu bitten, ständig telefonisch erreichbar zu bleiben, sich einmal täglich bei ihm oder seinen Kollegen zu melden und sich auf keinen Fall von der Insel zu entfernen.

* * *

Arne kehrte von seinem vermeintlichen Zahnarzttermin zurück zum Polizeigebäude. Vor dem Eingang blieb er stehen und rief Kuno an, um sich zu vergewissern, ob Claus noch da war.

»Der ist weg«, sagte Kuno. »Du darfst wieder reinkommen.«

Arne hatte sich gerade an seinen Schreibtisch gesetzt, als ein Anruf der Kollegen aus Hamburg kam. Er nahm das Gespräch entgegen und hörte sich an, was die Beamten bei der Befragung von Melanie Hartmann herausgefunden hatten. Dann erstattete er Kuno Bericht.

Marians Exfreundin hatte erst alles geleugnet. Doch als sie erfuhr, dass sie durch ihre Aktionen in Verdacht geraten war, etwas mit dem Mord an Valerie zu tun zu haben, war sie schnell bereit gewesen, alles zuzugeben, was auf ihr Konto ging.

Als sie Marian auf der Fahrt nach Sylt angerufen hatte, war sie selbst auf der Autobahn nach Niebüll unterwegs gewesen. Marian hatte ihr unvorsichtigerweise erzählt, dass er nach Sylt fahren würde, um ein paar schöne Tage mit seiner Geliebten auf der Insel zu verbringen. Er hatte wohl gehofft, dass sie dann akzeptierte, dass es ihm ernst war mit seiner neuen Liebe.

Für diese Fahrt hatte Melanie Hartmann sich einen Leihwagen gemietet. In Westerland hatte sie ein Hotelzimmer reserviert. Um nicht erkannt zu werden, hatte sie sich schon Tage vorher in Hamburg eine Perücke gekauft und Kleidung in einem Stil zugelegt, den Marian ihr niemals zugetraut hätte. Sogar eine andere Körperhaltung und einen anderen Gang hatte sie sich zu Hause vorm Garderobenspiegel antrainiert.

Einen Tag vor der Fahrt hatte sie die Karte mit dem Jugendwahn-Spruch zusammengestellt und den Wiederkehrs zugesandt. Die Adresse herauszufinden, war nicht schwer gewesen, denn sie kannte den Namen von Marians neuer Liebe, und die Galerie stand im Telefonbuch.

Melanie hatte das Haus der Wiederkehrs oft von dem Fußweg aus beobachtet, der zum Strand von Kampen führt. So hatte sie auch die Gelegenheit abgepasst, das Rattengift im Vorratsraum zu deponieren. Die Köder hatte sie einem Bekannten abgeschwatzt, der mit Schädlingsbekämpfungsmitteln handelte. Ihr Plan war gewesen, den Wiederkehrs das Gift in den Garten zu werfen. Aber dann bot sich diese prickelnde Gelegenheit mit der Vorratskammer, die die Haushälterin beim Verlassen des Hauses nicht abgeschlossen hatte.

»Durch die häufige Beobachtung des Hauses ist sie dann auch auf die Silberhochzeitsfeier in Hinnerks Hof gestoßen«, schloss Kuno.

»Richtig«, bestätigte Arne, »am Abend des 2. August hat sie Marian und die restliche Gesellschaft in Hinnerks Hof einkehren sehen. Sie hat sich hinter der Gartenhecke des Hotels versteckt und in den Raum hineingelugt, in dem gefeiert wurde. Aus lauter Wut hat sie einen Kieselstein, den sie zuvor vom Fußweg aufgelesen hatte, durch das offene Fenster geworfen. Danach ist sie blitzschnell zu dem Parkplatz am Strandübergang gelaufen, auf dem sie ihren Wagen abgestellt hatte, und ist wieder in ihr Hotel gefahren.«

»Sportlich, die Dame«, warf Kuno ein.

»Das Foto von der winkenden Valerie hat Melanie Hartmann in Hamburg im Elbe-Einkaufszentrum aufgenommen«, fuhr Arne fort. »Dorthin war sie Marian gefolgt. Mit Perücke und Verkleidung. Valerie hatte in der Shoppingmeile im Erdgeschoss auf ihn gewartet. Als er auf sie zulief, winkte sie ihm. Ein schönes Fotomotiv.«

»Dann hat Frau Hartmann eine Fotomontage mit der im Sand liegenden Valerie daraus gemacht?«

»Die Fotomontage hat sie von einem Nachbarn anfertigen lassen, der sich mit so etwas auskennt und nicht gefragt hat, wofür das gut sein soll. In der Dunkelheit, als nur noch wenige Menschen in Kampen unterwegs waren, hat sie sich an das

Haus der Wiederkehrs herangeschlichen und den Umschlag auf die Stufe vor der Eingangstür gelegt.«

»Und der letzte Akt der Serie?«, fragte Kuno neugierig.

»Am Abend des 5. August hat Frau Hartmann gesehen, wie Valerie im Dunkeln die Galerie verlassen, die Tür aber nicht abgeschlossen hat, weil sie wohl noch einmal zurückkehren wollte. Mit klopfendem Herzen ist unsere heimliche Botschafterin hineingehuscht und hat mit ihrem Lippenstift die Warnung auf den Spiegel geschrieben. Eine ganz spontane Idee.«

»Dann hat sie sich vom Acker gemacht? Oder ist sie Valerie gefolgt?«

»Sie behauptet, dass sie in ihr Hotel zurückgefahren ist. Gegen halb elf will sie dort angekommen sein. Sie meint, der Nachtportier könne das bezeugen. Der könnte sicher auch bestätigen, dass sie das Hotel in der Nacht nicht mehr verlassen hat. Am nächsten Morgen ist sie wieder nach Hamburg zurückgefahren. Das Pflaster war ihr zu heiß geworden.«

»Verständlich«, meinte Kuno.

»Ich rufe gleich in dem Hotel an und frage, wann ich den Nachtportier sprechen kann«, beschloss Arne. »Wenn er heute Dienst hat, fahre ich heute Nacht noch hin.«

Am frühen Nachmittag fuhr Arne zu Hinnerks Hof und beschaffte einige Fotos, die Boy während der Feier am 2. August von den Freunden der Wiederkehrs aufgenommen hatte. Damit zog er durch die Copyshops von Sylt. Eine überschaubare Aufgabe, denn es gab nur wenige solcher Läden und die Anzahl der Mitarbeiter hielt sich ebenfalls in Grenzen.

Noch vor Dienstschluss kehrte Arne niedergeschlagen ins Polizeirevier zurück. Kuno musste ihn nur kurz ansehen, um zu wissen, dass sein Kollege die Suche nach dem Erpresser ohne brauchbares Ergebnis abgeschlossen hatte.

»Vielleicht hast du mit dem Nachtportier nachher mehr Glück«, versuchte er, seinen Kollegen zu trösten.

Arne fuhr nach Hause, aß eine Kleinigkeit, setzte sich vor den Fernseher und ließ sich berieseln. Um zehn Uhr abends fuhr er nach Westerland, um den Nachtportier zu befragen, der Melanie Hartmann gesehen haben sollte. Die Hamburger Kollegen hatten ihm ein Foto der Frau mit ihrer Perücke gefaxt. Er hatte es eingesteckt, um ganz sicher zu gehen, dass sie von derselben Person sprachen.

»Melanie Hartmann«, sagte der Mann. »Ja, an die kann ich mich erinnern. Ist ja erst ein paar Tage her, dass sie hier war, und als Portier hat man ein Gedächtnis für Gesichter.«

»An dem Abend vor ihrer Abreise ist sie spätabends ins Hotel zurückgekommen. Wissen Sie noch, um wie viel Uhr das war?«

»Ja, warten Sie. Um zehn Uhr abends fange ich meinen Dienst an. Ich war noch nicht lange hier, als sie kam. Mehr als eine halbe Stunde kann das nicht gewesen sein. Gegen halb elf also. Ich erinnere mich deshalb so gut an sie, weil sie die Rechnung noch am selben Abend bezahlen wollte. Rechnungen sind aber nicht meine Baustelle. Ich musste sie auf den nächsten Tag vertrösten. Sie drängelte, sie wollte unbedingt sofort bezahlen. Sie hatte es wohl besonders eilig. Aber was sollte ich machen? Ich konnte ihr da nicht weiterhelfen.«

»In der Nacht hat die Frau das Hotel aber noch mal verlassen«, versuchte Arne sein Glück.

»Wer sagt das?«

»In der Regel beantworten die Leute meine Fragen, nicht umgekehrt«, meinte Arne mit einem Schmunzeln.

»Nee, die hat das Hotel nicht mehr verlassen. Das hätte ich gemerkt. Ich war die ganze Nacht hier.«

»Über den Balkon vielleicht. Oder über einen Hinterausgang?«

»Aus dem vierten Stock? Nee, mein Lieber. Die Frau wirkte zwar sportlich, aber ein Sprung aus dem vierten Stock? Nee! Und später wieder die Wand hochklettern?«

»So eine Nacht ist doch lang. Da holen Sie sich doch sicher mal einen Kaffee oder ein Wasser. Und zur Toilette müssen Sie doch auch mal.«

»Den Kaffee hatte ich mir bei Dienstbeginn geholt. Wasser habe ich immer hier stehen. Und zum Klo, ja, da bin ich hin. Irgendwann gegen zwei Uhr morgens. Das ist so meine Zeit.«

Zwei Uhr morgens, dachte Arne, da war Valerie schon tot. Der Zeitpunkt war für die Ermittlungen uninteressant.

»Sie sind ganz sicher, dass Sie zu keinem Zeitpunkt vorher die Rezeption für einen Augenblick allein gelassen haben?«

»Das fragen Sie einen alten Nachtportier, der seit Jahrzehnten immer denselben Rhythmus hat.«

»War das eine Frage?«

»Nee, eine Feststellung.«

»Okay. Dann herzlichen Dank für Ihre Aussage. Und eine gute Nacht!«

»Tschüss, min Jung!«

Was die alles wissen wollen, dachte der Portier und schüttelte den Kopf.

Arne beschloss, seinen Chef noch an diesem Abend über das Ergebnis des Gesprächs zu informieren. Es klingelte sechsmal, bis Kuno sich meldete.

»Schickt dich der Weckdienst?«, fragte der Hauptkommissar etwas mürrisch.

»Nee, der Nachtportier. Die Hartmann kannst du von unserer Liste streichen. Die hat ein Alibi.«

»Dann müssen wir uns also wieder ganz auf unseren Freundeskreis konzentrieren«, seufzte Kuno.

Kapitel 16

Verdammt, sie kamen einfach nicht voran in diesem Fall! Kuno rief Hauke Ingwersen an.

»Bitte guckt euch den Tatort und den Fundort noch einmal ganz genau an. Nehmt jedes Sandkorn in die Hand und dreht es mindestens dreimal um! Es muss eine Spur zu finden sein, und wenn sie noch so klein und unscheinbar ist. Es gibt keinen Mörder, der nicht irgendeinen Hinweis hinterlässt.«

»Du weißt, wie schwierig es in diesem Fall ist. Sand, wohin das Auge reicht. Sturm und Regen in der Mordnacht. Wenn es Spuren gab, hat der Wind sie verweht.«

»Mittlerweile hat der Wind gedreht. Vielleicht hat er wieder eine Spur freigelegt«, beharrte Kuno.

Ihm war klar, wie gering die Chancen waren. Aber ohne Hartnäckigkeit kein Erfolg, und ohne Erfolg konnte er diesen Fall nicht ad acta legen. Das ginge gegen seine Kriminalistenehre. Außerdem würden ihm weder sein Freund Claus noch die Inselbewohner eine Kapitulation vor dem Täter jemals verzeihen. Ganz zu schweigen von den Medien, die nur darauf lauerten, den Mörder der bekannten Galeristin Valerie Wunderlich-Wiederkehr präsentiert zu bekommen.

»Wir versuchen unser Bestes«, versicherte Hauke und trommelte seine Leute zusammen, um die Aktion ›Rotes Kliff‹ vorzubereiten.

Derzeit regnete es in Strömen. Für die nächsten Tage war keine Besserung in Sicht. Ein Tief nach dem anderen sollte bis zum Abend des 14. August über die schleswig-holsteinische Nordseeküste hinwegziehen und schweren, matschigen Sand hinterlassen. Die Aktion wurde daher auf den 15. August terminiert, für den der Wetterdienst voller Optimismus Sonnenschein pur vorhersagte.

Doch bis dahin musste Kuno nicht Däumchen drehen.

Nachdenklich wanderte er im Büro auf und ab. Es war still im Raum. Nur der Samowar gurgelte sanft, und ab und zu vernahm man das Quietschen von Turnschuhen, wenn Kuno auf dem Absatz wendete, um zehn Schritte in die andere Richtung zu gehen. Plötzlich klingelte das Telefon auf dem Schreibtisch des Hauptkommissars. Schriller als sonst, wie beide Kommissare später einvernehmlich meinten. Wie elektrisiert drehte Kuno sich um, riss den Hörer hoch und meldete sich knapp.

»Struck am Apparat«, meldete sich eine Frauenstimme. »Rita Struck. Ich bin Mitarbeiterin des Copyshops in Tinnum, in dem Sie gestern wegen der Mordsache nachgefragt haben. Wegen dieser toten Valerie, von der die Zeitungen berichten.«

Kunos Augenbrauen schossen in die Höhe. Hektisch griff er zu Stift und Papier und machte sich stichwortartig Notizen. Dann erklärte er Rita Struck den Weg in sein Büro. Die Dame fragte, wann sie denn kommen dürfe.

»Na, so bald wie möglich«, ermunterte Kuno sie.

»Dann komme ich um kurz nach zwölf, in der Mittagspause.«

Kuno legte den Hörer auf und rieb sich die Hände.

»Deine Copyshop-Aktion gestern Abend hatte doch Erfolg!«, rief er Arne zu. »Eine Mitarbeiterin des Ladens in Tinnum kommt heute Mittag bei uns vorbei. Sie hatte gestern ihren freien Tag, daher hast du sie nicht angetroffen. Heute hat sie von einem Kollegen erfahren, dass wir im Mordfall Valerie Wunderlich-Wiederkehr in allen Sylter Kopierläden nach einem Erpresser fahnden. Sie erinnert sich an eine Kundin, die am 8. August mit einem USB-Stick da war. Sie sagt, es kämen nur selten Kunden in den Laden, die nicht von der Insel stammen. Diese Frau hatte sie noch nie gesehen, und sie hatte auch den Eindruck, sie sei fremd auf Sylt. Die Dame hat nämlich beim Bezahlen des Ausdrucks nach einem Briefkasten in der Nähe gefragt.«

»Jep! Jetzt brauche ich auch einen Tee!«, rief Arne aus.

»Jetzt hättest du dir sogar einen mit Schuss verdient«, urteilte Kuno, »wenn wir nicht im Dienst wären.«

»Ich frag mich nur, warum mir gestern keiner gesagt hat, dass eine Mitarbeiterin freihatte.«

»Kennst du einen Nordfriesen«, fragte Kuno mit tausend Lachfältchen in den Augenwinkeln, »der von sich aus etwas erzählt, wonach er nicht ausdrücklich gefragt wurde?«

Bevor Arne eine passende Antwort gefunden hatte, schrillte das Telefon erneut. »Nanu«, wunderte sich Kuno, »sind wir heute die Telefonseelsorge?«

»Hauptkommissar Knudsen«, meldete er sich mit Elan in der Stimme. Am anderen Ende der Leitung meldete sich der Kollege vom DNA-Labor. Nun war es Kuno, der am liebsten ›Jep!‹ in den Hörer gebrüllt hätte: Der abgebrochene Fingernagel, den sie in Marla van Daalens Pensionszimmer gefunden hatten, stammte von Valerie. Die DNA stimmte zu hundert Prozent überein.

Hatte es also doch Handgreiflichkeiten zwischen den beiden Frauen gegeben? Waren sie der Beginn eines Streits gewesen, der sich später am Kliff fortgesetzt hatte? Kuno wählte die Nummer von Marlas Handy. Er erreichte die Malerin bei einem Besuch des Erlebniszentrums Naturgewalten in List. Sie hatte vor, sich gleich einen Vortrag über das Wattenmeer als UNESCO-Weltkulturerbe anzuhören und danach im Bistro eine Kleinigkeit zu essen.

Marla reagierte seltsam sortiert auf Kunos Bitte, sich umgehend im Polizeirevier einzufinden. Entweder sie sei eine Verdächtige, antwortete sie, dann würde sie nicht ohne einen Anwalt in Kunos Büro erscheinen, oder aber sie sei nicht verdächtig. In dem Fall würde sie sich selbstverständlich auf dem Revier einfinden, sobald der Vortrag beendet sei und sie anschließend etwas zu sich genommen habe.

Kuno kochte innerlich vor Wut, wollte das aber auf keinen Fall durchblicken lassen. Er sah auf die Uhr: Es war elf Uhr zwanzig. In knapp einer Stunde würde Frau Struck in seinem Büro eintreffen. Selbst wenn Frau van Daalen sofort losfuhr, würde sie es kaum schaffen, so zeitig vor der Zeugin aus Tinnum hier zu sein, dass er sie ausgiebig befragen konnte. Eine Begegnung der beiden Frauen wollte er unbedingt vermeiden, solange er nicht wusste, ob oder wie tief Marla van Daalen in den Fall verwickelt war. Insofern war es sinnvoll, zuerst mit Frau Struck zu sprechen, dann mit der Malerin. Also nahm er sich zusammen und sagte in ebenso ruhigem wie bestimmtem Ton: »Ich erwarte Sie heute um Punkt vierzehn Uhr in meinem Büro.«

»Ja, der Termin passt«, antwortete Marla nach kurzem Nachdenken.

Eine Dreiviertelstunde später, um kurz nach zwölf, klopfte es zaghaft an der Tür. »Hereinspaziert!«, dröhnte Kunos sonore Stimme herzlich.

Rita Struck schob sich durch die Tür. Kuno und Arne mussten zweimal hinsehen, um sich zu vergewissern, dass es nicht Ilona war, die gerade den Raum betrat. Die gleiche Figur, die gleiche Frisur, das gleiche kugelrunde Gesicht mit den kleinen Augen und der Stupsnase. Sogar der gleiche Kleidungsstil.

»Rita Struck«, stellte die Frau sich vor und blieb zögerlich stehen. Kuno ging freudestrahlend auf sie zu, drückte ihre Hand und zog sie zum Besprechungstisch. »Tee oder Kaffee?«, fragte er und ging bereits auf den Samowar zu.

»Kaffee bitte, wenn's geht.«

Kuno stoppte und kehrte zu seinem Bürostuhl zurück. Arne beeilte sich, aus der Kaffeeküche einen Becher Kaffee, Milch und Zucker zu holen.

»Sie müssen wissen, ich bin nicht von hier. Ich komme aus Bottrop. Da trinkt man lieber Kaffee als Tee«, entschuldigte sich Rita Struck für den Aufwand, den sie verursachte.

»Seit wann leben Sie hier?«, fragte Kuno die Zeugin. Ein Fehler, wie er gleich merkte, denn Rita Struck, die Mitte fünfzig sein musste, fing an, ihm ihre Lebensgeschichte zu erzählen.

»Wenn ich ein bisschen abkürzen darf«, unterbrach Kuno sie nach einigen langen Minuten, in denen er mit einem zerfledderten Bierdeckel gespielt hatte, der sich vor Wochen nach einem Kneipenbesuch mit Arne hierher verirrt hatte. Rita Struck war gerade bei ihrer Konfirmation angelangt, und Kuno fürchtete, dass sie erst fünfunddreißig Jahre später nach Sylt gezogen war. »Sie wissen, worum es hier geht?«

»Im Prinzip ja«, antwortete Rita artig.

Arne hatte die Fotos von der Silberhochzeit schon in der Hand. Während Rita aus ihrem Leben erzählte, hatte er sie noch einmal sortiert. Zuoberst Konrad und Karin, als sie noch nebeneinandersaßen. Einzelfotos der beiden. Dann Armgard und Günther, die den ganzen Abend aneinandergeklebt hatten, weshalb es keine Einzelfotos von ihnen gab. Marla neben Valerie. Marla allein. Ilona neben Marian in Nahaufnahme, zum

Weggucken. Und schließlich je ein Einzelfoto von Marian und Ilona.

Arne legte Rita Struck die Fotos vor. Rita sah sich die ersten Fotos an, schüttelte den Kopf und nagte an ihrer Unterlippe. Dann tippte sie mit dem Finger auf Marian.

»Der sieht ja goldig aus.«

»Erkennen Sie ihn wieder?« Kuno kam in Wallung. »War der bei Ihnen im Laden?«

»Nein. Aber in der Tanzstunde damals, da war so einer. Sie wissen ja, wir hatten viele Gastarbeiter im Ruhrgebiet, und als ich fünfzehn war...«

»Frau Struck«, ermahnte Arne die redselige Bottroperin. »Gucken Sie sich die Herrschaften doch bitte noch mal an. Ist jemand dabei, den Sie im Copyshop gesehen haben?«

»Ich bin ja noch gar nicht fertig«, schmollte Rita. »Die Frau hier, die neben dem schicken Südländer sitzt. Ich glaube, die war es. Ja, die war es. Na ja, sie könnte es gewesen sein. Ein bisschen anders war die schon. Aber im Prinzip...« Rita legte die Hände in den Schoß und lehnte sich zurück. »Also, wenn ich die Frau, die bei uns im Laden war, vor mir sehen würde, ich denke, ich würde sie wiedererkennen.«

»Dann werden wir eine Gegenüberstellung organisieren«, sagte Kuno entschieden. »Sie hören von uns, wenn wir die Sache vorbereitet haben.«

Rita erschrak. Eine richtige Gegenüberstellung, damit hatte sie nicht gerechnet.

* * *

»Was für ein Aufwand!«, stöhnte Arne, als Rita Struck das Büro verlassen hatte. »Wie willst du acht Frauen mit dieser Statur so schnell zusammentrommeln?«

»Es müssen ja nicht unbedingt acht sein. Vier oder fünf könnten in diesem Fall reichen. Lass uns sehen, wie viele wir in möglichst kurzer Zeit finden. Ich schick gleich eine Mail an alle Kollegen auf der Insel rum. Notfalls sollen sie ihre Nachbarinnen mitbringen, wenn die die passende Figur haben.«

Die beiden Kommissare setzten Himmel und Hölle in Bewegung, um eine Handvoll Frauen zu finden, die Ilona in gewisser Weise ähnelten.

* * *

Noch am Abend dieses Tages lieh sich Rita, die keine Tageszeitung abonniert hatte, von ihren Nachbarinnen alle Zeitungen aus, in denen über den Mordfall berichtet wurde. Da stand, dass Valerie W.-W. ihren Mann mit einem gewissen Mariano G. O. hintergangen hatte. Nicht zu fassen, dachte Rita, die Ermordete hatte doch einen attraktiven Mann gehabt. Und reich war er obendrein, wie man wusste.

Mariano G. O. – ob das der Südländer war, der auf dem Foto neben der Frau gesessen hatte, die sie als die gesuchte Copyshop-Kundin wiedererkannt hatte? Auf dem Foto hatte es so ausgesehen, als wäre der Mann der Partner dieser Frau. Hatte er sich etwa an die schlanke Blondine herangemacht, der die sexy aufgeplusterten Lippen nun auch nichts mehr nützten, weil man keine dicken Lippen braucht, wenn man tot ist?

Als sie bei den netten Kommissaren gesessen hatte, hatte sie noch gezögert, ob sie wirklich sagen sollte, dass sie die Frau wiedererkannte. Man wusste ja nie, was das für Folgen hatte. Wenn dieser attraktive Mann ihr Partner war, und wenn der von der Mafia war ... Wenn sie mit ihrer Aussage seine Partnerin belastete und die käme daraufhin in den Knast, dann würde sie bestimmt bald Polizeischutz brauchen. Aber wenn der was mit der Ermordeten gehabt hatte ...

Das wäre allerdings ein starkes Stück: Sitzt der mit seiner Partnerin zusammen am Tisch, und insgeheim hat er ein Verhältnis mit einer anderen Frau, die am selben Tisch sitzt und obendrein verheiratet ist. Und seine Freundin weiß garantiert von nichts. Diese Typen kannte sie! Die Männer sind doch alle gleich, überall, dachte sie. Und wir Frauen müssen immer leiden.

* * *

Nachdem Rita das Polizeirevier verlassen hatte, blieb Kuno und Arne nur eine knappe Stunde, um einen Happen zu essen und das Gespräch mit der Copyshop-Zeugin zu überdenken.

Marla erschien tatsächlich pünktlich auf dem Polizeirevier. Wenn man es ganz genau nahm, war sie anderthalb Minuten verspätet. Und wenn er ganz ehrlich war, musste Kuno zugeben, dass er in diesen neunzig Sekunden fünfmal nervös auf seine Armbanduhr geguckt hatte.

Nun saß Marla vor ihm und seinem Kollegen, nahm graziös einen winzigen Schluck Kräutertee aus einer Porzellantasse und sah die beiden Polizisten mit einem provokant lächelnden Zug um den Mund an.

»Was kann ich heute für Sie tun, meine Herren?«, begann sie das Gespräch, als wären die beiden ihre Gäste. Wer fragt, der führt. Diese Weisheit fiel Kuno blitzartig ein. Aber nicht mit mir, dachte er.

»Was schätzen Sie denn, was Sie heute für uns tun können?«, fragte er in überlegenem Ton und lehnte sich mit verschränkten Armen in seinem Stuhl zurück.

»Eine Antwort auf diese Frage kann ich Ihnen geben, wenn Sie so freundlich wären, mir den Grund für diese weitere Befragung zu nennen. Ich vermute doch, Sie haben einen Grund?«

Kuno zog das Tütchen mit dem abgebrochenen Fingernagel hervor und legte die Unterlagen des Analyselabors daneben. Beides hatte ihm ein Bote noch kurz vor Marlas Eintreffen ins Büro gebracht.

»Diesen abgebrochenen Fingernagel haben wir in Ihrem Pensionszimmer gefunden.«

»Das ist aber nicht die Tatwaffe, oder?« Marla warf ihm einen ironischen Blick zu.

»Was die Tatwaffe betrifft, Frau van Daalen: Unsere Kollegen von der Spurensicherung werden in den nächsten Tagen nicht nur jeden Quadratzentimeter im weiteren Umkreis des Tatorts und des Fundorts der Leiche mit der Lupe untersuchen. Sie werden jeden Kubikzentimeter Strand durchwühlen. Sie werden alles umgraben und jedes Sandkorn einzeln in die Hand nehmen.«

»Sie können meinetwegen mit unzähligen Hundertschaften die ganze Welt umgraben«, erwiderte Marla gelassen. »Sie werden niemals eine Waffe finden, mit der ich Valerie getötet haben könnte. Sie werden keinen Beweis finden, der gegen mich spricht. Denn ich habe meine Schwester nicht umgebracht.«

Das Schlüsselwort in diesem letzten Satz ließ Kuno und Arne kerzengerade auf die Vorderkanten ihrer Stühle rutschen.

»Sie sind die Schwester von Valerie Wunderlich-Wiederkehr?«, fragten die beiden Beamten gleichzeitig mit ungläubigem Gesicht.

Da fing Marla an zu erzählen.

»Valerie und ich waren Findelkinder. Wir wurden im Laufe eines Sommers im selben Garten in Hamburg-Winterhude ausgesetzt. Erst Valerie im Alter von kaum zwei Jahren, drei Monate später ich; ich war rund ein halbes Jahr alt. Vieles deutete darauf hin, dass wir zusammengehörten: der Ort, an dem man uns ausgesetzt hatte. Unsere Kleidung. Die Teddys, die wir im Arm hielten. Die Decken, in die wir eingewickelt waren.

Und beide trugen wir einen Zettel bei uns, auf dem in der gleichen Handschrift unsere Namen notiert waren.

Kurz bevor ich ausgesetzt wurde, war Valerie von einem Ehepaar adoptiert worden, das bereits ein Kind angenommen hatte und sich ein zweites wünschte. Einige Monate später wurde ich von einem Lehrerehepaar aufgenommen. Erst als Pflegekind, dann an Kindes statt. Valerie und ich wussten jahrzehntelang nichts voneinander.«

Marla trank bedächtig einen Schluck Tee. Dann fuhr sie fort.

»Mein Adoptivvater starb an einem Herzinfarkt, als ich dreißig Jahre alt war. Lange Zeit später wurde meine Adoptivmutter schwer krebskrank. Vor einem Jahr, als ihr Leben dem Ende zuging, erzählte sie mir, dass ich eine Schwester hätte, die von einem Hamburger Kunsthändlerehepaar adoptiert worden sei. Über eine Vereinigung von Adoptiveltern hatte meine Mutter in gelegentlichem Kontakt zu den Leuten gestanden. So hatte sie Valeries Werdegang heimlich verfolgt, ohne mir je zuvor davon berichtet zu haben. Auf dem Sterbebett hat sie mir den heutigen Namen meiner Schwester genannt: Valerie Wunderlich-Wiederkehr.

Es war nicht schwer, meine Schwester ausfindig zu machen, wie Sie sich denken können. Ich habe sie zuerst in ihrer Galerie in Hamburg aufgesucht, ohne mich zu erkennen zu geben. Mir war ja nicht bekannt, ob sie überhaupt über ihre Herkunft informiert war.

Ich wollte wissen, was für ein Mensch sie ist, wie sie aussieht, wie sie sich gibt. Und ich war so neugierig darauf, ob Valerie und ich uns ähnlich sehen. Aber das ließ sich überhaupt nicht mehr feststellen. Valerie hatte ihr Gesicht stark verändern lassen, wie Ihnen sicher bekannt ist. Kein Wunder, bei dem Ehemann…«

Ein Anflug von Spott überzog Marlas Gesicht.

»Mit der Zeit jedenfalls kamen Valerie und ich uns immer näher. Wir verabredeten uns öfter. Einige Wochen bevor wir uns hier auf Sylt trafen, gab ich mich Valerie gegenüber als ihre Schwester zu erkennen.

Valerie war entsetzt. Sie wusste zwar, dass sie ein Adoptivkind war. Aber sie hatte nicht gewusst, dass sie eine Schwester hatte. Sie wollte unter allen Umständen verhindern, dass ihre Vergangenheit als Findelkind bekannt wird. Selbst in ihrem engsten Freundeskreis hatte sie immer verschwiegen, dass sie adoptiert wurde. Valerie wollte unbedingt weiterhin als leibliches Kind einer Kunsthändlerfamilie gelten. Sie täuschte sich selbst vor, die Gene für das Kunstverständnis geerbt zu haben. Ich aber wünschte mir so sehr, dass sie zu unserer gemeinsamen, wenn auch für uns beide unbekannten Vergangenheit steht. Dass sie öffentlich zugibt, meine Schwester zu sein. Wie sehr hatte ich darauf gehofft, dass sie mich ihrem Freundeskreis mit den Worten vorstellt: ›Dies ist Marla van Daalen, meine Schwester.‹ Aber nein. Ich war nur ihre Marla.«

Marla beugte sich vor und schlug mit der flachen Hand auf den Tisch. »Darüber haben wir gestritten. Heftig. Immer und immer wieder. Aber ich habe Valerie nicht umgebracht.« Sie sah die beiden Kommissare lange an, die ihr gebannt zugehört hatten. »Mit Valerie habe ich die einzige leibliche Verwandte verloren, von deren Existenz ich weiß.« Marla erhob sich. Wie auf Befehl standen auch die Kommissare auf.

»Sie erlauben, dass ich nun gehe. Sollten Sie noch Fragen haben: Sie wissen, wie Sie mich erreichen können.«

Kaum hatte Marla die Bürotür hinter sich geschlossen, da öffnete sie sie noch einmal. Auf die Klinke gestützt, rief sie den Kommissaren zu: »Ach übrigens, der Fingernagel ist Valerie abgebrochen, als sie mit einem nicht gerade selbsterklärenden Korkenzieher eine Flasche Wein öffnen wollte. Nach unserer heftigen Auseinandersetzung haben wir Schwestern auf die

Beilegung des Streits und auf ein zukünftig friedliches Miteinander angestoßen.«

Marla zog die Tür nun endgültig hinter sich zu und verließ das Polizeigebäude. Arne und Kuno sahen ihr vom Fenster aus nach, wie sie ins Auto stieg und davonfuhr. Mit hängenden Köpfen kehrten sie an ihre Schreibtische zurück und saßen sich einige Minuten lang stumm gegenüber. Arne kaute auf einem Kaugummi herum, das er in seiner Schreibtischschublade gefunden hatte. Kuno sehnte sich nach einem Weizenbier.

Sie hatten gerade von Marla die Antwort auf eine Frage erhalten, die sie nicht gestellt hatten: Sie wussten nun, warum Valeries DNA der von Marla so frappierend ähnlich war. Von der Antwort auf die Frage nach dem Täter waren sie so weit entfernt wie der Nordpol vom Südpol.

»Die war es also nicht«, posaunte Arne in die Stille hinein.

»Danke für den sachdienlichen Hinweis«, knurrte Kuno und pfefferte das Radiergummi in die Ecke, das er seit Marlas theatralischem Abgang in seiner Hand geknetet hatte. »Von allein wäre ich nicht darauf gekommen.«

Das Telefon klingelte. Fünfmal ließ Kuno es klingeln, bis er das Gespräch genervt entgegennahm. Die Luft war raus; er wollte nur noch nach Hause.

Seine Haltung änderte sich, als ein Kollege mitteilte, man habe vier Frauen gefunden, die über eine gewisse Ähnlichkeit mit Frau Stubenflieg verfügten. Kuno beschloss, Ilona nach Dienstschluss eine kleine Visite abzustatten. Telefonisch kündigte er ihr sein Erscheinen in einer guten halben Stunde an. Ilona fragte verdattert nach dem Grund seines Besuchs. Den werde er ihr mitteilen, wenn er bei ihr sei, verkündete Kuno feierlich.

* * *

Ilonas Gesicht war weißer als eine frisch gekalkte Wand, als sie dem Kommissar die Tür öffnete. Sie gab ihm eine wachsweiche, feuchte Hand. Kuno wischte sich den Schweiß halbwegs unauffällig an seiner Hose ab. Durch den Eindruck, den Ilona machte, erhärtete sich sein Verdacht.

Marian lugte aus seinem Zimmer, als er die Stimme des Kommissars erkannte. Den Italiener konnte Kuno jetzt gar nicht gebrauchen. Er bat ihn, einen kleinen Ausflug an den Strand oder sonst wohin zu unternehmen. Jedenfalls weit genug weg, um die nächste halbe Stunde außer Hörweite zu sein.

Ilona fühlte sich genötigt, dem Kommissar einen Kaffee anzubieten.

»Ein Glas Wasser reicht.« Kunos Stimme hatte einen weniger feierlichen Ton angenommen als vorhin am Telefon. Ilona holte Gläser und eine Flasche Mineralwasser. Beim Einschenken zitterte ihre Hand so stark, dass das Wasser über den Rand des Glases spritzte.

»Nervös?«, fragte Kuno. Ilona blieb ihm die Antwort schuldig. Sie setzte sich ihm gegenüber an den Küchentisch und hielt sich mit beiden Händen an ihrem Wasserglas fest. Kuno zog den Umschlag mit der Vorladung aus seiner Jackentasche und schob ihn ihr hin. Ilona rutschte das Herz in die Hose.

»Ist das ein Haftbefehl?« Ihre Stimme war kaum hörbar vor Heiserkeit.

»Habe ich einen Grund, Sie zu verhaften?«

Wie gelähmt starrte Ilona auf den Umschlag. Sie war unfähig, ihn zu öffnen und das Schreiben zu lesen. Kuno befreite sie von ihrem ersten Schock, konnte ihr aber einen weiteren nicht ersparen.

»Nein, Sie sind nicht verhaftet. Sie sind vorgeladen. Übermorgen wird eine Gegenüberstellung bei uns auf dem Polizeirevier stattfinden.«

Ilona schöpfte Hoffnung. »Ich soll jemanden identifizieren?«

»Umgekehrt. Jemand soll Sie identifizieren. Sie sollen in einem Copyshop gewesen sein.«

»Ist das verboten?«

»Der Besuch eines Copyshops steht in Deutschland nicht unter Strafe«, klärte Kuno sie auf. »Wir vermuten allerdings, dass Sie an einem Erpressungsversuch beteiligt sind und dass Sie das Erpresserschreiben in dem Laden haben ausdrucken lassen.«

»Ich war niemals in dem Copyshop!«, protestierte Ilona.

»Woher wissen Sie, von welchem Copyshop die Rede ist?«

Ilona stockte, um sich dann zu korrigieren: »Ich war niemals in irgendeinem Copyshop auf Sylt.«

»Und wenn doch?«

Ilona machte dicke Backen. Kuno trank einen großen Schluck, setzte das Glas energisch auf dem Tisch ab und stand auf.

»Ich erwarte Sie übermorgen auf dem Polizeirevier. Der Raum und die Uhrzeit stehen in dem Schreiben. Bis dahin eine gute Zeit, Frau Stubenflieg.« Als er schon in der Tür stand, drehte er sich noch einmal zu Ilona um und lächelte diabolisch. »Und versuchen Sie bloß nicht, in der Zwischenzeit Doktor Wiederkehrs Dienste als plastischer Chirurg in Anspruch zu nehmen. Ich garantiere Ihnen: Wir lassen alle Veränderungen wieder rückgängig machen. Auf Ihre Kosten natürlich.«

Als Kuno die Tür hinter sich zugezogen hatte, rutschte Ilona mit dem Rücken an der Wand zu Boden, den Blick starr geradeaus gerichtet. Sie war unfähig zu denken. Das Blut rauschte durch ihren Schädel.

Später am Abend dachte sie darüber nach, ob sie zu dem Copyshop gehen und mit der Mitarbeiterin sprechen sollte, die sie bedient hatte. Die Frau verdiente sicher nicht viel Geld. Ilona überschlug ihren Kontostand. Wenn sie zweitausend Euro abheben würde... Nein. Sicher würden sie ihr Konto überwachen und sie beschatten. Genauso gut könnte sie gleich ein

Geständnis ablegen. Sie würde einfach alles abstreiten. Was bedeutete schon eine Gegenüberstellung! Die Zeugin konnte sich ja geirrt haben. Wer wollte das ausschließen? Irren ist menschlich.

Abstreiten, abstreiten, abstreiten. Ilona hämmerte sich dieses Wort in den Schädel.

Kapitel 17

Noch nie war Rita Struck so aufgeregt gewesen wie heute. Ihr Chef hatte ihr den ganzen Nachmittag freigegeben, obwohl sie für den Weg zum Polizeirevier, die Gegenüberstellung und den Weg zurück nur ein, zwei Stunden brauchte.

Rita ging heute aufrechter als sonst. Sie schlurfte nicht durch den Copyshop, wie sie es sich angewöhnt hatte, seit ihre Beine – und nicht nur die – so schwer geworden waren. Sie schwebte. Wenn sie einen Kunden bediente, war ihr erster Gedanke, ob der ahnte, wie wichtig sie für den netten Kommissar und seinen feschen Kollegen war. Heute würde sie eine Erpresserin identifizieren. Noch dazu eine, die aller Wahrscheinlichkeit nach in den Mordfall verwickelt war, über den alle sprachen. Vielleicht war die Frau sogar die Mörderin höchstpersönlich.

Der Stolz auf ihre Rolle in diesem aufsehenerregenden Fall konnte jedoch nicht verhindern, dass noch ein anderes Gefühl in Rita hochkochte. Letzte Nacht hatte sie unruhig geschlafen. Sie hatte oft an diese Frau gedacht, deren Schicksal von ihrer Aussage abhing. Das Gesicht der Frau auf dem Foto war ihr vertraut vorgekommen. Rita fragte sich, woran das lag.

Die Frau hatte frustriert gewirkt neben diesem hübschen Südländer mit den schwarzbraunen Locken. Wie lange waren sie schon ein Paar? Wusste sie, dass er sie betrog?

Rita dachte an Luigi, den sie in einer Kneipe in Bottrop kennengelernt hatte. Es war schon einige Jahre her, aber die Erinnerung tat immer noch weh. Luigi stammte aus Italien. Palermo. Er hatte ihr was von der großen Liebe erzählt. Amore, amore. Und was war gewesen? Er hatte sie nach Strich und Faden ausgenutzt und mit ihrer Freundin Ingeborg betrogen. Ingeborg wohnte am anderen Ende derselben Straße wie sie, und sie hatte nicht einmal bemerkt, dass Luigi bei ihrer Freundin ein und aus ging!

Als eine Nachbarin Rita auf die Geschichte aufmerksam machte, über die sich längst die ganze Straße amüsierte, hatte sie sich so geschämt und solch eine Wut gehabt, dass sie nur noch wegwollte aus Bottrop. So weit wie möglich weg vom Ruhrgebiet. Sie hatte ein paar Tage Urlaub an der Nordsee gemacht. In ein kleines Dorf auf der Halbinsel Eiderstedt hatte sie sich verkrochen. Dort hatte sie zufällig in einer Tageszeitung die Stellenausschreibung des Copyshops auf Sylt gesehen, hatte am selben Tag angerufen, war am übernächsten Tag hingefahren und hatte den Job bekommen, weil sie sich so gut mit all den komplizierten Kopiergeräten auskannte, die es zu bedienen galt. Keine drei Jahre war das jetzt her.

Rita sah auf die Uhr und erschrak. Vor lauter Kramen in Erinnerungen hatte sie die Zeit vergessen. Sie rannte los. Atemlos, ein bisschen verschwitzt und mit roten Wangen traf sie in Kunos Büro ein.

»Na, aufgeregt?« Der Hauptkommissar tätschelte ihr väterlich den Rücken. Geduldig erklärte er ihr, wie die Gegenüberstellung ablaufen würde. Er versicherte ihr, dass ihre Aussage sehr wichtig sei. Für die Kriminalpolizei, aber auch für die mutmaßliche Täterin. Denn wenn sie die Verdächtige bei dieser

Gegenüberstellung als ihre Kundin vom 8. August identifizierte, hätte das mit hoher Wahrscheinlichkeit Folgen für deren ganzes Leben. Sicher würde es zu einer Anklage kommen. Wie es anschließend weitergehe, läge in den Händen der Justiz.

»Das ist kein Spaß, was wir jetzt machen«, ermahnte Kuno seine Zeugin.

Rita schluckte und nickte. Ja, sagte sie, sie habe alles verstanden und sei bereit für die Gegenüberstellung.

Kuno und Arne nahmen sie in ihre Mitte. Rita fühlte sich verhaftet. Was ist, überlegte sie, und ihr wurde heiß, was ist, wenn ich die Frau wiedererkenne, und sie war es gar nicht? Wenn sie verurteilt wird, nur weil ich sie identifiziert habe, und in Wirklichkeit ist sie unschuldig, kann es aber nicht beweisen? Da hat sie nun schon den ganzen Schlamassel mit diesem Mann, der sie mit der Blondine betrogen hat. Hat den ganzen Frust am Hals, Liebeskummer und all das. Und dann komme ich und sage: ›Ja, die war's.‹ Was dann? Wenn sie nun ins Gefängnis kommt, nur meinetwegen? Mein Gott, vielleicht bringt sie sich dann um?

Rita hätte am liebsten auf dem Absatz umgedreht und wäre wieder in den Copyshop gegangen. Aber nun führten die Polizisten sie in diesen kahlen Raum. Rita erschreckte sich, als ihr Blick auf die fünf Frauen hinter der riesigen Glasscheibe fiel. Sie sahen sie an und sahen sie doch nicht. Die Kommissare hatten ihr erklärt, dass die Frauen auf einen Spiegel guckten. Sie konnten nicht beobachten und nicht hören, was sich auf der anderen Seite, auf der sie stand, abspielte. Sie wussten nicht einmal, dass sie gerade den Raum betreten hatte.

∗ ∗ ∗

Ilona hatte ein Grummeln im Bauch. Schon seit gestern Abend. Es war alles so schrecklich. Warum hatte sie diesen Blödsinn mit dem Erpresserbrief veranstaltet? Ihre ganze Hoffnung lag auf der Frau aus dem Copyshop. Darauf, dass die ein schlechtes Gedächtnis hatte. Und wenn sie sie doch wiedererkannte? Sie würde nichts zugeben. Eine Gefängnisstrafe hatte sie nicht verdient. Für den Rest ihres Lebens war sie genug gestraft. Nie wieder würde sie ein unbeschwertes Leben führen können.

Seit einer Viertelstunde stand sie vor diesem Spiegel. Zwischen den anderen Frauen, die sie nicht kannte. Die sollten ihr ähnlich sehen. Lächerlich. Jeder Mensch sah anders aus. Sie schielte leicht nach rechts und links. Keine der Frauen lächelte. Die standen alle kerzengerade und mit unbeweglichen Gesichtern da und hielten ihr Nummernschild in der Hand. Ilona guckte wieder geradeaus, wie man es ihr befohlen hatte, bevor sie sich hier aufstellte. Nur nicht auffallen. Nicht anders verhalten als die anderen.

Ilona hasste Spiegel. Jedes Mal, wenn sie sich eine neue Hose, einen Pulli oder eine Jacke kaufte, war es dasselbe: Sie stand vor dem Spiegel, eine Verkäuferin kam angerannt, sah sie abschätzig an und gab ihr zu verstehen, dass dieses Kleidungsstück an ihrer Figur nun wirklich gar nicht saß. »Versuchen Sie es mal zwei Nummern größer. Das kaschiert.« »Ich an Ihrer Stelle würde kein Kleid tragen.« »Irgendwie sitzt das nicht. Sehen Sie mal hier, das ist zu knapp.«

Großer Gott, jetzt ging es nicht um ein Kleidungsstück, jetzt ging es um ihr Leben. In diesen Minuten, die schon länger andauerten als eine Ewigkeit, standen die Kommissare und die Frau aus dem Copyshop vor ihr und schauten sie an. Wenn die Zeugin sie nicht an ihrer Figur oder an ihrem Gesicht wiedererkannte, dann ganz sicher an ihrer Schuld, die aus jeder Pore triefte. An ihrer Nervosität, die sie von den Frauen rechts und links neben ihr unterschied.

Auch sie hielt ein Schild mit einer Nummer in der Hand. Lächerlich. Fünf Nummerngirls. Sie war die Nummer vier.

Typisch. Wann war sie jemals unter den ersten drei gewesen, geschweige denn die Nummer eins? Sie lief immer hinterher. In ihrer kleinen Urlaubsclique war Valerie die Nummer eins gewesen. Karin die Nummer zwei. Dann kam Armgard. Die hatte ja wenigstens einen Ehemann, im Gegensatz zu ihr. Sie selbst war das siebte Rad am Wagen. Selbst als Marian in Valeries Leben trat und sie als Alibipartnerin für ihn herhalten musste, blieb sie die Nummer vier. Zu mehr reichte es bei ihr einfach nicht. Dann hatte sie auch noch die Sache mit den fünfzigtausend Euro vergurkt. Und jetzt musste sie das hier über sich ergehen lassen.

* * *

Rita druckste herum.

»Nun, Frau Struck. Was sagt Ihr Gedächtnis? Erkennen Sie die Frau wieder, der Sie am 8. August die Datei ausgedruckt haben?«

Rita schwieg. Ihre Gedanken überschlugen sich. Die Nummer vier. Rita hob die Hand zum Mund und kaute an den Fingernägeln. Meine Güte, sah die Frau mitgenommen aus. Und kreuzunglücklich. So eine armselige Person. Dass die mit dem Mord zu tun haben sollte, konnte sie nicht glauben. Dazu wäre die niemals fähig. So eine Frau war keine Verbrecherin.

Im Übrigen guckte die Verdächtige genauso verzweifelt aus der Wäsche wie sie selbst damals nach der Sache mit Luigi und Ingeborg. Sie wusste genau, wie diese Frau sich fühlte. Die war mit ihrem Freund, ihrer großen Liebe, nach Sylt gekommen, und dann betrügt der Kerl sie mit der bildschönen Ehefrau eines reichen Mannes aus dem Freundeskreis. Vermutlich wussten alle Freunde davon, nur die Betrogene selbst erfuhr es zuletzt. So wie sie damals, nachdem die ganze Straße wochenlang über sie gelacht hatte.

Und genauso wie sie selbst vor drei Jahren wollte wahrscheinlich auch diese Frau nur noch eins: nichts wie weg. Und wenn's nur von Sylt nach Bottrop ginge. Diese arme Frau durfte man doch nicht einsperren. Nein!

Rita wollte raus aus diesem Raum. Entschlossen schob sie die Hand mit den abgekauten Nägeln in die Jackentasche.

»Die Nummer zwei«, sagte sie spontan.

»Die Nummer zwei?«, fragte Arne und erwartete wie selbstverständlich eine umgehende Korrektur.

Rita blieb bei ihrer Aussage. »Die Nummer zwei.«

»Die Nummer zwei also«, sagte Kuno nachdenklich. »Sind Sie ganz sicher? Überlegen Sie in Ruhe. Wir haben Zeit.«

»Ich habe die Frau erkannt. Es ist die Nummer zwei.«

Arne und Kuno sahen sich achselzuckend an. »Wenn Sie sicher sind, Frau Struck, dann gehen wir wieder. Ansonsten lassen wir Ihnen gerne noch ein paar Minuten.«

»Ich bin sicher«, sagte Rita, ohne die beiden Männer anzusehen.

Rita begleitete die Kommissare in deren Büro, um ihre Aussage zu Protokoll zu geben. Sich zu irren, ist doch nicht strafbar, hätte sie sich jetzt gern vergewissert. Aber sie traute sich nicht zu fragen.

Als alle Formalitäten erledigt waren, verabschiedete Kuno die Zeugin. Rita verließ das Gebäude, so schnell es ihr möglich war, ohne dass es nach Flucht aussah. Jetzt hatte sie sich eine Extraportion Eis verdient. Mit zittrigen Knien lief sie die Friedrichstraße entlang Richtung Meer, bog am Ende rechts in die Kurpromenade ein und suchte sich vor einer der Eisbuden einen Platz in der Sonne.

»Den großen Amarenabecher, bitte. Mit Sahne«, orderte sie. »Und einen Milchkaffee. Mit Schuss.«

* * *

Ilona durfte das Polizeirevier verlassen. Noch glaubte sie es nicht. Sie war kreideweiß und kaum fähig, ein paar Schritte zu laufen.

Kuno war stinksauer. Er brachte es nicht über sich, ihr einen Kaffee anzubieten. Das überließ er Lore, die Ilona besorgt ansah und ihr einen Platz auf einem Besucherstuhl anbot, damit sie sich erholen konnte.

Ilona trank einen Kaffee, stopfte mechanisch ein paar Kekse in sich hinein und bekam wieder Farbe. Ein paar Minuten später verließ sie das Gebäude, nahm ein Taxi nach List und verkroch sich in ihrer Ferienwohnung. Sie wollte niemanden mehr sehen. Heute nicht und niemals wieder.

Kapitel 18

Westerland, 15. August

Erwartungsvoll nahm Kuno am frühen Nachmittag des 15. August den Hörer ab. Bente hatte ihm heute Morgen, als sie sich auf der Straße begegnet waren, einzureden versucht, dass der Fall kurz vor der Aufklärung stünde. Es läge eine energetische Vibration in der Luft; das spüre sie genau.

Es wurde auch Zeit, dass sie einen entscheidenden Schritt weiterkamen. Die Presse fing an, über die Arbeit der Polizei zu unken.

Am anderen Ende der Leitung meldete sich Hauke Ingwersen. Er klang gut gelaunt wie lange nicht mehr.

»Moin, Kuno. Stell dir vor: Einer meiner Leute ist fündig geworden. Wir sind jetzt auf dem schnellsten Weg zu dir.«

»Habt ihr die Tatwaffe?«, fragte Kuno hoffnungsvoll.

»Die nicht. Aber ein Utensil, das möglicherweise der Mörder oder die Mörderin verloren hat. Mehr wird nicht verraten. Wie gesagt, wir sind gleich bei dir.«

Kuno mochte keine Rätselspielchen, schon gar nicht, wenn es um Beweisstücke in einem Mordfall ging. Aber Hauke hatte schneller aufgelegt, als er nachhaken konnte, und Kuno wusste: Ein Rückruf bei dem Kollegen von der Spurensicherung war sinnlos. Hauke war genauso ein Sturkopf wie er selbst.

Zehn Minuten später hörte er vorm Haus die Bremsen quietschen. Eine Minute später stand Hauke aufrecht wie ein Leuchtturm, mit frischer Gesichtsfarbe und breitem Wikingerlächeln vor seinem Schreibtisch. In der Hand hielt er ein durchsichtiges Tütchen. Darin lag ein Labello. Pinkfarben, mit der Aufschrift *Soft Rosé*.

Kuno sah Hauke enttäuscht an. »Du hast recht«, räumte er ein, »die Tatwaffe ist das nicht.«

»Dieser Fund«, jubilierte Hauke, »erlaubt es euch, die Suche nach dem Mörder mit einem Schlag um die Hälfte der Menschheit zu reduzieren. Denn so was benutzt kein Mann.«

»Wo lag der Stift?«, fragte Kuno, bei dem sich noch keine rechte Euphorie einstellen mochte.

»Direkt neben der Aussichtsplattform. Ich wette, er stammt von der Mörderin. Meine Version lautet: Er ist ihr aus der Tasche gefallen. Ich tippe, es hat doch eine kleine Rangelei gegeben, wenn auch eine, die keine Verletzungsspuren hinterlassen hat. Sag mal im Ernst: Wer lässt sich schon ohne Gegenwehr erstechen? Der Fettstift ist also auf den Boden gefallen, über den Rand der Plattform gekullert und hat sich in der Dünenbepflanzung versteckt. Vermutlich hat die Täterin den Verlust überhaupt nicht bemerkt. Sonst hätte sie das verräterische Stück so lange gesucht, bis sie es wiedergefunden hätte.«

»Sollen wir jetzt alle Frauen, die sich zur Tatzeit auf Sylt aufgehalten haben, um eine DNA-Probe bitten, um herauszufinden, wer diesen Pflegestift benutzt hat?«, tönte Arne. »Und am Ende war's eine Frau, die an einer Kosmetikfortbildung teilgenommen hat und Valerie nie im Leben über den Weg gelaufen ist.«

»Moment mal«, lenkte Kuno ein, »ich erinnere mich, dass eine der Frauen aus Claus' Clique, die wir hier befragt haben, genau solch einen Stift benutzt hat. Einen pinkfarbenen Labello. Wer war das noch, Arne? Erinnerst du dich?«

»Nee, aber egal, wer es war: Wenn sie den Stift hier benutzt hat, kann sie ihn unmöglich zur Tatzeit verloren und am Tatort liegen gelassen haben.«

»Junge«, wandte Hauke ein, »wie wenig weißt du von den Frauen! Mädels, die sich einmal angewöhnt haben, solche Pflegestifte zu benutzen, können gar nicht mehr ohne. Die horten ganze Batterien davon. Im Bad, in jeder Handtasche, im Handschuhfach des Autos. Sogar in der Küchenschublade liegen die Dinger rum. Einfach überall.«

»So ist es«, bestätigte Kuno. »Und jetzt fällt mir auch wieder ein, wer den Stift in diesem Raum benutzt hat. Arne, komm, wir fahren los!«

»Wohin?«, fragte Arne.

»Lass dich überraschen.«

Arne hielt den Atem an, als er erkannte, dass Kuno den Wagen auf Wenningstedt zusteuerte. Die beiden Kollegen saßen angespannt schweigend im Wagen, als das Handy klingelte. Arne nahm das Gespräch über die Fernsprechanlage entgegen. Lore meldete sich mit einer Neuigkeit, die den beiden Kripobeamten den Adrenalinspiegel in die Höhe trieb: Die Schufa-Auskünfte waren soeben eingetroffen. Die Durchsicht hatte ergeben: Die Einzigen unter den Freunden der Wiederkehrs, die so richtig Probleme mit ihren Finanzen hatten, waren Günther und Armgard Geier.

Kuno gab Gas. Als er auf die Auffahrt zur Ferienwohnung fuhr, hatte Arne die Befürchtung, sein Kollege käme erst im Hausflur zum Stehen. Kuno sprang aus dem Wagen und klingelte an der Tür. Niemand öffnete. Mit Arne im Schlepptau ging er um das Haus herum.

Armgard saß auf der Terrasse. Sie nähte einen Knopf an. Ein hellblaues Oberhemd lag auf ihrem Schoß. Ein Transistorradio mit Schmusemusik stand neben ihr auf dem Gartentisch.

Roland Kaiser schmolz aus dem Lautsprecher. Armgard summte mit: »Santa Maria, Insel, die aus Träumen geboren ...«

Aus dem Augenwinkel nahm sie die beiden mit großen Schritten herbeieilenden Männer wahr. Erschrocken hob sie den Kopf. Kuno blieb so abrupt stehen, dass Arne ihn fast angerempelt hätte.

»Moin, Frau Geier«, grüßte Kuno. Arne nickte der völlig überraschten Frau stumm zu.

»Guten Tag?« Armgard sah die Kommissare mit großen Augen an.

»Frau Geier, ich habe noch ein paar Fragen an Sie.« Armgard reagierte nicht. Ohne auf ihre Handarbeit zu sehen, zog sie einen hellblauen Faden mit einer feinen Nähnadel durch den Stoff des Oberhemds. »Dürfen wir uns setzen?«

Kuno und Arne saßen, bevor Armgard antworten konnte. Sie hielt mit ihrer Handarbeit inne. Noch immer sah sie die beiden Männer irritiert an. Kuno rätselte, ob ihre Augen Verständnislosigkeit ausdrückten oder Angst. Seine kräftigen Finger drückten auf den Off-Schalter des Transistorradios. Roland Kaiser verstummte augenblicklich.

»Frau Geier, wir kommen wegen der Ermittlungen im Mordfall Valerie Wunderlich-Wiederkehr. Außerdem vermuten wir einen Zusammenhang zwischen diesem Fall und einem Schreiben, das Claus Wiederkehr letzten Montag erhalten hat.«

»Ja?«, fragte Armgard, die in ihrer Verwirrtheit etwas dümmlich wirkte.

»Wir haben Auskünfte über die finanzielle Situation der Freunde von Claus Wiederkehr eingeholt. Um es geradeheraus zu sagen: Bei Ihnen und Ihrem Mann sieht's nicht gut aus.«

Kuno war unangenehm berührt, als er sah, dass der Frau, die ohnehin immer so hilflos wirkte, die Tränen in die Augen stiegen. Er spürte, dass etwas passierte, was ihm in seinem Beruf nicht passieren durfte: Er entwickelte abgrundtiefes Mitleid mit einer höchst Verdächtigen. Das vage Gefühl, es mit einer Tragödie zu tun zu bekommen, stieg in ihm auf.

Er zog eine Kopie des Erpresserschreibens aus seiner Tasche und zeigte es Armgard.

»Haben Sie versucht, Claus Wiederkehr zu erpressen?«, fragte er ohne Umschweife.

Armgard sah ihn entsetzt an. »Wie kommen Sie auf mich?«

»Weil Sie große finanzielle Probleme haben. Davon sprach ich ja gerade.«

Armgard weinte und schüttelte den Kopf. Sie zog ein Taschentuch aus ihrer Jeanstasche hervor. Nervös zerknäulte sie es in ihrer Hand.

Kuno versuchte, sein Mitleid abzuschütteln. Er zog das Tütchen mit dem Labello hervor.

»Das hier«, sagte er, »ist das Ihrer? Haben Sie den verloren?«

Armgard ließ die Hände sinken. »Ich? Verloren?«, flüsterte sie und schüttelte wieder den Kopf, den Mund fassungslos geöffnet. Hastig nestelte sie einen Lippenpflegestift aus ihrer Tasche, der genauso aussah wie der, den Kuno ihr gerade zeigte.

»Sehen Sie doch hier. Ich habe einen Lippenstift. Der da kann nicht meiner sein.«

»So etwas kann man an jeder Ecke kaufen«, wandte Arne ein. »Darf ich den, den Sie in der Hand halten, mal sehen?« Er nahm Armgard den Labello aus der Hand und öffnete ihn. »Kaum benutzt«, stellte er fest.

»Der ist ja auch neu«, verteidigte Armgard sich störrisch. Langsam kehrten Leben und Trotz in die Frau zurück.

»Der ist neu, weil Sie diesen hier verloren haben«, konstatierte Arne.

»Was meinen Sie, wie viele ich von diesen Stiften habe? Die braucht man doch immer und überall.« Armgard schnäuzte sich die Nase. Sie schien über etwas nachzudenken. Dann sagte sie mit fester Stimme: »Vielleicht habe ich auch mal irgendwo auf einem Spaziergang einen davon verloren. Was weiß ich? Ich zähle doch nicht jeden Morgen und jeden Abend nach, ob sie noch alle da sind.«

»Mit einer DNA-Analyse können wir ganz einfach prüfen, ob dies Ihr Stift ist oder nicht«, versuchte Kuno, die Angelegenheit abzukürzen. Er hatte keine Geduld mehr. Er wollte endlich ans Ziel kommen.

Bei dem Wort DNA-Analyse schrak Armgard sichtlich zusammen.

Einige Sekunden lang herrschte Stille. Armgard sah angestrengt auf den Tisch.

»Frau Geier, würden Sie uns eine DNA-Probe überlassen, damit wir die Analyse machen können?«

Armgard wurde heiß. Ihr Herz fing so heftig an zu klopfen, als hätte sie einen Marathonlauf absolviert. Die Stimmen der Vögel ringsherum hörten sich auf einmal so schrill an, dass es ihr wehtat. Das Sonnenlicht blendete sie. Alles schien sich gegen sie zu wenden. Gegen sie verschworen zu haben.

Wie durch eine Nebelwand registrierte sie, dass sich auf der anderen Seite des Hauses ein Auto näherte. Das Geräusch des Motors war ihr vertraut. Günther kehrte zurück. Er würde sie retten! Er würde sie vor den Kommissaren beschützen. Er würde nicht zulassen, dass sie sie bedrängten. Was hatte sie denn schon getan? Es war doch nur das Bild gewesen, das Pfauenfedernbild, das sie ...

Armgard hielt den Atem an.

Eine Autotür wurde zugeschlagen, die Haustür aufgeschlossen. Günthers Schritte waren nicht zu hören. Aber seine Rufe drangen durchs Haus. »Armgard? Armgard!« Durch den Wohnraum näherte Günther sich der Terrassentür. Er hatte die Besucher noch nicht entdeckt, als er rief: »Armgard, weißt du, wo mein altes Springmesser abgeblieben ist, das ich immer zum Angeln mitnehme? Ich muss es irgendwo verlegt haben.«

Armgard wurde blass. Sie hielt sich die Hände vor den Mund. Entsetzt schrie sie auf.

Die Kommissare sahen sich an. Das war's, dachte Kuno. Wir haben sie.

In dem Augenblick trat Günther auf die Terrasse. Überrascht nahm er den Besuch zur Kenntnis.

»Herr Geier«, sagte Kuno, »ich glaube, Sie stören gerade. Würden Sie uns bitte mit Ihrer Frau ein paar Minuten alleine lassen?«

Arne stand auf und schob Günther, der nichts verstand, ins Wohnzimmer. Er bat ihn, in der Küche zu warten, bis sie ihn riefen. Er drückte Günther auf einen Stuhl am Küchentisch, zog die Tür hinter sich zu und kehrte auf die Terrasse zurück.

Kuno sah Armgard fest in die Augen. »Sie haben Frau Wunderlich-Wiederkehr mit dem Springmesser Ihres Mannes erstochen.«

»Das war ich nicht«, sagte Armgard zaghaft. »Ich war das nicht. Es war doch nur meine Hand.«

»Aber Sie selbst hingen dran an dieser Hand!«, warf Arne ungeduldig ein und fing sich mal wieder einen dieser Blicke von Kuno ein.

Kuno legte einen Arm auf den Tisch und beugte sich zu Armgard vor. »Am späten Abend des 5. August, als die Nachbarin der Wiederkehrs Sie gesehen hat, da waren Sie nicht gekommen, um mit Claus und Valerie ein Glas Wein zu trinken.«

Armgard dachte lange nach. Zögerlich erzählte sie, was geschehen war: »Ich wollte das Bild erstechen. Das Pfauenfederbild von Marla van Daalen. Wir hatten es an dem Vormittag enthüllt. Es war das Bild, das meinem Mann die Chance auf einen Vertrag mit Valerie genommen hat. Dieser Vertrag war unsere letzte, wirklich allerletzte Hoffnung. Mein Mann hat gerade seine Stelle verloren. Er hat die Kündigung in diesen Tagen erhalten, kurz nach unserer Ankunft auf Sylt. Wir haben uns die Post nachsenden lassen. Wir waren drei Tage hier, da kam dieses Einschreiben.« Armgard schüttelte verzweifelt den Kopf.

»Wir hatten so auf Valerie gehofft«, fuhr sie fort. »Mein Mann ist Kunstmaler. Er ist ein sehr talentierter Mann. Viele Menschen finden seine Bilder schön. Aber Valerie war blind. Sie hatte nur dieses eine Bild im Kopf. Das Pfauenfedernbild von Marla. Seit diesem Bild gab es überhaupt nur noch Marla van Daalen.«

»Sie haben also das Messer mitgenommen, um ein Bild zu zerschneiden. Das Pfauenfedernbild«, vergewisserte Kuno sich.

»Ich hatte mich an dem Abend früh ins Bett gelegt. Ich wollte nichts und niemanden mehr hören und sehen. Mein Mann ist über Nacht weggefahren, zusammen mit einem befreundeten Nachbarn. Am späten Abend bin ich aufgewacht mit dieser Wut im Bauch. Dieser ungeheuren Wut.«

Armgard unterbrach sich. Sie brauchte eine Pause. Die Kommissare beobachteten sie schweigend. Jede Frage konnte die Geständige jetzt aus dem Konzept bringen. Also warteten sie geduldig, bis Armgard weitersprach.

»Ich ging in die Küche, um etwas zu trinken. Da habe ich das Messer gesehen. Es lag auf der Arbeitsplatte, neben der Rolle mit dem Küchenpapier. Ich hab es genommen und bin mit dem Auto nach Kampen gefahren. Auf dem Parkplatz am Roten Kliff, der hinter der Aussichtsplattform liegt, hab ich den Wagen abgestellt. Von dort bin ich zu Fuß zum Grundstück der Wiederkehrs gegangen. Ich wollte das Bild zerstören, das in der Galerie stand. Auf dem Weg dorthin fiel mir ein, dass die Galerie ja abgeschlossen sein würde. In meiner Wut habe ich darüber gar nicht nachgedacht, als ich mich auf den Weg machte.

Ich ging trotzdem weiter. Ich glaubte, irgendwie käme ich schon in das Haus. Vielleicht durch ein halb geöffnetes Fenster. Als ich das Grundstück erreichte, konnte ich erkennen, dass die

Tür zur Galerie einen Spaltbreit offen stand. Ich dachte, diese Gelegenheit hat mir der Himmel beschert. Ich bin hin, hab von der Türschwelle aus in den Ausstellungsraum gesehen. Aber das Bild stand nicht mehr da. Ich wollte hineingehen, um in den hinteren Räumen nach dem Bild zu suchen. Aber überall auf dem Boden waren die Pfauenfedern verstreut, die am Tag noch in Vasen auf den Tischen gestanden hatten. Jemand anderes war vor mir da gewesen und hatte die Federn zerstört.«

Armgard holte Luft. Sie konnte nur schwer atmen.

»Ich hab mich umgedreht und gesehen, wie jemand mit einer Taschenlampe in der Hand am Kliff entlangging, auf die Aussichtsplattform zu. Es war unverkennbar Valerie. Ich konnte es an den Umrissen ihres Kleides erkennen. Es war das Pfauenfedernkleid, das Marla ihr an dem Tag geschenkt hatte. Valerie breitete die Arme aus und drehte sich um die eigene Achse. Es sah aus, als tanzte sie. Sie fühlte sich wohl unbeobachtet. Ich bin zum Parkplatz zurück und von dort aus zur Aussichtsplattform gegangen. Ich wollte Valerie noch einmal sprechen. Noch einmal darum bitten, dass sie Günther unter Vertrag nimmt. Es hätte sie doch nicht viel gekostet! Wir wollten doch nur unsere Chance haben. Nichts weiter als eine Chance. Die hat doch jeder verdient. Warum nicht auch Günther und ich?«

»Was ist dann geschehen?«, fragte Kuno.

»Als ich die Plattform erreichte, stand Valerie da, mit dem Rücken zu mir. Sie hörte meine Schritte, drehte sich um und sah mich an. Sie sah so hochmütig aus. Ich sprach sie an. Ich fragte sie, ob es ihr letztes Wort gewesen sei, dass sie Günther nicht unter Vertrag nehmen will. Und was macht diese Frau?« Vorwurfsvoll sah Armgard Kuno an. »Sie leuchtet mir mit der Taschenlampe direkt ins Gesicht und fragt mich mit ihrer hochnäsigen Stimme: ›Ja, was glaubst du denn, sehen die Bilder deines Mannes aus wie die eines Künstlers? Sieht Günther wie ein begnadeter Maler aus? Und sieht eine Künstlergattin so aus wie du? Sieh dich doch mal an!‹ Die Taschenlampe blendete mich. Während sie redete, hielt ich mir den linken Arm vors Gesicht, weil mir das Licht in den Augen wehtat. Dann hielt meine rechte Hand auf einmal dieses Messer umklammert, das in meiner Jackentasche steckte. Ich zog die Hand heraus. Das Messer klappte sich von ganz alleine auf. Und dann … Dann hat die Hand zugestoßen.«

Armgard atmete auf. Sie wirkte regelrecht erleichtert, als sie sagte: »Es war nicht ich, die zugestochen hat. Es war die Hand. Sie hat das Bild zerstört.« Armgard schluckte. »Valerie sah mich mit großen Augen an. Sie riss die Hand mit der Taschenlampe hoch. Ich dachte, gleich schlägt sie damit auf mich ein. Aber nein. Sie kippte nach hinten über die Holzbrüstung, und auf einmal war sie weg. Ich habe hinuntergesehen. Ich sah den Schein der Taschenlampe im Sand. Da dachte ich, Valerie wird wieder zurückfinden. Sie wird aufstehen und nach Hause gehen. Aber das Bild auf dem Kleid, das Pfauenfedernbild, das ist zerstört.«

Armgard sah Kuno und Arne an. »Das war nicht ich. Sie müssen es mir glauben! Es war nur die Hand. Die Hand hat das Bild zerschnitten.«

Kuno räusperte sich. Er war sich nicht sicher, ob Armgard in diesem Moment zurechnungsfähig war. Ob sie Medikamente genommen hatte. Ob sie alkoholisiert war. Oder ob sie angesichts dessen, was sie getan hatte, krank geworden war.

»Frau Geier«, sagte er vorsichtig, »um auf die Frage zu sprechen zu kommen, die Ihr Mann vorhin gestellt hat: Wo ist denn das Springmesser abgeblieben?«

Armgard zog die Stirn in Falten. Sie wirkte, als fiele es ihr schwer, sich daran zu erinnern. Nach jedem Satz machte sie eine Pause.

»Ich habe das Messer zusammengeklappt und in mein Halstuch eingewickelt. Dann bin ich nach List gefahren, zum

Parkplatz beim Erlebniszentrum Naturgewalten. Ich bin zum Hafen gelaufen, an Gosch vorbei, den Schiffsanleger entlang, bis ganz ans Ende. Ich habe mich nach allen Seiten umgesehen. Niemand war da außer mir. Es war ja schon sehr spät, und es kam ein Unwetter auf. Die Leute hatten sich in ihre Häuser verkrochen. Die meisten schliefen sicher schon. Als ich so dastand, hätte der Wind mich fast ins Hafenbecken geweht. Auf den letzten Metern des Schiffsanlegers ist ja kein Geländer mehr, an dem man sich festhalten kann. Ich bin ein, zwei Schritte rückwärtsgegangen, um von dem Sturm nicht ins Wasser gedrückt zu werden. Dann habe ich ausgeholt und das Messer so weit ins Meer geworfen, wie ich konnte.«

»Das Messer war noch mit dem Tuch umwickelt?«

»Ja.«

»Wir werden Taucher nach der Tatwaffe suchen lassen. – Frau Geier, wir nehmen Sie fest wegen Verdachts des Totschlags an Valerie Wunderlich-Wiederkehr. Wir müssen Sie bitten mitzukommen.«

* * *

Kuno hatte Claus kurz nach der Festnahme telefonisch informiert, dass der Fall aufgeklärt sei. Nach Dienstschluss war er dann zu einem ausführlicheren Gespräch zu seinem Nachbarn gefahren. Er hatte Arne mitgenommen. Die Anwesenheit seines Kollegen half ihm, eine amtliche Haltung anzunehmen. Die Sache war dem Hauptkommissar nähergegangen, als er sich eingestehen wollte.

Claus bat Kuno und Arne auf die Terrasse und bot den beiden einen Cocktail an. Kuno nahm dankend an, mit dem Hinweis, zu seiner Wohnung seien es ja nur fünf Schritte, aber Arne müsse noch Auto fahren und dürfe daher nur Wasser trinken. Was Arne mit einem mürrischen »O-Saft ginge auch« quittierte.

Dabei wäre auch ein Wein drin gewesen. Schließlich wusste Arne aus sicherer Quelle, dass heute auf dem Weg von der Kurhausstraße bis zu seiner Wohnung in Rantum keine Polizeikontrolle stehen würde.

»Armgard. Wer hätte dieser Frau so etwas zugetraut?« Claus schüttelte ungläubig den Kopf. Kuno berichtete ihm, dass Armgard den Erpressungsversuch abgestritten habe und dass er und seine Kollegen keinerlei Anhaltspunkte hätten, die auf die Täterschaft von Armgard oder Günther hinwiesen. Eine unglückliche finanzielle Situation allein rechtfertige keine Anklage, wenn die Beweise fehlten.

»Die beiden waren es ganz sicher nicht«, meinte Claus.

»Hast du irgendeinen Verdacht?«, fragte Kuno vorsichtig. »Wir hatten Ilona im Visier. Eine Copyshop-Mitarbeiterin hatte sich bei uns gemeldet. Auf einem Foto identifizierte sie Ilona als die Kundin, die wenige Tage vor dem Eingang des Erpresserschreibens eine Datei bei ihr hatte ausdrucken lassen. Es war eine ganz heiße Spur. Doch bei der Gegenüberstellung bei uns auf dem Revier hat die Zeugin Ilona nicht wiedererkannt. Oder nicht wiedererkennen wollen. Aus welchen Gründen auch immer. Man kann den Menschen immer nur bis vor die Stirn gucken«, fügte er entschuldigend hinzu.

»Ilona ...«, Claus' Augen wanderten in die Ferne, »ich weiß es nicht ...«

Kapitel 19

Kampen, 16. August

Kuno wollte nicht nach Amrum zurückkehren, ohne Claus an diesem Sonnabend noch einen privaten Besuch abzustatten. Bente begleitete ihn. Sie half Stine dabei, die Einkäufe und die vielen durcheinandergewirbelten Gedanken zu sortieren, während Claus mit Kuno in den Garten ging.

»Ilona war gestern Abend noch hier«, erzählte Claus. »Sie kam, nachdem sie ausführlich mit Günther gesprochen hatte. Der ist am Boden zerstört und traut sich zurzeit nicht hierher. Dabei trifft ihn doch gar keine Schuld.« Claus blickte übers Meer. »Es ist eine Tragödie«, sinnierte er. »Eine einzige große Tragödie.«

»Hatte Ilona ein spezielles Anliegen?«

»Ja. Komm, setz dich. Das ist eine längere Geschichte.«

Die beiden Männer gingen zur Terrasse, auf der Stine Eistee bereitgestellt hatte.

»Ilona hat mir gestanden, dass sie einerseits keine großen Rücklagen hat, andererseits aber auch keine großen Aussichten, eine neue Stelle in der Kunstszene zu finden. Doch was anderes als Kunst hat sie nicht gelernt.«

Kuno zog die Augenbrauen hoch. War die Erpresserin also doch Ilona?

»Sie hat mich gefragt«, fuhr Claus fort, »ob ich mir vorstellen könnte, die Galerien weiterzuführen. Das heißt: Nicht ich würde sie weiterführen, sondern sie würde das in meinem Namen tun. Sie würde versuchen, Marla van Daalen ganz groß rauszubringen, so, wie es Valeries Wunsch gewesen war. Außerdem würde sie Günther unter Vertrag nehmen. Er passt nicht in das bisherige Konzept der beiden Galerien. Aber Ilona meint, Günther sei gar nicht so untalentiert. Er habe seine ganz eigene Handschrift, und es sei eine spannende Aufgabe, für ihn einen Platz auf dem Markt zu finden.«

Kuno nickte bedächtig. Er zögerte, bevor er aussprach, was ihm durch den Kopf ging.

»Du weißt, dass nicht geklärt wurde, wer den Erpressungsversuch unternommen hat. Kannst du damit leben, dass die betreffende Person möglicherweise in deiner unmittelbaren Nähe agiert?«

»Du meinst Ilona«, stellte Claus nüchtern fest. Kuno hob die Hände wie zwei riesengroße Fragezeichen. Claus dachte nach. »Selbst wenn sie es gewesen sein sollte«, urteilte er dann, »wie ernst hat sie es gemeint? Es war nichts als ein kläglicher Versuch. Sicher nicht aus Habgier entstanden, sondern aus Verzweiflung.«

Claus stand auf und ging, die Hände in den Hosentaschen, vor Kunos Augen auf und ab.

»Ich war fünfundzwanzig Jahre lang mit einer Frau verheiratet, die ich bis zu ihrem gewaltsamen Tod nicht wirklich gekannt habe. Fünfundzwanzig Jahre lang habe ich mich mit Freunden getroffen, von denen ich heute nicht mehr weiß, ob sie wirklich meine Freunde waren.« Er blieb stehen und drehte sich zu Kuno um. »Vermutlich kenne ich mich selbst nicht richtig. Ich glaube, ich habe mich mein ganzes Leben lang überschätzt.«

Claus setzte sich hin, und Kuno fühlte sich, wie so oft in seinem Beruf, wie eine Mischung aus Pfarrer und Psychologe.

»Ich bin zu alt, um ganz neu anzufangen«, schloss Claus. »Vermutlich ist es auch für mich selbst am besten, ich führe die Galerien weiter. Ilona gehörte immer zu unserem Leben, so wie Stine. Soll sie ruhig Valeries Lebenswerk erhalten. Valerie ist nicht mehr da. Dafür tritt Marla van Daalen in mein Leben. Zwar in einer völlig anderen Rolle als Valerie, aber ebenfalls als Kunstexpertin. Und Günther, diese ehrliche, unverfälschte Seele, soll meinetwegen seine Chance bekommen.«

»Eines Tages wird Armgard wieder zurückkommen«, gab Kuno zu bedenken. »Was dann? Wirst du damit umgehen können?«

Claus horchte in sich hinein. »Bis dahin ist noch Zeit«, meinte er schließlich.

Stine und Bente schritten Arm in Arm auf die beiden Männer zu. »Noch einen Tee?«, fragte die Haushälterin.

»Nein danke, Stine«, sagte Claus. »Gehen Sie ruhig nach Hause. Sie haben sich ein paar freie Stunden verdient.«

»Ich gehe schon mal rüber und bereite das Abendessen vor«, sagte Bente und verabschiedete sich von Claus. »Kuno, du bist heute zum Abschied bei mir eingeladen.«

Claus sah ihn verwundert an, und Kuno grummelte ein verlegenes »Freut mich«.

»Was geschieht denn jetzt mit Armgard?«, fragte Claus. Kuno erklärte ihm, wie das Prozedere sich üblicherweise gestaltete. Er vermied es, Claus darauf hinzuweisen, dass ihm eine Aussage vor Gericht und eine Begegnung mit Armgard kaum erspart bleiben würden.

Das Gespräch der beiden Männer wurde von Bente unterbrochen, die noch einmal auf die Terrasse zurückkehrte. Auf dem Weg in ihre Wohnung war ihr Nele Bendixen begegnet. Die hatte ihr brühwarm berichtet, was man sich am Tresen von

Hinnerks Hof erzählte: Die Ehetherapeuten Karin und Konrad Bitterstein wollten nach ihrer Rückkehr nach Hamburg eine Kollegin in Pinneberg konsultieren, um ihre Ehe zu retten. Den Ausschlag dafür hatte die Einsicht gegeben, dass es ihrer Reputation nicht gerade zuträglich sein würde, wenn sie sich scheiden ließen. Den Termin mit der Therapeutin hatten sie vorsichtshalber unter falschem Namen vereinbart.

»Ach, und Mariano Ognissanti«, fiel Bente zum guten Schluss noch ein, »der will nach Dänemark auswandern. Er hatte schon seit einiger Zeit Kontakt zu einer Galerie in Kopenhagen, die geschäftliche Beziehungen zu Mailänder Kunsthäusern pflegt und einen Experten mit Italienisch als Muttersprache sucht.«

Kuno konnte sich einen Kommentar dazu nicht verkneifen: »Diese Verbindung hat er sich bestimmt als Hintertürchen offengehalten. Für den Fall, dass Valerie es sich eines Tages mit ihm anders überlegen sollte.«

»Ich hab's doch geahnt«, meinte Claus, »irgendwann landet der Junge doch noch in Oslo.«

Kapitel 20

Hörnum, 17. August

An einem sonnigen Sonntagmorgen fuhr Arne seinen Chef nach Hörnum. Auf dem Parkplatz am Hafen stieg Kuno aus und nahm das Gepäck aus dem Kofferraum. Arne stellte sich dicht neben ihn und drückte ihm freundschaftlich einen Ellenbogen in die Rippen.

»Na, Chef«, fragte er, »was stellst du mir für unseren ersten gemeinsamen Mordfall für ein Zeugnis aus?«

»Och«, meinte Kuno gelassen, »hätte schlimmer sein können.«

»Ich fürchte, ich hab dich ab und zu ganz schön genervt.«

»Hm, na ja. Manchmal schon.« Kuno tätschelte seinem Assistenten kollegial die Schulter. »Aber keine Sorge. Noch ein paar solcher Fälle und wir sind aufeinander eingeschliffen wie hochkarätige Diamanten.«

»Okay«, meinte Arne. »Und wo lösen wir den nächsten Fall?«

»Lass die Münze entscheiden«, schlug Kuno vor und zog einen Euro aus seiner Gesäßtasche hervor. »Kopf oder Zahl?«

»Zahl«, entschied Arne spontan.

Kuno warf die Münze in die Luft. Sie schlug auf dem Boden auf und rollte auf dem Rand im Kreis herum, bis sie schließlich neben dem linken Hinterreifen von Arnes Wagen liegen blieb.

Der Bundesadler lag zuoberst.

»Dann bis bald bei mir zu Hause«, rief Kuno Arne zu, nahm den Trolley und die kleine Reisetasche und ging aufs Schiff.

Zeitfracht Medien GmbH
Ferdinand-Jühlke-Straße 7
99095 Erfurt, Deutschland
produktsicherheit@kolibri360.de

Druck:
CPI Druckdienstleistungen GmbH
im Auftrag der
Zeitfracht Medien GmbH
Ein Unternehmen der Zeitfracht - Gruppe
Ferdinand-Jühlke-Str. 7
99095 Erfurt